REDRUM

Über uns die Hölle
1. Auflage
(Deutsche Erstausgabe)

Verleger: Michael Merhi
Lektorat: Jasmin Kraft
Dramaturgische Beratung: Lisa Schwerber
Korrektorat: Silvia Vogt
Umschlaggestaltung und Konzeption: Michael Merhi

ISBN: 978-3-95957-082-4

E-Mail: merhi@gmx.net
www.redrum-verlag.de

YouTube: Michael Merhi Books
Facebook-Seite: REDRUM BOOKS
Facebook-Gruppe:
REDRUM BOOKS - Nichts für Pussys!

SIMON LOKARNO

Über uns die Hölle

Zum Buch:

Hamburg – Falko Thurner und sein Partner ermitteln in Fällen verstörender Amokläufe, die sich in der Stadt summieren. Doch ist wirklich das *Amok-Virus*, wie die Presse das Phänomen betitelt, für die Attacken verantwortlich? Pater Penrose überzeugt die Gesetzeshüter, eine ganz andere Theorie in Betracht zu ziehen. Und so begeben sich die Polizisten in die finstere Welt der Exorzismen …

Schon bald wird ihnen klar, dass das Agieren der Dämonen das einzig übernatürliche Wirken in diesem Universum darstellt – was die Kirche versucht mit allen Mitteln geheim zu halten.

Ein scheinbar aussichtsloser Kampf gegen die sich epidemisch ausbreitenden Verdammten beginnt.

Zum Autor:

„Das Leben ist der Job, den wir machen müssen, um uns den Tod zu verdienen.“

Simon Lokarno, 1976 in Bremen geboren, schreibt seit seiner Kindheit Geschichten, Texte und Drehbücher. Über fünfzehn Jahre ist er außerdem Texter und Sänger einer lokalen Band, für die er auch eine vierzigteilige Serie im ›Offenen Kanal Bremen‹ produzierte. Weiter hat er mehrere Kurzfilme (u. a. *Saraböke Horror*, *Was fürchten wir die Hölle*) geschrieben und gedreht, welche auf YouTube zu sehen sind.

Fünf Jahre lang hat Simon an seinem Debütroman *Über uns die Hölle* gearbeitet, der als komplett überarbeitete Neuauflage im REDRUM VERLAG ein Zuhause gefunden hat.

In den Bereichen Philosophie und Astrophysik fühlt sich Simon Lokarno zu Hause. Denn was bietet mehr Stoff zum Schreiben als die Unendlichkeit?

simon@abandon.de

www.lokarno.jimdo.com

www.facebook.com/S.Lokarno

Simon Lokarno auch auf Twitter und YouTube

SIMON LOKARNO

Über uns die Hölle

Horror

Vorwort

Stellen wir uns unseren Körper als ein Auto vor. Der Geist oder die Seele mimt den Fahrer. Ein ganzes Leben lang scheinen wir der einzige Pilot dieser Maschine Mensch zu sein. Ein Ort, in den niemand einzudringen vermag. Unser Refugium, an dem wir sicher sind, wo wir gottgleich herrschen und wir die einzigen sind und allein die Entscheidungen treffen, die unseren Weg in der Welt bestimmen.

Was wäre, wenn sich hier jemand anderes hineindrängen würde? Einbräche in unseren heiligen Tempel? Wenn jemand die Schlösser unseres Körpers aufbräche, aus heiterem Himmel dort auftauchte, wo wir immerfort allein waren? Um diesen Tempel zu entweihen, uns das Lenkrad aus der Hand zu reißen und uns auf den Beifahrersitz zu drängen? Wir wären verdammt, fortan Beifahrer unseres eigenen Fahrzeugs zu sein.

Existieren Dämonen, die den privatesten aller Orte zu entweihen vermögen?

Teil 1 – Dogma und Dekadenz

Kapitel 1

6. Juli 2003, 03:26 Uhr

Der Luxus-Jet schwebte irgendwo über dem Mittelmeer ruhig durch die sternenklare Sommernacht. Am Horizont tanzte unter riesigen schwarzen Wolken ein stummes Gewitter. Im Xenonlicht der Blitze leuchtete die Kabine des Jets immer wieder auf.

Er war spärlich besetzt, lediglich drei Passagiere befanden sich an Bord. Außerdem der Pilot und eine Stewardess.

Das Licht war auf Nachtbetrieb gedimmt worden, das Brummen der Maschinen untermalte die ruhige Atmosphäre. Zwei – ihrer Kleidung nach zu urteilen – Geistliche saßen nebeneinander in Flugrichtung in den bequemen Ledersesseln. Ein Brite und ein Sizilianer.

Der Brite saß an dem soliden, glänzenden Edelholztisch und war völlig vertieft in sein Schreiben. Mit einer alten Feder trug er in schönster gotischer Schrift Tinte aus einem kleinen Fass auf das antike Papier eines dicken Buches auf. Das war nur möglich, weil der Flieger völlig ruhig in der Luft schwebte.

Der Sizilianer sah aus dem Fenster und wurde immer wieder von den Blitzen geblendet. Plötzlich sprang die Tür der Toilette auf und ein kleiner rothaariger Mann in einem schmal geschnittenen Designeranzug schob sich in den Gang. Er kollidierte beinahe mit der Stewardess, die einen Whiskey auf einem Tablett balancierte.

»Entschuldigen Sie«, murmelte er leicht verlegen. Nachdem sie sich beide gleichzeitig den Vortritt lassen wollten, ging er voraus, da er das im Einklang mit der Etikette vermutete. Bei den beiden Geistlichen angekommen, die die typische katholische Soutane mit Kollar trugen, ließ er sich auf der Gangseite in den Sessel gegenüber dem schreibenden Briten fallen, sichtlich erschöpft von dem, was er gerade auf der Toilette erledigt hatte. Zeitgleich erreichte der Whiskey samt Wasserglas seinen Platz vor ihm auf dem Tisch. Der Rothaarige, dessen kreisrunder Haarausfall nur eine dicke Locke in der Mitte verschont hatte, holte ein kleines weißes Tütchen aus einer der äußeren Seitentaschen seines Armani-Anzugs und kippte den Inhalt unter den argwöhnischen Blicken des Sizilianers in das Glas Wasser. Das Gemisch stürzte er mit leisen Schlucken herunter, um sich im Anschluss noch einen verhaltenen Schluck vom aromatischen Laphroaig zu gönnen. Die braun gebrannte und perfekt gestylte Stewardess fragte, ob noch jemand einen Wunsch habe und verzog sich leise, als der Sizilianer abwinkte, weil sie vergebens auf eine Reaktion des schreibenden Briten wartete.

»Ich hoffe, es ist alles zu Ihrer Zufriedenheit«, erkundigte sich der rothaarige Deutsche. »Entschuldigen Sie meine Manieren, ich habe mich noch gar nicht vorgestellt.« Eine Schweißperle lief ihm durch das blasse Gesicht, das von Sommersprossen besprenkelt war. Er tupfte sie mit seinem Seidentaschentuch ab und fuhr fort: »Mein Name ist Friedrich Schroeder, aber Sie können mich gern Freddy nennen. Ich bin der Sekretär von Fürst Michael von Lautersheim, Sohn des berühmten Franz von Lautersheim, der mit dem Verkauf von Luxusjets und Jachten ein beträchtliches Vermögen verdient hat, ohne dass er je seinen Stammbaum dafür benötigt hätte.«

Er nippte nochmals an seinem Laphroaig und behielt das Glas in Mundnähe, gehalten mit den Fingerspitzen beider Hände. Der Brite schrieb unbeirrt weiter, während der Sizilianer Freddys Ausführungen folgte.

»Mein Job ist es, die Bedürfnisse von Herrn von Lautersheim zu realisieren, bevor er sie zu Ende gedacht hat. Daher bin ich Ihnen zu größtem Dank verpflichtet, dass Sie, Pater Marciano und Sie, Pater Penrose«, der Brite zeigte keinerlei Reaktion, »es so kurzfristig einrichten konnten, uns bei dieser, ja doch sehr prekären Angelegenheit, zur Seite zu stehen.«

Der Sizilianer, ein großer kantiger Mann mit dunklen Augenbrauen namens Marciano, fügte in perfektem Deutsch mit starkem Akzent hinzu: »Dabei war es sicherlich von Vorteil, dass der Vater Ihres Arbeitgebers Mitglied im Club für Milliardäre war. Andernfalls wäre eine Untersuchung durch Kirchenpersonal niedrigeren Standes vorausgegangen und hätte die Angelegenheit deutlich verkompliziert. Ich möchte trotz allem nochmals wiederholen, dass dies kein reguläres Eingreifen des Vatikans darstellt und dass alles, was wir einleiten werden, strengster Geheimhaltung unterliegt. Sollte irgendetwas davon an die Öffentlichkeit gelangen, werden Sie Probleme bekommen, die Sie sich nicht einmal im Traum vorstellen können.«

Der ernste Ton von Pater Marciano verfehlte seine Wirkung nicht und Freddy bestätigte: »Ich kann Ihnen versichern, dass ein sensibler Umgang mit diesem Szenario auch unser höchstes Anliegen ist. Unser beider Vorgesetzte hat sich diesbezüglich auch auf juristischer Ebene bereits vertraglich abgesichert. Verschwiegenheitsklauseln wurden von allen Beteiligten unterschrieben und notariell beglaubigt.« Nochmals nippte er an seinem Getränk, um es dann wieder abzustellen.

»Doch ich hätte da noch ein paar Fragen: Glauben Sie wirklich, dass es sich hierbei um einen Fall von dämonischer Besessenheit handeln könnte? Ich meine, bei alldem, was ich gesehen habe, zweifle ich nicht wirklich daran. Doch warum geht die Kirche mit Fällen dieser Art nicht an die Öffentlichkeit, wenn es sie doch tatsächlich gibt? Wäre dies nicht ein Gottesbeweis der Art ›Es kann nur Weiß geben, wenn es auch Schwarz gibt‹? Ohne Plus kein Minus?«

Pater Marciano beugte sich vor, stützte sich mit den Ellenbogen auf dem Tisch ab, faltete seine Hände und flüsterte: »Was ich Ihnen jetzt sage, unterliegt strengster Geheimhaltung.« Er wartete kurz, ob einer seiner Zuhörer Einspruch erhob und sprach weiter: »Hinter der Fassade des Vatikans wurde ein Verbund gegründet, der aus führenden Mitgliedern aller großen Weltreligionen besteht, genannt das *Konglomerat.* Dieser Verbund ist zu der Erkenntnis gelangt, dass Besessenheit das einzige beweisbare spirituelle Wirken auf dieser Welt darstellt. Das alles fußt auf dem *Katsumibeweis*, auch *Dämon-Zero* genannt. Das Konglomerat fürchtet, dass der Satanismus zu einer Weltreligion avancieren könnte, sollte dieser Beweis öffentlich und anerkannt werden, da Luzifer uns seine Dämonen schickt, Gott aber seit zweitausend Jahren nicht mehr auf der Erde gewirkt hat.«

»Wollen Sie damit etwa sagen, es gibt gar keinen anderen Gott mehr als Luzifer?« Freddy wurde mulmig zumute.

Durch das aufblitzende Licht, das grell durchs Fenster leuchtete, flackerten die Gesichter der drei Männer hell auf.

»Doch, ich glaube, dass es einen Gott gibt, an den man aber beweislos glauben muss und gerade das ist die Herausforderung dabei. Ob die Mehrheit der Menschen dazu imstande ist, ist jedoch fraglich. Deshalb verschleiert das Konglomerat alle Fälle von wahrer dämonischer

Besessenheit. Es finden zwar immer noch Exorzismen statt, die auch publik gemacht werden, aber nur zu – wie soll ich sagen? – Marketingzwecken.«

Freddy erschreckte das alles, weil das soeben Gehörte zu plausibel schien, um es als Verschwörungstheorie abzutun. Doch was sollte er mit diesem Wissen anstellen? Er musste sich selbst schützen und diese Ausführungen als religiöse Spinnerei abtun, trotz alldem, was er in den Tagen zuvor erlebt hatte. Also versuchte er, das Thema zu wechseln.

»Ist es angemessen zu fragen, was Pater Penrose da schreibt?«

Nun hörte Freddy den Briten mit dem dunklen gescheitelten Haar zum ersten Mal reden. Er sprach, ohne aufzublicken mit tiefer ernster Stimme in absolut akzentfreiem Deutsch: »Ich schreibe die Bibel. Ich bringe Gottes Wort in die Welt.«

Pater Marciano bequemte sich, Penroses Worte zu erklären: »Pater Penrose ist ein Savant.«

»Wie bitte?«

»Ein Inselbegabter. Er ist Autist. Die meisten Autisten haben *nur* geistige Defizite, bei einigen jedoch bringen diese Mängel den nötigen Raum für eine extrem ausgereifte Begabung mit sich.«

»Sehr interessant. Ich denke, ich habe schon einmal darüber gelesen. Dabei ging es um einen Jungen, der nach einem Hubschrauberflug über Rom sämtliche Gebäude mit allen dazugehörigen Details wie Aussehen und Fensterzahl auf eine große Leinwand zeichnen konnte, allein aus dem Gedächtnis. Mich hat das sehr beeindruckt. Was ist Pater Penroses Begabung?«

»Allem voran fehlt es Pater Penrose an Emotionen. Auch moralische Bewertungen fallen ihm sehr schwer. Trotzdem ist er sehr intelligent und kann diese Gefühle sehr gut imitieren und kalkulieren, wann sie angebracht sind.«

Freddy hörte aufmerksam zu. Er konnte es kaum erwarten, dass der Sizilianer die vermeintliche Superkraft des Briten preisgab. Pater Marciano blühte auf in seinem Lieblingsthema. Die Krankheit seines Protegés schien seine Leidenschaft zu sein. Er fuhr fort, während er mit Blicken stetig auf sein Studienobjekt wies, welches keinerlei Anteil an den Ausführungen nahm.

»Die überaus ausgeprägte Inselbegabung von Pater Penrose umfasst Sprachen. Ich erkläre es immer gern an einem Beispiel aus der Science-Fiction.« Auf diese Metapher war er, seinem Enthusiasmus nach, besonders stolz, denn damit konnte er die Beeinträchtigung wirklich jedem begreiflich machen.

»Wenn unser Geist das Raumschiff Enterprise wäre, wäre bei Pater Penrose die Energie der Schilde, des Antriebs und der Lebenserhaltung auf ein Minimum reduziert und in den Universalübersetzer umgeleitet worden. Er braucht sich nur einige wenige Tage lang in einer Sprachkultur zu bewegen, um eine Sprache zu absorbieren und zu einem Teil seiner selbst zu machen. Er spricht zahlreiche Sprachen. Des Weiteren ist es ihm möglich, sich Texte beliebiger Länge einzuprägen. Wie er bereits sagte, schreibt er gerade an einer weiteren Bibel. Und zwar frei aus dem Kopf.«

»Das ist absolut beeindruckend.« Freddy schielte auf den Text vor ihm. »Und wie wird er uns bei unserem Problem helfen können?«

»Entgegen dem, was Sie vielleicht vermuten, bin nicht ich der Exorzist, der sich Ihrem Fall annehmen wird, sondern er ist es. Ich bin nur sein Assistent. Durch seine sprachliche Gabe ist er sogar der beste Exorzist, den man sich vorstellen kann. Dämonen sprechen meistens ein

Kauderwelsch aus Sprachfetzen diverser Sprachen. Penrose versteht den Dämon und kann den Austreibungstext simultan in dessen Sprachen übersetzen und so die optimale Wirkung erzielen.«

Freddy wurde immer deutlicher gewahr, dass sein Weltbild endgültig in sich zusammenbrach und er sich aus den Trümmern provisorisch etwas Neues zusammenzimmern musste. Bis zu diesem Zeitpunkt war ihm immer alles klar gewesen. Die Gesellschaft hatte ihm ein Wertesystem bereitgestellt, welches sein Dasein sinnvoll erscheinen ließ. Geld, Erfolg, Ruhm, Macht … All das waren erstrebenswerte Ziele, die es wert waren, dafür zu kämpfen. Er war in greifbare Nähe dieser Ziele gelangt, indem er sich über Jahrzehnte hinweg hochgearbeitet hatte. Schließlich hatte er den Posten an der Seite des Mannes bekommen, der all das erreicht hatte, was Freddy lohnenswert erschien. An dessen Seite führte er nun ein Leben, das bestimmt wurde von Modemarken, Promi-Magazinen und Luxusartikeln. Freddy war ein Komplize, der Verbündete des größten Sünders, den er kannte. Sie waren ein Schurkenteam und Freddys Job war es, die Millionen des Fürsten von Lautersheim Senior in Sünde zu verwandeln.

Pater Marciano schwadronierte immer noch über die Begabungen und Macken seines Patienten, Kollegen, Meisters oder Schülers, doch Freddys Gedanken wanderten durch die neun Höllenkreise.

***

06.07.2003, 05:10 Uhr

Sie hatten die Gewitterfront hinter sich gelassen und der klare Sternenhimmel wurde nur noch durch ein paar dünne Wolkenschwaden unterbrochen. Die Sonne, die am Horizont hervorspitzte, verlieh den Schwaden ein orangefarbenes Leuchten.

Nach der Landung auf einer größeren Mittelmeerinsel ging es mit dem Hubschrauber in Richtung Küste. Der Helikopter landete in der Nähe eines kleinen Hafens, von wo es mit einer Jacht weiterging.

Gegen sechs Uhr näherten sie sich einer kleinen, aus schroffem Fels bestehenden Inselgruppe. Auf die mittlere davon steuerten sie zu – diese war mit einem Durchmesser von etwa einem Kilometer die größte.

Die Sonne stand über dem Meer und peilte langsam ihren Zenit an. Der Himmel leuchtete gelb-orange auf und übertrug den Farbton auf die Felslandschaft der Inseln, die wie Stalagmiten durch die glatte Wasseroberfläche stachen. Hinter einer Landzunge lag eine kleine Bucht, in der sich kleine Boote und Jetskis um eine gewaltige Jacht versammelten. Marciano war fasziniert von dem Anblick, ließ sich aber durch seine religiöse Contenance nichts anmerken. Penrose dagegen blickte stur aufs Meer und schien völlig versunken im Universum seiner Gedanken.

Als sie die Megajacht Namens Dionysos passiert hatten, gelangten sie an einen kleinen Anleger, wo sie ihr Schiff festmachten und sich, sichtlich erschöpft von der neunzehn Stunden andauernden Reise, von Bord quälten. Eine Handvoll uniformierter Bediensteter, die unter ihren Jacketts nichts außer roten Fliegen über ihren definierten Brustmuskeln trugen, erwartete sie dort bereits und widmete sich ihrem Gepäck.

Freddy führte die beiden Geistlichen eine schmale Treppe hinauf, die grob ins Gestein gehauen war. Sie erreichten ein Plateau, das die erste große Terrasse von drei weiteren bildete. Auf der letzten befand sich das einzige Gebäude, das es auf der Insel gab. Der architektonische

Clou dieses Prunkbaus war, dass es zur Hälfte aus einer altgriechischen Ruine bestand, die einer kleinen Version der Akropolis glich. Diese verschmolz nahtlos mit einer modernen Villa der Superlative, die von schwarzen Fenstern und hellem Beton dominiert wurde.

Auf der ersten der drei Terrassen bestaunten die Geistlichen das Objekt. Freddy blickte gelangweilt zur Villa hinauf – er war den Anblick bereits gewohnt – und gab den anderen etwas Zeit, das Bild sacken zu lassen, um dann mit seiner gekünstelt nasalen Stimme sein Begrüßungspamphlet herunterzubeten: »Ich darf Sie auf Elysium willkommen heißen. Die gesamte Insel ist im Besitz der Familie von Lautersheim. Fühlen Sie sich bitte wie zu Hause und zögern Sie nicht, all Ihre Wünsche zu äußern.«

Mit einer geschmeidigen Armbewegung, die dem Öffnen einer Pforte glich, gebot er seinen Gästen, den Aufstieg fortzusetzen. Pater Marciano sondierte argwöhnisch das Schauspiel, das ihnen dargeboten wurde, während sie die alte Treppe emporstiegen. Die verkaterten menschlichen Reste einer Poolparty, die wohl am Abend zuvor stattgefunden hatte, verteilten sich um die Pools. ›Wet-Pussy-Contest‹ prangte auf einem Banner. Marcianos Blick sprach Bände: *Wo bin ich hier gelandet?*

Pater Penrose interessierte sich nicht für das Treiben um ihn herum, er hatte genug Probleme damit, die Treppe zu erklimmen. Sein linker Arm und sein linkes Bein waren durch einen Unfall in seiner Kindheit leicht gelähmt und so humpelte er etwas. Die lasziven Exzesse, die ihren Weg säumten, hätten ihn ohnehin nicht tangiert. Er war nicht empfänglich für Scham und dergleichen.

Nachdem sie noch weitere Partyleichen und einen sich übergebenden Typen im Bärenkostüm passiert hatten, stolperte eine nackte Frau mit verschmiertem Make-up, an einer Flasche Crystal nuckelnd, die Treppe herunter.

Ihr Körper war von unzähligen Piercings durchlöchert, teils dicke schwere, teils dünne leichte Vorhängeschlösser dienten ihr als Ringe. *Abartig*, schoss es Marciano durch den Kopf.

Freddys gesunde rotwangige Gesichtsfarbe verriet, dass er durch den Zustand des Anwesens in Verlegenheit geriet. Auf die Stirn der gepiercten Frau hatte jemand mit Lippenstift ›HURE‹ geschrieben.

Als sie Penrose erreichte, fiel sie ihm um den Hals und lallte ihm ins Ohr: »Pater, ich muss beichten … Nehmse mir die Beichte ab …« Sie schluchzte und weinte, als würden ihr all die Dinge jetzt erst bewusst werden, die sie in den letzten Tagen getan hatte.

Freddy nickte einem der Fliegenträger zu, der sofort darauf reagierte, als hätte er nur darauf gewartet. Er nahm ein paar Stufen auf einmal, packte die ›HURE‹ mit seiner klobigen Hand am Hals und riss sie von Penrose weg. Die Champagnerflasche zerschellte auf den Stufen in tausend Stücke .

Penrose betrachtete die Frau gleichgültig. Ihr Blick blieb starr auf ihn gerichtet, aus ihren nassen Augen liefen Tränen, Mascara zog schwarze Bahnen über ihre Wangen. Der Muskelmann schleifte sie mit sich, während sie mit abgewürgter Stimme krächzte: »Ich habe Blut getrunken! Ich muss das beichten, bitte, bitte, bitte …«

Marciano überlegte, ob er intervenieren sollte, kam aber zu keiner Entscheidung und so verpasste er den Zeitpunkt.

»Entschuldigen Sie diesen Zwischenfall. So etwas wird nicht wieder vorkommen«, versicherte Freddy, dem in der Konfrontation mit der moralischen Instanz hier die Verkommenheit seines Tagwerks bewusst wurde. Er lotste die beiden Priester schnell weiter in die Eingangshalle.

Die Eingangshalle war monumental, wie das gesamte Gebäude. Vier massive antike Säulen trugen die Decke und bildeten die Eckpunkte einer Sofalandschaft. Hier wirkte alles gesittet, es waren keine Schnapsleichen oder andere Sünder anwesend.

»Würden Sie bitte hier warten? Ich lasse Ihnen einen Kaffee und ein kleines Frühstück bringen. In der Zwischenzeit werde ich Herrn von Lautersheim über Ihre Ankunft in Kenntnis setzen«, sagte Freddy.

Penrose flüsterte daraufhin Marciano etwas ins Ohr, der nun das Wort ergriff: »Mein Kollege und ich würden es begrüßen, wenn wir uns nach dieser langen Anreise erst einmal ausruhen könnten.«

»Aber gewiss«, bestätigte Freddy. »Paul, würdest du die Herren bitte auf Ihre Zimmer geleiten? Ich informiere in der Zwischenzeit Herrn von Lautersheim.«

Kapitel 2

07:30 Uhr

»Freddy, du blödes Arschloch! Wie lange soll das denn noch dauern? Zwei Tage warst du jetzt weg. Hast dich bestimmt wieder durch die halbe Welt gevögelt. Und wo sind jetzt diese Scheißmönche?«

Das war der übliche Ton, den Michael von Lautersheim Freddy gegenüber anschlug. Michael thronte am Kopfende eines zehn Meter langen Eichentisches, an dessen Flanken sich jeweils zehn Stühle reihten. Vor ihm auf dem Tisch lag eine nackte Frau, von deren Rücken er sein Frühstück aß. Über die gesamte Länge des Raums zog sich ein Panoramafenster. Es gab den Blick über die Steilküste frei, mit deren Kante das Gebäude abschloss.

»Sie sind hier. Aber die beiden haben den Wunsch geäußert, sich erst einmal ausruhen zu dürfen, also habe ich sie auf ihre Zimmer bringen lassen.«

Von Lautersheim war lediglich mit einem schwarzen Stringtanga bekleidet. Er war Ende Dreißig, braungebrannt, blond und durchtrainiert. Nur ein kleiner Bauchansatz zeichnete sich langsam ab. Alles in seinem Gesicht wirkte überproportioniert. Man sah ihm seine Abartigkeit irgendwie an. Etwas Sadistisches im ständigen Grinsen und etwas Psychotisches in den Augen. Alles in allem eine abstoßende Kreatur, die alles, was ihr begegnete, mit Sünde infizierte.

Der Fürst überlegte, während er auf einem Stück Honigmelone kaute, besah sich die Poritze des wohlgeformten Mädchens vor sich und schleuderte dann das angebissene Stück Melone quer über den langen Tisch. Er sprang auf und fauchte erzürnt: »Verpiss dich, du Schlampe! Und lass dir von unserem Doc dein graues

Arschloch bleichen. Bei dem Anblick wird einem ja schlecht! Los, verpiss dich!«

Die zwei Bediensteten, die Gewehr bei Fuß hinter ihrem Boss standen, beseitigten in Windeseile das restliche Frühstück vom Rücken des Mädchens, das sich vom Tisch erhob, ihren Bademantel schnappte und beschämt verschwand.

»Du kleiner Stricher lässt mich hier zwei Tage mit dieser Sauerei hängen. Und dann müssen die zwei Jungsbefummler noch mal Heia machen … Du bist eine solche Niete. Verpiss du dich auch, bevor mir anders wird. Und kümmere dich darum, dass heute Abend die ›Hundertzwanzig Stunden von Sodom‹-Orgie reibungslos starten kann. Nicht, dass einer meiner Gäste noch irgendwas von diesem ganzen Schlamassel mitbekommt.«

Kapitel 3

19:10 Uhr

Das Gesicht in ein Modemagazin vergraben, erwartete Freddy die Geistlichen bereits in der Eingangshalle. Er war sichtlich erfreut, als er sie sah, sprang auf und erkundigte sich nach dem Befinden der beiden.

»Kommen Sie bitte mit, ich werde Sie nun Fürst von Lautersheim vorstellen.«

Sie stiegen eine breite Marmorwendeltreppe hinab, an deren Ende sie ein großer Saal mit geschlossenen Türen empfing. Freddy öffnete eine der reich verzierten Flügeltüren aus dunkler Eiche. Dahinter ein noch größerer Saal. Hier hatten sich alle Gäste des Fürsten in Abendgarderobe und an kleinen runden Tischen vor einer Bühne versammelt und sie alle trugen Masken. Hasenköpfe, Latexmasken, Larven aus dem Phantom der Oper – offensichtlich versteckten sich die perversesten Aristokraten dahinter. Die gesamte Insel schien ein elitärer Club der perversen Milliardäre zu sein. Eine Versteigerung von molligen, verschämten Mädchen in Unterwäsche war im vollen Gange.

Ein gnomähnlicher Auktionator auf der Bühne verlautbarte: »Und wieder heißt es: Alles kann und alles muss! Es ist 19:30 Uhr – lassen wir die ›Hundertzwanzig Stunden von Sodom‹-Orgie beginnen. Das diesjährige Motto lautet: Mehr Fleisch, mehr Lust.«

Freddy versuchte, sich so diskret wie möglich bemerkbar zu machen und hüpfte mit erhobenem Zeigefinger albern von einem Bein aufs andere. Jetzt erst erregte er die Aufmerksamkeit des Fürsten, der vorher gespannt der Darbietung gefolgt war. Der sprang entsetzt auf und eilte mit einem künstlichen Grinsen, Freddy am Arm zerrend, raus.

Von Lautersheim schloss die Türen zügig hinter seinem Rücken und lehnte sich erleichtert von außen dagegen. Er hielt kurz inne. Marciano stand das Entsetzen ins Gesicht geschrieben. Nicht, dass er nicht schon jede denkbare Sünde in mannigfaltiger Variation hatte miterleben oder mitanhören müssen, doch hierbei handelte es sich um eine von Menschen gemachte Hölle.

»Ich muss um Entschuldigung bitten. Das hätten Sie natürlich niemals sehen dürfen«, spielte von Lautersheim die Situation herunter und Freddy blickte beschämt zu Boden.

»Vielleicht können wir das einfach vergessen und uns dem Grund Ihrer Anwesenheit widmen?«

Marciano schüttelte kapitulierend den Kopf. Er wusste nicht, was er hätte sagen sollen. Das hier war ein Sündenpfuhl, aus dem er so schnell wie möglich wieder verschwinden wollte.

Penrose schien unberührt von alldem, als hätte er gar nicht den Sinn dafür, all das wahrzunehmen.

Nachdem Freddy noch einen peinlichen Versuch unternommen hatte, die Herren einander vorzustellen, führten er und von Lautersheim die beiden noch eine Etage tiefer, wo sie durch einen langen Flur schritten. Etliche Türen tauchten links und rechts des Flurs auf. Es sah aus, als wären hier Labore und Untersuchungsräume untergebracht.

Nachdem sie auf der rechten Seite eine große Tür mit der Aufschrift ›OP‹ passiert hatten, sah Marciano durch eine große Scheibe, die den Blick in den dahinter liegenden Operationssaal freigab. Von Lautersheim winkte Freddy zu, als wolle er eine Fliege verscheuchen. Offensichtlich verstand er den Wink, eilte vor die Scheibe, versuchte sie ein wenig mit seiner Statur zu verdecken und bedeutete den Geistlichen wiederum, schnell weiterzugehen. Marciano wollte es nicht, aber irgendwie musste er nachsehen, was hinter der Scheibe geschah. Seine Befürchtungen sollten bestätigt werden.

Auf der anderen Seite befand sich ein komplett eingerichteter Operationssaal und gerade war eine Operation in vollem Gange. Ein Anästhesist, ein Assistenzarzt und ein paar Schwestern reihten sich in rosafarbenen Kitteln, Hauben und Schuhüberziehern um einen Gynäkologen-Stuhl. Darauf lag eine nackte betäubte Frau mit einer Atemmaske über Mund und Nase. Ihre Brüste waren rostrot, von einer Jodtinktur. Ihr kleiner rechter Busen wies einen langen Schnitt entlang der Hautfalte darunter auf und der operierende Arzt quetschte gerade fachmännisch ein zu groß dafür wirkendes Silikonkissen durch die Wunde in die Brust. Die Behandlung der linken Seite war wohl vorausgegangen, denn diese wies bereits eine sauber vernähte Naht auf. Sie war zwei Nummern größer und prall gefüllt. Das Verstörende war nicht die Operation an sich oder dass sich im Keller der Villa eine Schönheitsklinik befand, sondern dass der Arzt, der zwischen den aufgebockten Beinen der Frau stand, keine Hose trug und seine narkotisierte Patientin langsam fickte, während er sie operierte.

Dr. Nielson war ein hoch qualifizierter Arzt, der außerhalb dieser vier Wände ein Krankenhaus leitete. Einmal im Jahr kam er auf die Insel Elysium und frönte seiner Perversion. Für ihn allein war hier dieser Keller für etliche Millionen umgebaut worden. Geld spielte keine Rolle. Perverse Superreiche konnten in diesem gesetzlosen Refugium all ihren abnormalen Fantasien nachgehen.

Es fanden sich auf dieser Insel genug freiwillige Frauen für Dr. Nielsons Fetisch, da es hier von Prostituierten,

Models und It-Girls geradezu wimmelte. Sie motzten sich gern auf, hatten aber nicht das nötige Kleingeld, also machte er es ihnen umsonst – im doppelten Sinne. Frauen, die dem Schönheitswahn verfallen waren, taten alles, um die Buckel auf ihren Nasen, die zu kleinen Brüste oder ihre zu langen inneren Schamlippen operieren zu lassen. Eine Nummer während der Narkose, von der man nicht mal was mitbekam, war ein Schnäppchen in Anbetracht dessen, was sie hätten aufbringen müssen, um ihre Makel rechtschaffen beseitigen zu lassen.

Marciano senkte den Kopf, umklammerte das große Kreuz, das um seinen Hals baumelte und betete leise: »Gott, gib mir die Kraft, mich in diesem schmutzigen, dunklen Sumpf der Triebe rein zu halten und das Licht in mir durch dich zu bewahren. So will ich heller leuchten als die Irrlichter der Sünde und versuchen, die Ungläubigen aus diesem Sumpf heraus zu dir zu führen. Amen!«

Während er betete, gingen sie weiter den Gang entlang durch ein paar antike Türen und Burggemäuern nachempfundenen Gängen. Nach ein paar Treppen, die sie noch ein Stück weiter nach unten geführt hatten, betraten die vier Männer den Folterkeller. Er war riesig und der Boden bestand aus dunkler Erde. In der Mitte waren in zwei Reihen etwa ein Dutzend antike Folterinstrumente aufgestellt worden. Sie wirkten wie Exponate, die nicht mehr verwendet wurden und nur der Unterstreichung des Ambientes dienten. Links und rechts standen massive Türen zu etlichen Kerkern offen, die darauf warteten, mit der perversen Upperclass, die sich oben noch an dem Präludium ergötzte, gefüllt zu werden. In den Kammern befanden sich unzählige Folterinstrumente, unter die ebenso viel Sexspielzeuge gemengt worden waren. Nutten, Foltermeister, Sklavinnen, Dominas, alles, was man sich vorstellen konnte, bereitete sich auf den Auftakt der Orgie vor, die von nun an fünf Tage andauern sollte. Sie ölten ihre Körper ein, schminkten sich und warfen schon mal vorsorglich Schmerzmittel und Drogen ein, um die Qualen und Demütigungen zu überstehen, die ihnen bevorstanden.

Ohne Anstalten zu machen, das Treiben hier vor den Geistlichen zu kaschieren, führte Freddy die Gruppe durch noch mehr Tunnel und Treppen hinab. Freddy nahm eine der Fackeln, die die unbearbeitete, sandfarbene Felswand zierten, um ihnen den Weg zu leuchten. Von Lautersheim riss ihm diese aus der Hand und flüsterte ihm etwas ins Ohr, woraufhin er bestätigend nickte und brav wie ein Hund dort verschwand, wo sie gerade hergekommen waren.

»Folgen Sie mir bitte, meine Herren. Freddy muss nur kurz etwas für mich erledigen.«

Der Tunnel war lang und ging in eine steile, flache Treppe über, die an einer weiteren, eher unpassend moderneren Tür endete. Daneben saß an einem kleinen Tisch mit einer Petroleumlampe ein Security-Mitarbeiter. Er sah sich gerade ein Werbevideo eines amerikanischen Waffenkonzerns auf seinem Laptop an. Ein extrem kitschiger Song wurde dabei von Schüssen und Explosionen unterbrochen. Trotz der Musik, die der Werbeclip in den Tunnel schallte, hörte man ein klagendes Jaulen hinter der Tür. Es klang ein bisschen wie das liebestolle Werben von Katzen in lauen Sommernächten, aber irgendwie hatten die Laute auch etwas Menschliches an sich.

Als der Wachmann von Lautersheim entdeckte, klappte er sofort seinen Laptop zu, sprang auf und nahm militärisch Haltung an.

»Guten Abend, Herr von Lautersheim.«

»Guten Abend, Oberst Wegener. Wie sieht es aus?«

Von Lautersheim war stolz auf seinen Ex-Soldaten, der Einsätze der KFOR geleitet hatte, bevor er den Dienst in seinem Security-Team angetreten hatte.

»Keine Veränderung seit Beginn meiner Schicht. Um achtzehnhundert, Herr von Lautersheim!«

»Dann öffnen Sie uns bitte die Tür!«

Das Gejaule, das durch die Tür schallte, verstörte von Lautersheim und auch Wachmann Wegener schien damit zu kämpfen. An der Schwelle dieser Tür wurden nun die Fachgebiete der Anwesenden getauscht. Der Fachbereich der Dekadenz wurde nun zum Fachbereich des Spirituellen.

Oberst Wegener öffnete die Tür des dahinter liegenden Themenraums, der offensichtlich den Tod als Motto hatte. Der sterile hellblau gekachelte Raum war eine exakte Kopie des Exekutionsraums im Greensville Gefängnis in Amerika, in dem im letzten Jahrhundert über hundert verurteilte Mörder per Giftspritze hingerichtet worden waren. Drei von Spots beleuchtete Exponate beherrschten den Raum. Links ein quietschgelb angestrichener elektrischer Stuhl, rechts davon das originale versteinerte Kreuz einer antiken Kreuzigung, welches aus einer archäologischen Ausgrabung stammte. Die Bruchstücke waren auf einer kaum sichtbaren Plexiglasscheibe fixiert und so zur ursprünglichen Form zusammengefügt worden.

Im Zentrum der Örtlichkeit war eine Liege aufgestellt worden, auf der sich die gefesselte Kreatur rekelte – der Anlass ihres Besuchs. Sie wand sich und gab klagendes und zugleich lustvolles Gestöhne von sich. Es war die Originalliege aus dem Raum, dem dieser hier bis ins kleinste Detail nachempfunden worden war. Die Liege hatte kantige schwarze Kissen aus einem abwaschbaren Stoff, die in Art und Form einem Strichmännchen nachempfunden war. So konnte man jeden Arm und jedes Bein mit den dicken Lederriemen optimal fixieren, um die Todesspritze reibungslos verabreichen zu können.

Es war ein Mann, der gefesselt auf der Pritsche lag. Sein einziges Kleidungsstück war eine Schlafanzughose. Beißender Gestank von Erbrochenem und Fäkalien ging von ihm aus. Geronnenes Blut und Kotze ergossen sich von seinem Mund aus über seine Brust. Oberst Wegener ging wie selbstverständlich hinter die Liege und hockte sich hin, um die veraltete Mechanik zum Aufrichten der gesamten Bahre auszulösen. Deren Zweck war es wohl gewesen, den Verurteilten im Angesicht der Hinterbliebenen seiner Opfer verrecken zu lassen.

Mit langsamen Pumpbewegungen richtete Wegener die Liege mit einem leisen Klicken auf, sodass sich die Geistlichen auf Augenhöhe mit dem Mann befanden. Er schwebte nun mit ausgestreckten Extremitäten vor ihnen. Sie sahen, dass die lädierten blutverkrusteten Lippen und die abgebrochenen Zähne auf einer dem Mund angepassten Beißschiene kauten. In dieser befand sich ein ovales Loch, aus dem das Gejaule schallte.

»Die soll uns davor schützen, von ihm attackiert zu werden«, setzte von Lautersheim zu einer Erklärung an.

Wegener sah auf den Verband an seiner Hand. »Und ihn selbst, damit er sich nicht wieder die Lippen und Zunge kaputtbeißt.«

Der Schlauch der Magensonde für die Zwangsernährung führte in seine Nase. Das Weiße in seinen Augen war blutrot und korallenartige gelb-verkrustete Eiterablagerungen wucherten in seinen Augenwinkeln. Sein Blick zeichnete apathisch Achten in die Luft.

»Ich möchte Ihnen Manfred Trapmann vorstellen. Sie kennen ihn vielleicht aus den Medien. Er ist

Vorstandsmitglied der EAR Frankfurt, einer der größten Weltbanken und Vorstandsmitglied der WTO.« Ein alter Mann im Arztkittel trat in Begleitung einer streng wirkenden Assistentin aus dem Hintergrund in den Lichtkegel. Er war über das Erscheinen der Kirchenmänner sichtlich verstimmt.

»Doktor Pinòt«, stellte von Lautersheim vor, »der Leibarzt von Herrn Trapmann. Und das hier sind die Herren Penrose und Marciano. Vertreter des Vatikans, die uns bei dieser Angelegenheit behilflich sein sollen.«

Kurzes Schweigen folgte, bis von Lautersheim weitersprach: »Es ist hoffentlich allen klar, dass bei den Ämtern, die Herr Trapmann bekleidet, äußerte Diskretion geboten ist. Es hat oberste Priorität, die Konstitution, in der sich Herr Trapmann befindet, wieder auf ein gesellschaftsfähiges Level zu heben. Doktor Pinòt ist offensichtlich *nicht* in der Lage, Herrn Trapmann aus diesem Dilemma zu befreien und sprichwörtlich mit seinem Latein am Ende.«

Doktor Pinòt war sichtlich erschüttert, erduldete aber die Schmach.

Freddy kam in diesem Augenblick mit einer Prostituierten durch die offene Tür herein, durch die sich der Wachmann schweigend verabschiedete und hinter sich schloss. Freddy hatte die Prostituierte anscheinend mitten bei der Arbeit gestört. Die Blondine mit Modelmaßen trug einen hautengen grauen Latexanzug mit einem Reißverschluss, der bei dem Versuch, ihn zu schließen, auf halber Strecke von ihren großen Brüsten gestoppt worden war.

Tränen hinterließen Spuren in der dicken Schminke und sie versuchte verbissen, nicht auf die Person in der Mitte des Raums zu blicken.

»Jetzt mal langsam und ganz von vorn. Wie ist Herr Trapmann in diesen Zustand geraten?«, fragte Marciano, der noch immer nicht verstand, was hier geschehen war.

»Dazu hat uns Freddy …«, von Lautersheim überlegte kurz und sah das Mädchen an, »Camilla?« Sie nickte. »Freddy hat Camilla geholt, sie war dabei, als sich dieser Zustand einstellte.«

Freddy griff Camilla an den Oberarmen, um sie etwas zu beruhigen und fragte, als sei sie ein Kind: »Kannst du uns erzählen, was vor fünf Tagen in diesem Raum geschehen ist? Die Herren müssen das wissen, um ihm zu helfen.«

Als sie das Wort ›helfen‹ hörte, platzte ihr der Kragen und sie fauchte mit polnischem Akzent: »Helfen? Verfluchte Schwanzlutscher hat zerfleischt meine beste Freundin. In Hölle soll er schmoren!«

»Camilla, erzähl den Herren jetzt deine Geschichte. Oder willst du, dass ich sauer werde?«

Von Lautersheims ruhiger Ton klang bedrohlich und Camilla erschrak so sehr darüber, dass sie sich vor ihrem Gönner vergessen hatte. Also schluckte sie ihre Emotionen hinunter.

»Also, Trapmann ist Vanessas und meine Stammfreier. Er immer sehr großzügig. Hat so ein Folienfetisch. Also, er mich hier mit Frischhaltefolie an das Kreuz fesseln lassen und Vanessa auf die Liege, wo er jetzt liegen.«

Sie starrte ins Leere, offensichtlich wiederholte sich die Szene vor ihrem inneren Auge. Ihr Schluchzen wurde schlimmer.

»Ihre Arme und Oberkörper ganz fest, wie von Spinne gefangene Insekt, mit kleinem Schlitz zum Atmen. Nur Beine waren frei. Er wollte immer: ich bin Jesus und guck zu. Ich hab immer gemacht was er gesagt. Er war gut. Wir haben auch immer Codewort gemacht, wann Schluss ist.

Ich weiß genau, Codewort war ›Taxi‹. Ich kann schwören.«

»Codewort?«, fragte Marciano leicht verwirrt und sah von Lautersheim fragend an.

»Ein Codewort wird normalerweise zwischen Dominas und ihren Sklaven vereinbart. Damit sie wissen, wann Schluss sein soll, falls sie zu hart peitschen oder ähnliches. Das Betteln um Gnade gehört mit zur Nummer, also muss es immer ein Wort sein, das während einer normalen Session garantiert nicht verwendet wird. Hier war es eben ›Taxi‹«, erklärte von Lautersheim.

Camilla erzählte ihnen daraufhin in ihrem gebrochenen Deutsch, was geschehen war. Wie sich Trapmann übergeben und angefangen hatte, das gefesselte Mädchen durch die vollgekotzte Folie aufzukratzen, als wäre er ein Tier. Dass ihre Kollegin ›Taxi, Taxi, Taxi!‹ geschrien hatte.

Von Lautersheim konnte sich ein Schmunzeln nicht verkneifen.

Dann berichtete sie weiter, wie Trapmann sie immer weiter aufkratzte, bis er ihr die Gedärme aus dem Leib riss und sie derweil immer noch weiter bumste, bis sein Schwanz laut knackte.

Freddy und von Lautersheim bissen die Zähne zusammen, als sie von dem Schwanzbruch des Mannes erfuhren. Freddy guckte mitleidig auf den Schritt der Schlafanzughose. Pater Penrose ignorierte das und nickte, als habe er die Bestätigung für eine Besessenheit herausgehört.

Camilla weinte wieder wie ein alter Motor, der langsam in Fahrt kam. Marciano entdeckte erst jetzt, dass überall an der Liege geronnenes Blut klebte und zu einer grob aufgewischten Lache darunter führte.

»Meine Fresse, die Nutte ist tot! Wäre nicht das erste Mal. Wir haben sie beseitigt. Niemand wird sie vermissen«, spielte von Lautersheim die Situation nicht ganz glaubwürdig herunter. Ein Hauch Nervosität verbarg sich im Unterton des Fürsten und sein zugekokstes Gehirn schwitzte ordentlich Paranoia aus.

Camilla bekam das alles nicht mit, sie war wohl in Gedanken immer noch bei dem, was sie miterlebt hatte.

»Was ist dann passiert?«, fragte Penrose, der seinen Blick die ganze Zeit auf Trapmann ruhen ließ.

Freddy erzählte weiter, während er Camilla tröstend in den Arm nahm. »Die Männer von der Security, von den Todesschreien alarmiert, kamen leider etwas zu spät. Sie stürmten den Raum und versuchten, Herrn Trapmann in ihre Gewalt zu bekommen, doch das erwies sich als äußert schwierig. Oberst Wegener schilderte mir, dass sie ihn mehrmals mit Tasern attackieren mussten, um ihn zu überwältigen.«

»Als ich hinzukam«, meldete sich der Doktor zu Wort, »hatte die junge Dame bereits so viel Blut verloren, dass ich nichts mehr für sie tun konnte. Nachdem ich ihre Freundin, Camilla, in meinem Zimmer versorgt hatte, kam ich wieder herunter, um mich um Herrn Trapmann zu kümmern. Der wies mittlerweile schwere Verletzungen im Bereich der Lippen auf, die er sich selbst zugefügt hatte. Er beschimpfte und bedrohte mich. Plötzlich sprach er in einer Sprache, die ich noch nie zuvor gehört habe. Zu fünft haben wir diese Beißschiene in seinem Mund platziert, wobei er mir beinahe einen Finger abgebissen hätte.«

Was mache ich hier eigentlich? Wo bin ich hier bloß gelandet?, fragte sich Marciano erneut. Er kam sich vor, als hätte es ihn in die Hölle verschlagen und er sollte hier Dämonen von Dämonen befreien.

»Und warum glauben Sie, dass dieser Mann von einem Dämon besessen und nicht einfach bloß durchgedreht ist?«, wollte er genervt wissen.

»Sehen Sie sich Herrn Trapmann doch an. Wenn diese Kreatur dort nicht besessen ist, dann ist es noch nie irgendjemand gewesen. Und deshalb sind Sie«, von Lautersheim zeigte auf die Geistlichen, »meine Herren, hier, um diesen Mann von was auch immer zu befreien.«

Marciano sah in Penroses Blick, dass dieser sich bereits sicher war, dass es sich hierbei um einen Fall von Besessenheit handelte. Wenn Marciano das vor ihm an die Liege gefesselte Wesen ansah, wusste er es auch. Die Krämpfe, die durch den Körper fuhren und die gelben, wie von Honig verklebten Augen, sprachen Bände.

»Und deshalb glauben Sie, er sei besessen? Haben Sie schon mal was von multipler Persönlichkeitsstörung gehört?« Marciano sprach dermaßen erregt, wie er es nur selten tat. Penrose griff ihm beruhigend an den Unterarm, sah ihn an und schüttelte den Kopf. Das ließ Marciano verstummen, der sich Penrose in stiller Bewunderung dessen Fähigkeiten bei solchen Angelegenheiten stets unterordnete.

»Entfernen Sie bitte das Mundstück und verlassen Sie alle den Raum. Wir möchten allein mit Trapmann sprechen.« Pater Penrose hatte bis gerade eben noch keinen Ton gesagt, was seinen Anweisungen nun zusätzlich Nachdruck verlieh.

Der Doktor und seine Assistentin versuchten Trapmann festzuhalten, um ihm das Mundstück zu entfernen. Schafften es aber nicht.

»Freddy, hilf ihnen doch, du Trottel!«

Freddy näherte sich pflichtbewusst, aber ängstlich dem hin und her zuckenden Kopf, der genau auf Höhe seiner Augen war. Er holte kurz Luft und packte mit aller Kraft zu. Nun konnten die Mediziner den Knebel entfernen. Zum Dank schnappte Trapmann nach ihnen, bis er keuchend zu lachen anfing. Es gelang Trapmann urplötzlich, mit einer schier unmenschlichen Verrenkung eine Hand aus seiner Fessel zu lösen. Er zog Freddy fest im Nacken gepackt auf die Ruine seines Mundes zu. Statt ihn zu beißen führte er dessen Ohr an seinen Mund und begann etwas zu flüstern.

»So tun Sie doch etwas!«, schrie von Lautersheim.

Doktor Pinòt eilte samt Assistentin zurück zu der aufgerichteten Liege. Sie hatten sich zu früh entfernt. Unter großer Anstrengung brachten sie den Arm wieder in die Fixierung und befreiten Freddy aus Trapmanns Griff. Freddy war kreidebleich, ob aufgrund dessen, was ihm widerfahren war oder dessen, was er gehört hatte, ließ sich nicht mit Bestimmtheit sagen.

Von Lautersheim machte Druck, schlug mehrfach von innen gegen die Tür, die daraufhin sofort aufsprang. Er wies alle außer den Kirchenmännern an, den Raum umgehend zu verlassen. Begleitet von den wüsten Beschimpfungen des Gefesselten machten diese sich auf, zu gehen. Der Arzt wandte sich kurz vor der Tür noch mal um und fragte kleinlaut: »Dürfte ich vielleicht hierbleiben? Ich würde mich gern um das gesundheitliche Wohl meines Patienten kümmern.«

Marciano überlegte kurz und gestattete ihm seinen Wunsch. Dann schloss sich die Tür.

»Was wollt ihr Bastarde von mir?«, fragte Trapmann.

Die Priester stellten ihre Koffer ab und holten eine mit Weihwasser gefüllte Flasche sowie ein großes Kruzifix heraus. Sie beteten und segneten ihre Utensilien. Trapmann lachte.

»Gott ist tot, ihr Hampelmänner!«

Er brabbelte etwas in einer unverständlichen Sprache. Ein Blick verriet Marciano, dass Penrose verstanden hatte. Sie ignorierten ihn und packten aus zwei weiteren Koffern Stative aus, stellten diese auf und montierten kleine Scheinwerfer darauf. Penrose holte noch etwas anderes aus dem Koffer, das der Arzt verstörend beäugte.

»Freddy«, befahl von Lautersheim. »Schaff die Nutte hier weg und sieh nach, ob die Party richtig in Gang kommt. Und verteil etwas von diesem neuen Ständer-Mittel, aber pass auf, dass keiner zwei Pillen nimmt. Ich will nicht, dass die nächste Woche im Büro immer noch 'ne Latte haben!«

Er setzte sich zu der Krankenschwester und dem Wachmann an den kleinen Tisch. Von Lautersheim fuhr sich mit seinen Händen durchs Haar, faltete sie dann im Nacken und ließ seine Stirn auf den Tisch sinken. Damit schützte er sich vor dem Small Talk mit den beiden Gehaltsempfängern, die sich peinlich berührt anschwiegen.

Aus dem schmalen Fenster in der Tür zum ›Raum des Todes‹ drangen grelle Blitze, markerschütternde Schreie folgten. Es klang, als würde ein Baby mit einer rolligen Katze um die Wette brüllen. Die Lautstärke stieg ins Unermessliche, was den dreien vor der Tür eine Gänsehaut bereitete. Dann hörte man ein Weinen, ein Wimmern, fast wie von einer Frau. Gelegentliches Beten der Priester war zu vernehmen, abwechselnd in verschiedenen Sprachen. Es wurde immer lauter. Schlimmste Beleidigungen unterbrochen von bestialischen Schreien.

Zehn Minuten dauerte das Spektakel. Letztlich endete das Schreien, nach und nach auch die monotonen Gebete und schließlich die Blitze. Das kleine Fenster wurde schwarz. Erst jetzt nahm von Lautersheim seinen Kopf von der Tischplatte und sah mit Hoffnung im Blick zur Tür, hinter der es ruhig geworden war.

Eine gefühlte Ewigkeit verstrich. Dann erschraken alle, als es plötzlich dreimal laut an die Tür klopfte. Irgendwie hatte sich durch die Stille Unbehagen in die Körper der drei Wartenden geschlichen. Von Lautersheim schüttelte seinen starr auf die Tür gerichteten Blick ab und wies Oberst Wegener an, diese zu öffnen. Wegener stand langsam auf und schlich zur Tür. Erneut klopfte es dreimal. Die drei zuckten wie ertappt zusammen.

»Was ist, wenn sich Trapmann befreit hat?«, fragte die Krankenschwester, die gerade im Begriff war, ihre bis jetzt so gut bewahrte Haltung zu verlieren.

»Reden Sie keinen Unsinn«, schnaufte von Lautersheim verstimmt. »Machen Sie schon die Tür auf!«

Der Oberst ging weiter, legte seine linke Hand zur Beruhigung auf den Griff seiner Neun-Millimeter, drehte den Knauf der Tür und stieß sie auf. Einem schwarzen Abgrund gleich tat sich die Dunkelheit dahinter auf. Es blitzte wieder. Alle erschraken im Stroboskoplicht, doch es war nur das Blinken der Neonröhren, die der Arzt gerade wieder eingeschaltet hatte. Von Lautersheim stand auf und ging auf die Tür zu. Er sah, dass die beiden Priester gerade dabei waren, die Stative wieder abzubauen und einzupacken. Trapmann hing völlig regungslos in den Gurten der Liege. Ein blutiger Rotzfaden lief über seine lädierten Lippen und seilte sich ab in Richtung Boden. Der Fürst sah Doktor Pinòt an. Dieser sah aus, als wäre er gerade seinem Schöpfer begegnet. Er war kreidebleich und starrte apathisch auf den Lichtschalter, den er gerade betätigt hatte.

Von Lautersheim betrat den Raum und wollte gerade fragen, was geschehen war, da hustete Trapmann plötzlich schwer und brockig. Er würgte einen dicken

Schleimbrocken hoch und rotzte ihn auf den Boden. Die Geistlichen arbeiteten unbeirrt weiter. Trapmann hob den Kopf. Seine blasse, nasse Haut sah kalt aus. Von Schweiß triefende Haarsträhnen klebten in seinem Gesicht. Er stöhnte und räusperte sich.

»Er ist weg!«

Trapmanns Gesicht verzog sich zu einer Grimasse des Schmerzes, als er seine Lippen bewegte und angestrengt schluckte.

»Dieser Hurensohn ist weg! … Ah, meinen Lippen! Was hat der mit meinen Lippen gemacht?«

»Schön, dass du wieder da bist, Manfred«, freute sich von Lautersheim. Er war sichtlich erleichtert.

»Doktor Pinòt, schwingen Sie Ihren Arsch hier rüber. Herr Trapmanns Wunden müssen augenblicklich versorgt werden.«

»Wie kann ich Ihnen nur danken?«, flüsterte Trapmann in Richtung der Geistlichen.

»Sie wollen wissen, wie?«, fragte Marciano, der immer noch nicht glücklich mit dem war, was er hier tat. »Sie könnten Ihr Leben ändern. Beenden Sie dieses verkommene Dasein. Nehmen Sie das soeben Erlebte einfach als Gottesbeweis. Schlagen Sie einen neuen Weg ein. Finden Sie die Familie der von Ihnen getöteten Frau und üben Sie sich in Wiedergutmachung. Kehren Sie diesem Sündenpfuhl den Rücken zu.«

Von Lautersheim belächelte die Moralpredigt, freute sich jedoch sichtlich, dass seinem Freund geholfen worden war.

»Keine Sorge, der Vatikan wird eine deftige Spende erhalten. Sie auch, wenn Sie wollen. Und Sie können sich oben auf der Party amüsieren«, lenkte von Lautersheim ab. Ihm hätte klar sein müssen, dass dieses Angebot für die beiden Kirchenmänner einer Beleidigung gleichkam,

doch es sprach der Übermut aus ihm. Marciano verkniff sich jeglichen Kommentar, ihm war bewusst, dass es hier nichts mehr zu retten gab.
»Das Einzige, was wir wollen, ist so schnell wie möglich aus dieser Hölle zu verschwinden!«

Kapitel 4

Zehn Tage später
16. Juli 2003, 10:39 Uhr
Frankfurt am Main

Eine löchrige Wolkendecke, durch die ab und an die Sonne blitzte, wurde vom Wind über die Stadt getrieben. Trotz des starken Windes herrschten neunundzwanzig Grad, die auch der temporäre Nieselregen nicht zu senken vermochte. Das ganz normale geordnete Chaos, lief zwischen den Hochhäusern des Bankenviertels ab, das vom vereinzelten Hupen der wenigen, die es noch eiliger hatten als die anderen, im Takt gehalten wurde. Manfred Trapmann saß zum ersten Mal seit Langem wieder in seinem Büro im fünfundfünfzigsten Stock des Wolkenkratzers der EAR Frankfurt. Die Hochhäuser auf der anderen Seite der raumhohen Fenster waren wie Leibwächter hinter ihm aufgereiht. Schwarzer Klavierlack dominierte die Möbel in seinem minimalistisch eingerichteten Büro. Nur der antike schwere Ohrensessel aus brüchigem braunen Leder fiel aus dem Rahmen des sonst modernen Raums.

Hier saß er nun, zehn Tage nach seinem Martyrium. Die Verletzungen seiner Lippen waren so folgenschwer, dass deutliche Vernarbungen den Heilungsprozess überdauern würden. Zumindest konnte er wieder sprechen. Der Rest von ihm war wieder im perfekten Zustand. Er trug einen smarten Anzug, die Haare waren zu einem akkuraten Scheitel geföhnt, die leichte Bräune aus dem Solarium hofierte wieder die makellos weißen Zähne, die aus dem Krater strahlten, der einmal sein Mund gewesen war. Aus kleinen schwarzen Knoten wuchsen immer noch kurze schwarze Fäden. Zwanzig Stiche waren nötig gewesen, um wieder einen Mund zu modellieren. Er war fast vierzig Jahre alt und hatte es schon ganz nach oben geschafft: Top-Manager der EAR Frankfurt, darauf konnte er sich etwas einbilden. Weltbanken waren ja nicht einfach irgendwelche Banken, sie standen über sämtlichen Abläufen des sonstigen Finanzverkehrs und regierten aus dem Hintergrund über den weltweiten Kapitalismus. Auf dieser Ebene wurde Monopoly mit ganzen Ländern gespielt. Trapmann spielte mit der größten Waffe, die die Moderne hervorgebracht hatte: den Schulden. Mit ihnen konnte er Könige, Präsidenten ja alle Staatsoberhäupter in die Knie zwingen. Er schob Milliarden hin und her und ließ auch gern darum betteln. Sein Ego, einstmals stark und unerschütterlich, war nun angekratzt. Er hatte eine Erfahrung gemacht, die ihm das Geld, das höchste Gut in seinem Bewertungssystem, entwertet hatte, eine spirituelle Erfahrung, die sich nicht leugnen ließ, die ihn seine kühle Logik nicht verdrängen ließ. Dabei hatte er eine weitaus schwerere Verletzung davongetragen als die seiner Lippen: den Einbruch in das Haus seines Verstandes. Das Gefühl glich dem, wenn Einbrecher die Schubladen des eigenen Schlafzimmers durchwühlt hatten. Sein Geist war entweiht worden und er wusste nicht, ob er sich hier je wieder sicher fühlen konnte. Er wollte sich dieser Gedanken und Gefühle entledigen, die er als Schwächen ansah, und schnell wieder an die Arbeit gehen. Es schien jedoch nichts wichtig genug auf seiner Agenda zu sein, dass es sich lohnen würde, es anzugehen. Er saß einfach nur da. Alles war so banal geworden. Wie ein Erwachsener, der vor dem Spielzeug seiner Kindheit stand und damit spielen sollte, saß er hier vor E-Mails und Memos, vor Hedgefonds und Anlagestrategien.

Mit einem Mal wurde die Hochglanz-Lack-Oberfläche seines Schreibtischs durchsichtig und der Zwanzig-Zoll-Monitor erwachte zum Leben. Blau auf Schwarz erschien hier nun ein Satz, begleitet von einem sanften elektronischen Klingeln:

»Herr Arno Nocke ist jetzt bereit für die Videokonferenz.« Trapmann hätte nichts lieber getan, als diese Konferenz einfach abzusagen, aber die Dringlichkeit ließ es nicht zu. Vor ihm fuhr der große Flachbildschirm aus der Decke herunter. Das Gesicht eines älteren stattlichen Mannes erschien, hinter ihm, durch eine Scheibe, der Blick auf das illustre Treiben des deutschen Aktienmarktes.

»Hallo, Manfred. Wir hoffen hier alle, dass es dir wieder besser geht.« Die Stimme des Mannes war kühl und er predigte das alles völlig abgeklärt herunter, als ob er es auswendig gelernt hätte oder die Worte irgendwo ablesen würde. »Umso mehr freuen wir uns, dass du dich so schnell wieder erholt hast. Ich für meinen Teil werde in Zukunft einen großen Bogen um flambierte Cocktails machen.«

Damit bezog er sich wohl auf die Erklärung, die von Fürst von Lautersheim in Umlauf gebracht worden war, um den Arbeitsausfall und die Verletzungen von Herrn Trapmann zu erklären.

Zwei weitere Flachbildschirme kamen links und rechts heruntergefahren. Gesichter von Geschäftspartnern in ihren Büros tauchten auf. Ein Mann und eine Frau. Der Mann sah aus, als hätte ihm jahrzehntelanger Zigarettenkonsum alles Leben aus dem Körper entzogen. Ein mit Haut überzogenes Skelett, die trockene Gesichtshaut so straff über den Schädel gespannt, dass sich die dünnen faltigen Lippen gar nicht mehr schließen ließen und die Sicht auf das lila Zahnfleisch und die grauen Zähne freigab. Die Frau sah aus wie eine strenge Lehrerin, die braunen Haare zu einem Dutt gebunden, Blazer, Bluse und Hornbrille.

Trapmann kam sich vor, als säße er vor einem Kriegsverbrecher-Tribunal.

»Vielen Dank, dass Sie an dieser Telefonkonf… *hicks!* … Entschuldigen Sie bitte.« *Schluckauf. Oh nein, nicht jetzt*, dachte er und hielt die Luft an.

»Gut. Thema sind die Leerverkäufe von vorletzter Woche. Dietmar, können Sie uns sagen, wie es zu diesem Fiasko kommen konnte?«

Geschafft, dachte er und atmete einmal tief durch. Der Nieselregen nahm ordentlich zu und peitschte von den Böen getragen gegen die Panoramascheiben hinter ihm. Plötzlich erstarrte er. Seine Hände verkrampften sich zu Fäusten.

»Alles in Ordnung?«, unterbrach der vermeintliche Kettenraucher seine Rechtfertigung für die Leerverkäufe.

Ein Schwall Kotze stieg Trapmann in den Mund, doch er schaffte es, sie herunterzuschlucken. Sein gesunder Teint verabschiedete sich und es gelang ihm, mit letzter Kraft zu sagen: »Entschuldigen Sie mich bitte.«

Dann tippte er ungelenk mit zwei Zeigefingern auf die Tastatur. Die drei Monitore schalteten augenblicklich ab und verschwanden in der Decke. Ein Ruck wie ein Stromschlag ging durch Trapmanns Körper. Seine Augen färbten sich in sattes Gelb und dann kotzte er sich die Seele aus dem Leib: über die Tastatur und das Telefon. Wie ein Treibnetz voller Fische, das geöffnet wurde, schwappten sein Frühstück und Reste vom Abendbrot des Vorabends über den Tisch. Sein ganzer Körper bebte vor Anstrengung.

Als er sich völlig entleert hatte, stand er plötzlich auf wie ein Soldat, wenn der Vorgesetzte den Raum betrat.

Die Augen, noch geschlossen von der Anstrengung, sprangen urplötzlich auf. Der Blick starr, apathisch, psychotisch. Er atmete tief ein, so tief wie noch nie.

Er sog die Luft in seine Lunge, als wäre er gerade erst geboren worden.

Teil 2 - Geisterfahrer

Kapitel 1

An einem Sonntag, sieben Jahre später
Hamburg, Speicherstadt

Es war schon spät am Nachmittag und die Sonne stand tief. In der zehnten Etage krochen die Schatten der Terrassenmöbel durch die Fensterwand in das über zwei Etagen reichende Wohnzimmer. Es befand sich in einem dieser modernen Betonklötze in Kran-Optik, die sich neuerdings an der Elbe aneinanderreihten.

Das Wohnzimmer war modern eingerichtet: champagnerfarbene Tapeten und dunkle Echtholzmöbel. Der goldbraune Parkettboden aus afrikanischem Teakholz erstreckte sich durch die gesamte Wohnung. Selbst die Treppenstufen, die wie in die Wand gesteckte Dominosteine wirkten und zur Galerie führten, bestanden aus dem markanten Holz. Das Wohnzimmer ging direkt in die mit Hightech-Geräten ausgestattete Küche über, die sich gegenüber der sechs Meter hohen Fensterfront befand. Links daneben der Flur, der erst zum Bad und dann direkt in Richtung Haustür führte.

Die Wohnung wirkte still und verlassen, nur das Summen einer Festplatte, dem Zirpen einer Grille ähnelnd, war zu hören. Plötzlich raschelte es an der Wohnungstür und dumpfe Stimmen erklangen dahinter. Ein Schlüssel wurde ins Schloss geschoben und entriegelte die Tür mit drei Umdrehungen. Schon kam eine Katze die Treppe im Wohnzimmer heruntergeeilt. Die Tür sprang auf und eine vierköpfige Familie, voll bepackt mit Koffern und Taschen, stolperte durch die Tür in den Wohnungsflur.

»Rumborack«, rief eine der beiden Zwillingstöchter. Sie ließ ihr Gepäck fallen und stürmte auf die getigerte Katze zu, die etwas perplex guckte. Rumborack wurde von Larissa, dem dreizehnjährigen Mädchen, vom Boden aufgehoben und ausgiebig beschmust. »Hat Opa dich gut versorgt?«

Die Mutter drückte derweil die Tür mit dem Rücken zu, da ihre Hände voll mit Koffern waren und lehnte sich dann erschöpft dagegen.

»Geschafft!«, schnaufte Melinda und versuchte sich an einem Grinsen. Ihr gut zehn Jahre jüngerer Partner Falko versuchte das Grinsen zu erwidern, doch es gelang ihm kaum.

»Wie hat dir dein erster Urlaub mit deiner neuen Familie gefallen?«, fragte sie erledigt.

»Frag mich das in zwei Stunden noch mal.«

»Ihr beiden Früchtchen, was habt ihr in Griechenland gelernt? Außer, dass dein Name dort herkommt, Larissa?«

Larissa antwortete, die Katze immer noch knuddelnd: »Also, Sokrates hatte eine Xanthippe. Und Aristoteles war so dick, dass sein Badewasser übergelaufen ist. Richtig?«

»So in etwa. Aber Xanthippe war seine …«

Falko unterbrach sie leicht genervt. »Bitte keine Vorträge mehr. Das hat man davon, wenn man mit einer Philosophie-Professorin nach Griechenland fährt. Vorträge, Vorträge, Vorträge.«

Falko fiel auf, dass der PC auf dem kleinen Schreibtisch im Wohnzimmer lief.

»Klasse Melli, jetzt ist der PC zwei Wochen durchgelaufen!«

»Oh, tut mir leid Schatz, den hab ich wohl vergessen. Rumborack hatte noch gekotzt, als das Taxi schon wartete und ich musste das noch schnell wegmachen«, erklärte Melinda, die sich nicht auf den Streit einlassen wollte, der sich hier anbahnte. Dann bemerkte Falko, dass das zweite Zwillingsmädchen eine Tüte mit Steinen in der Hand hielt.

»Sina, sag mal, bist du komplett verrückt? Ich hab dir doch erklärt, dass man Steine nicht aus Griechenland mitbringen darf. Dadurch hätten wir richtig Probleme kriegen können.« Sein Ton hatte sich stark verschärft.

»Lass sie doch, es ist ja nichts passiert«, deeskalierte Melinda, doch das regte Falko nur noch mehr auf.

»Ich konnte die doch nicht wegschmeißen, da habe ich so lange für gesammelt.«

»Wieso hört hier eigentlich keiner auf mich? Verschwindet erst mal in euer Zimmer und packt eure Koffer aus!«

Melinda wusste, dass sie sich nicht auf die Seite ihrer Kinder stellen und damit Position gegen ihren neuen Partner beziehen durfte und ließ den auf Hilfe hoffenden Blick von Sina an sich abprallen. Innerlich schmerzte das, weil sie Falkos Reaktion eigentlich übertrieben fand, aber die Zwillinge sollten Falko als ihren neuen Partner anerkennen und lernen, dass sie ihm gehorchen mussten.

Also stampfte eine Mini-Parade von eingeschnappten pubertierenden Mädchenklonen die Treppe im Wohnzimmer hinauf und fand ihr Ende mit einer knallenden Tür.

»Warum musst du immer gleich übertreiben?«, fragte Melinda, als sie sich daran machte, die Koffer in die Waschküche zu bringen.

Anderthalb Stunden später saß Falko vor dem großen Flatscreen-Fernseher im Wohnzimmer. Er hatte seine Schuhe und Socken ausgezogen und sich eine bequeme

Jogginghose und ein schwarzes Shirt angezogen. Vor ihm auf dem Wohnzimmertisch lag eine Pizza in Achteln in einem aufgeklappten Pizzakarton. Zweieinhalb Stücke hatte Falko schon verputzt. Er hatte sich gemütlich auf dem tiefen grauen Cord-Sofa zurückgelehnt und sah die zwanzig Uhr Nachrichten.

»Der zehnte Tag mit über dreißig Grad«, ertönte die Moderatorenstimme, »und kein Ende in Sicht, aber mehr dazu später beim Wetter im Anschluss an die Topthemen. Zurzeit beschäftigt ein seltsamer Fall von Selbstmord die Polizei.«

Falko war Kommissar bei der Mordkommission Hamburg und das Wort Selbstmord ließ ihn aufhorchen.

»Heute Mittag um zwölf Uhr zwanzig rannte Ulrich T., Vater von drei Kindern, plötzlich aus dem Restaurant der Raststätte Hollenstedt und stürmte auf die Autobahn. Einige Fahrzeuge konnten noch ausweichen, dann wurde er von einem Lkw erfasst und verstarb noch am Unfallort. Aber nun wieder zum Topthema dieser Tage. Die Terrorsekte ›Söhne des Faust‹ hat sich zu dem Terroranschlag bekannt, der gestern in Berlin verübt wurde. Beim alljährlichen Berliner Halbmarathon hatten unbekannte Täter an vier Verpflegungsständen die Getränke für die Läufer mit dem Nervengift Botulinumtoxin versetzt, welches nach wenigen Minuten zu einer Atemlähmung und unweigerlich zum qualvollen Tod führt. Eine knappe Stunde waren die Läufer bereits unterwegs, als sie die Stände mit den vergifteten Bechern erreichten. So gut wie jeder Teilnehmer trank aus den Bechern. Es vergingen weitere zehn Minuten, bis der erste Läufer zusammenbrach. In den folgenden dreißig Minuten folgten zweihundertsiebzig weitere Läufer. Zunächst ging man von Kreislaufzusammenbrüchen aus, die von dem heißen Wetter herrührten. Teils wurde den Sterbenden zur

Flüssigkeitszufuhr noch mehr Gift aus den Bechern eingeflößt. Erst am Abend wurde der Giftstoff in den Getränken nachgewiesen. Dies ist der schlimmste Terroranschlag in der Geschichte der Bundesrepublik.«

Das Bild des Tagesschausprechers wurde ersetzt. Nun sah man einen Zusammenschnitt von Handyvideos, Fernsehkameras und Hubschrauberaufnahmen, die die für den Halbmarathon abgesperrten Straßen zeigten, auf der unzählige tote Läufer lagen. Falko stockte der Atem, als er die Bilder sah.

Ärzte und Zuschauer versuchten, den sich im Todeskampf befindenden Läufern, zu helfen – vergeblich. Wie Maden kringelten sich diese auf dem Boden. Blutiger Schaum blubberte in ihren Mündern. Körper zuckten wie von unsichtbaren Defibrillatoren unter Strom gesetzt, bis die Abstände zwischen den Kontraktionen immer länger wurden und die Läufer nach einem letzten Aufbäumen verstarben.

Ringsum hilflose, verstörte Gesichter mit verweinten Augen. Hände verbargen offen stehende Münder.

Eine Hubschrauberaufnahme zeigte das Ausmaß der Katastrophe. Es wirkte, als fließe ein Fluss aus Leichen durch die Innenstadt.

»Unbestätigten Meldungen zufolge haben sich die ›Söhne des Faust‹ in einem Video, das bei der Polizei einging, zu dem Anschlag bekannt. Die ›Söhne des Faust‹ nennt sich eine Terrorbewegung, die aus der radikalen Vereinigung ›Die letzte Warnung‹ hervorging. Diese machte in den Neunzigerjahren auf sich aufmerksam, als sie den damaligen Umweltminister entführt und ihn die praktizierten Torturen in einem Schweineschlachthof am eigenen Leib nachempfinden hatten lassen. Dazu brachen sie in einen, wegen Schweinegrippe unter Quarantäne gestellten Schlachthof ein, schlachteten den Minister vor laufender Kamera und stellten das Video online. Da diese Organisation über die nötige Radikalität und die finanziellen Mittel verfügt, wäre ihnen der aktuelle Anschlag durchaus zuzutrauen. Die Staatsanwaltschaft hüllt sich dazu in Schweigen und teilte lediglich schriftlich mit, dass die Daten des Videos noch ausgewertet werden.«

»Was ist denn passiert?«, fragte Melinda, die sich von hinten an Falko heranschlich, ihn umarmte und einen Kuss ins Haar gab, ohne den Blick von den grausamen Bildern im Fernsehen zu nehmen.

»Terroranschlag in Berlin. Heftig!«, antwortete Falko.

»Das ist ja grauenhaft. So viele Tote«, entnahm sie den Bildern. »Weiß man schon, wer dahintersteckt?«

»Irgendeine Sekte.«

»Wieso tun die Menschen anderen bloß immer wieder solche Dinge an?«

»Weil wir Menschen dumm sind und des Friedens nicht fähig.«

So trat sein als Kriminalbeamter berufsbedingter Pessimismus immer wieder zu Tage. Melinda hörte ihm nie wirklich zu, wenn er negativ philosophierte, bestätigte seine Ausführungen aber trotzdem mit einem bejahenden Stöhnen.

Falko nahm die Fernbedienung und schaltete den Fernseher aus. »Ich habe keine Lust, mir die Nachwehen dieses schönen Urlaubs von den blöden Nachrichten verderben zu lassen. Morgen ist auch noch Zeit, sich mit den Problemen der Welt auseinanderzusetzen.«

»Du fandest den Urlaub also schön?« Melinda freute sich über seine positive Äußerung, denn sie fühlte sich immer noch nicht ganz sicher in ihrer Beziehung. Starke Selbstzweifel beherrschten sie, sie war immerhin schon dreiundfünfzig Jahre alt und gehörte nicht mehr zu dem Typ Frau, der man laut Werbung und

Hochglanzmagazinen sein sollte. Zwar war sie eine gepflegte und hübsche Frau mit schulterlangem, glatten, leicht grauen Haar und immer noch knackiger Figur. Bekam sie aber ein Kompliment, wollte sie es nicht hören. Melinda stand mit beiden Beinen fest im Leben und war sonst nicht leicht zu verunsichern. Sie war seit nun schon fünfundzwanzig Jahren als Dozentin an der Bremer Uni beschäftigt und voll etabliert. Doch seit dem plötzlichen Tod ihres Mannes bei einem Autounfall war ihr die Angreifbarkeit ihrer soliden Existenz bewusst geworden. Ihr Mann hatte ihr ein kleines Vermögen und diese Wohnung hinterlassen, doch fehlte ihr nach seinem Tod die Geborgenheit. Das Gefühl, einen Sinn im Leben zu haben, den Platz an jemandes Seite. Fünf Jahre später hatte sie nun wieder etwas Vergleichbares bei Falko gefunden, doch war sie sich bei ihm nie sicher, was er fühlte. Diese Ungewissheit machte sie verrückt. Und die zwei Töchter in ihrem Gepäck machten das Ganze nicht gerade einfacher. Dazu kam noch der Altersunterschied.

»Ich hatte ein wenig Bedenken, weil wir gleich in den Urlaub geflogen sind, so kurz nach deinem Einzug bei uns, ohne dass sich alle richtig an die Situation gewöhnen konnten. War dir das nicht zu viel mit zwei Pubertierenden und einer Frau nahe der Midlife-Crisis?«

»Nee, ich fühle mich sogar ganz wohl in der neuen Rolle.«

Melinda lächelte und war zufrieden mit der positiven Aussage, wollte ihr Glück aber nicht überstrapazieren und lenkte vom Thema ab.

»Das freut mich zu hören. Wollen wir gleich noch ’nen Film gucken? *Ghostwriter* läuft im Fernsehen. Den würde ich gern sehen. Ich muss nachher nur noch die zweite Ladung Wäsche in den Trockner stecken, dann bin ich durch für heute.«

»Klar, auf den Film habe ich auch Lust. Soll ich uns eine Flasche Wein aufmachen?«

Melinda nickte. Er stand auf und ging in die Küche, wo er einen chilenischen Kaiken aus dem Weinregal nahm und mit einem kleinen Messer die Versiegelung abschälte.

»Wie ist eigentlich die Lage da oben?«, fragte er, während er die Flasche öffnete. Melinda drehte sich zur Küche um und stützte sich mit verschränkten Armen auf die Rückenlehne des Sofas.

»Also als ich ihnen ihre Pizza gebracht habe, saß Larissa vor ihrem Notebook im Chat auf Facebook und wenn ich mich nicht irre, hat sie mit Sina-Luisa, die im gleichen Zimmer auf dem Bett liegt, gechattet. Denn die hackte wie verrückt auf ihrem Smartphone herum und urplötzlich sahen sie einander an und mussten lachen. Die haben sich bestimmt über mich lustig gemacht. Es kehrt langsam wieder Normalität ein.«

»Nennen wir es lieber den ganz normalen Wahnsinn. Wann musst du eigentlich wieder an die Uni?«, fragte Falko, als er den Wein in die Gläser goss.

»Die Mädels und ich haben zum Glück noch 'ne Woche Ferien, da kann ich hier in Ruhe das Haus wieder auf Vordermann bringen. Tut mir aber für dich leid, dass du morgen schon wieder zum Dienst musst. Aber es ist wie es ist.«

»Halb so wild. Ich mach morgen früher Schluss, ich hab noch den Termin beim Tätowierer. Vielleicht wird mein Tattoo ja morgen fertig, das wäre doch ein Highlight.«

Die Erwähnung des Tattoos verstimmte Melinda. Es war ihr ein Dorn im Auge. Sie wusste, dass es eine Altlast aus seiner letzten Beziehung war. Er und seine Exfrau wollten sich als Symbol ihrer Liebe jeder einen Drachen auf den Arm tätowieren lassen, der zu einem zweiköpfigen Feuerspucker mutierte, wenn sie die Arme aneinanderhielten. Dieses Ritual hatte ihren Bund der Ehe besiegeln sollen. Doch als die Hochzeit geplant war und das Stechen der Tattoos anstand, war seine Verlobte verstorben.

Dem Umstand des verstorbenen Lebenspartners hatten es die beiden zu verdanken, dass sie sich in einer Selbsthilfegruppe, die sich mit dem Verlust von geliebten Menschen beschäftigte, kennengelernt hatten.

»Komm, der Film fängt gleich an«, sagte er.

Sie konnte nicht weiter nachhaken, weil er sonst wieder dichtmachte, obwohl sie es gern wollte. Sie war eine chronische Nachgeberin, was sich aus ihrer mütterlichen Harmoniesucht ergab. Sie machten es sich auf der Couch gemütlich und sahen sich den Film an. Melinda kuschelte sich dazu an Falkos Brustkorb und schluckte alles, was sie noch sagen wollte, mit einigen Schlucken Rotwein herunter.

Kapitel 2

Nancy war gestresst. Sie hatte ihre Arbeitszeit im betreuten Wohnen schon um zwei Stunden verlängert, da sich die Frau für die Nachtschicht krankgemeldet hatte. Ihr war bewusst, dass ihre Tochter und ihre Lebensgefährtin schon auf sie warteten, da sie an diesem Abend in das Musical *König der Löwen* gehen wollten. Wenn das hier noch länger dauerte, würden sie es nicht schaffen.

Zum Glück hatte eine Freundin, die früher mal ein freiwilliges soziales Jahr hier absolviert hatte und ab und an noch mal einsprang, zugesagt, die Nachtschicht zu übernehmen und ihr so den Arsch gerettet.

Als Ronja endlich eingetroffen war, führte Nancy sie in die erste Etage des zweistöckigen Hauses zu einem Zimmer, wo sie ihr eine neue Bewohnerin, die sie noch nicht kannte, vorstellen wollte. Nancy öffnete die Tür. Ronja spiegelte sich in der oberen verglasten Hälfte und nutzte dies sofort, um den Sitz ihrer Haare zu kontrollieren. *Typisch Ronja*, dachte sie ein wenig missgünstig. Sie sagte nichts, verdrehte jedoch die Augen.

Nancy war stämmig und ungepflegt. Ihre vierzig Lebensjahre waren ihr deutlich anzusehen. Sie schminkte sich nicht, kümmerte sich nicht um ihr Haar und man roch, dass sie Duschen für Wasserverschwendung hielt. Ein weiter alter Wollpulli, den sie trotz des Sommerwetters als Schutzpanzer trug, sollte ihre Weiblichkeit und Unförmigkeit verstecken. Ihre verwaschene Jeans war unter den dicken Knien abgeschnitten und ihre dunkel behaarten Beine endeten in den Ökolatschen, die auch das Fundament für ihre Lebenseinstellung darstellten.

Ronja war das genaue Gegenteil. Sie war knapp über zwanzig, dünn und hatte schwarzgefärbte glatte Haare. Sie hatte zwei Piercings an den beiden Seiten der

Unterlippe, was sich *Snakebite* schimpfte und ein Augenbrauenpiercing. Sie war stark geschminkt und aus dem tiefen Dekolleté ihres engen schwarzen Girlie-Shirts presste ein roter BH ihre handgroßen weißen Brüste heraus. Sie trug einen kurzen Rock, unter dem eine löchrige Strumpfhose zu den bis an die Knie hoch geschnürten Gothic-Stiefeln führte.

Nancy wusste nicht, dass ihre Antipathie gegen Ronjas Aufzug daher rührte, dass dieser sie, ohne dass sie sich das je eingestanden hätte, immer ein bisschen anmachte.

Es stieß Nancy sauer auf, als sie sah, wie Ronja sich mit ihren dünnen Fingern ihre beneidenswert schönen schwarzen Haare hinter die Ohren klemmte. Ronja kümmerte das nicht. Für sie stellte Nancy keine Gefahr dar. Sie war wie eine große Schwester für sie.

»Komm schon«, drängte Nancy sie zur Eile, von ihrer schmucklosen Taschenrechner-Armbanduhr getrieben. »Ich müsste schon längst zu Hause sein.«

»Keine Panik«, träumte sie in ihr Spiegelbild versunken, »ich bin ja schon da.«

Sie betraten den Flur des ersten Stocks und erreichten das einzige Zimmer in dem schmalen, langen Flur, dessen Tür einen Spalt offen stand. Ronja hörte, dass darin diskutiert oder gestritten wurde. Irgendwie machte ihr das Angst. Es klang, als würde ein Vater seine Tochter anschnauzen. Ronja blickte zu Nancy und sah, dass diese das völlig kaltließ, also dachte sie sich nichts weiter dabei.

»Hier ist das Zimmer von Gertrud. Ich wollte sie dir vorstellen, bevor ich abhaue.«

Nun waren die Stimmen aus dem Zimmer deutlich zu hören.

»Du gottlose Missgeburt! Ich habe doch gesehen, was du unter der Bettdecke gemacht hast. Wenn du dich dort noch mal berührst, muss ich dich da unten wieder behandeln! Du weißt, dass Vater das nicht möchte!«, schimpfte eine dunkle ausdrucksstarke Stimme. Darauf antwortete die bitterlich weinende Stimme eines Mädchens: »Nein, Vater, bitte ... Ich habe mich nur am Bein gekratzt. Bitte verbrühe mich nicht wieder mit kochendem Wasser. Bitte, bitte, bitte nicht!«

Irgendwie wirkte die Ausdrucksweise der beiden, als stammten die Personen aus einer anderen Epoche – das ganze Szenario wirkte skurril und unnatürlich.

»Komm, Vater«, erklang die Stimme der sorgenden Mutter. »Lass es doch gut sein. Sie hat sich doch nur …«

In dem Moment drückte Nancy die Tür zu dem spartanisch eingerichteten Zimmer ganz auf und der Tumult verstummte. Nancy suchte vergebens nach den Protagonisten der so abrupt geendeten Streitigkeiten. Doch in dem Zimmer standen nur ein Bett, ein kleiner Tisch mit Stuhl und ein Schrank. Die einzige Person in dem Zimmer war eine kleine gekrümmte Kreatur im Nachthemd, die mit dem Rücken zur Tür auf der anderen Seite des Bettes saß und durch ihre langen fettigen, grauen Locken aus dem Fenster starrte. Es dämmerte draußen.

»Ich rieche Menschenfleisch!«, gab die Kreatur mit einer kratzigen flüsternden Stimme von sich, die keiner der vorhin gehörten Stimmen glich.

»Was ist denn hier los?«, fragte Ronja völlig verstört.

»Ach, Ruth ist multipel«, tat Nancy das gruselige Szenario ab.

»Gerd hat übrigens einen Schlauch im Bauch, der die Wundflüssigkeit aus der Narbe von der Leber-OP abführen soll. Pass bitte auf, dass er sich den nicht rauszieht. Und wenn du …«

Kapitel 3

Falko war – wie immer – während des Films eingeschlafen. Das nervte Melinda. Doch das Schlimmste war, dass er dann immer sagte, der Film sei Schrott gewesen. Genau wie jetzt. Sie fand den Film fantastisch, doch sie wollte nicht streiten, stand wortlos auf, stellte die Weingläser in die Spüle und ging dann hoch ins Schlafzimmer. Als sie am Zimmer der Mädchen vorbeiging, sagte sie gähnend: »Nacht, Mädels.«

»Nacht, Mama,« klang es zweimal dumpf durch die Tür.

Falko schaltete alles aus und ging die Treppe hoch. Er klopfte an die Tür der Zwillinge und ging hinein. Die beiden Mädchen lagen in ihren Betten und lasen unterschiedliche Teile einer Vampir-Saga. Nur das Licht ihrer Nachttischlampen beleuchtete den Raum. Falko ging zögerlich auf Sinas Bett zu und setzte sich nachdenklich ans Fußende. Dazu musste er allerdings erst eine Plüschkatze in der Größe eines Kleinkindes aus dem Weg schaffen.

»Ihr wisst doch, wenn ich euch so anpflaume, dass ich das nicht so meine, oder?«, setzte er zu einer Entschuldigung an.

»Falko, du bist ein Zickerich!« Beide mussten lachen. Falko gab sich Mühe, es ihnen gleichzutun.

»Was soll das denn sein?«, fragte er.

»Eine männliche Zicke eben«, antwortete Larissa kichernd.

»Komm her, du!« Falko sprang auf das Bett von Larissa zu und kitzelte sie so durch, dass sie kaum noch Luft bekam. Nachdem er Sina auch durchhatte, machte er sich auf zu gehen.

»War doch ein cooler Urlaub, oder? Schlaft gut, ihr beiden.«

Sie wünschten sich eine gute Nacht und er wollte gerade die Tür zumachen, da knallte draußen etwas gegen die Hauswand. Die Mädchen fingen an zu schreien.

»Was war das denn?«, schrie Larissa und sprang in das Bett ihrer Schwester. Falko ging auf die Gardinen zu und zog sie auseinander. Der Blick auf die Straße und damit auf die leerstehenden Lagerhallen gegenüber von ihrer Wohnung war frei. Plötzlich knallte es wieder. Er zuckte zusammen, entdeckte aber sofort, dass das bloß das Geräusch einer losen klappernden Führungsschiene der offenen Rollläden war. Diese hatte sich gelöst, schwang jetzt im Wind hin und her und schlug ab und zu gegen die Fassade.

»Ich hole meinen Werkzeugkasten«, sagte er, verschwand und überließ die Mädchen ihrem Schicksal.

Kapitel 4

Ronja lag auf der Couch im Büro der Heimleitung und war eingenickt, da es keinen anderen Raum für die Damen gab, die die Nachtschicht übernahmen. Auf ihrem Smartphone lief die Folge einer Sitcom. Sie wachte immer wieder von den Lachern auf, die durch die Kopfhörer in ihren Gehörgang schallten, nickte aber stetig wieder ein. Es war bereits nach drei Uhr. Das einzige Licht kam von der Lampe auf dem Schreibtisch, die das chaotische Ablage-System der Heimleitung wie ein Kunstwerk beleuchtete.

Ronja stolperte und stürzte die Klippen der Küste Schottlands hinab, ihr Magen rotierte und fühlte sich an, als reiße er auseinander. Sie schlug hart in der Brandung auf, schrie und saß plötzlich aufrecht auf der Couch im Büro. Sie zog sich die Stöpsel aus den Ohren, schaltete das Handy ab und gähnte.

In der darauffolgenden Stille überkam sie das Gefühl, das begleitet war von einer Gänsehaut, als sei noch jemand im Raum. Ihr Blick wanderte einmal durch das Büro und stoppte in einer dunklen Ecke, wo sie glaubte, etwas zu sehen. Hing da ein weißer Mantel an einem Kleiderständer? Nein! Da war gar kein Kleiderständer. Nein, da stand doch jemand. Ein Schreck fuhr wie ein Stromschlag durch ihren Körper. Was war das? Sie erkannte es nicht. Sie war wie gelähmt vor Angst. Plötzlich schwebte das Etwas begleitet vom Geräusch eilender Schritte nackter Füße aus der Ecke auf sie zu. Eine alte Frau im Nachthemd näherte sich, stoppte kurz vor der Couch und stammelte verwirrt: »Zeit zum Sterben! Ich möchte jetzt bitte sterben. Lass mich bitte sterben!«

Das Gefühl des Sturzes aus ihrem Albtraum wiederholte sich durch den Schrecken, der ihre Därme zum

Beben brachte und sich kurz darauf in Luft auflöste, als sie erkannte, dass das vermeintliche Gespenst vor ihr bloß die neue Bewohnerin war, die sie am Abend kennengelernt hatte. Ihr Puls verlangsamte sich wieder, obwohl die Situation ihr einen enormen Schrecken eingejagt hatte.

»Komm, meine Liebe«, sagte Ronja fürsorglich, als sie aufstand und Ruth an der Hand aus dem Büro führte, »ich bring dich wieder ins Bett, du musst doch schlafen!«

Kapitel 5

Es war spät geworden. Falko hatte die Jalousie repariert und den Wunsch der Zwillinge, dies erst am nächsten Tag zu tun, gekonnt ignoriert. Er fiel neben Melinda ins Bett. Sie schwebte bereits in einem Zustand zwischen Traum und Wirklichkeit.

Während er ihr erklärte, dass er noch am Zimmerfenster der Mädchen herumgewerkelt hatte und eine Liste mit Dingen aufzählte, die er im Baumarkt besorgen müsse, schaltete er das Licht aus und kuschelte sich an Melinda. Ihm fiel auf, dass sie nackt war, als seine Hand über die Hüften in Richtung ihres Bauches fuhr. Anscheinend hatte sie sich vorgenommen, diesen letzten Urlaubstag mit Sex zu beenden. Sie verdrehte ihren Rücken, bis ihr Oberkörper Falko zugewandt war. Der Unterkörper folgte. Zielsicher steuerten ihre Lippen die seinen an und beide versanken in einer meditativen Knutscherei, bis er seine Erektion aus der Boxershorts befreite und in sie eindrang. Sie hatte ihm offenbart, dass der Sex mit ihm für sie wie eine Revolution sei, denn bei ihm konnte sie sich fallen lassen. Und sie hatte nicht das Gefühl irgendwelche Ansprüche erfüllen zu müssen. Es war die seelische Reife, die sie mit den Jahren erlangt hatte und der Verlust des Schamgefühls, das sich früh bei ihr verhärtet hatte und nun durch Falkos Einfühlungsvermögen aufweichte. Mit ihrem verstorbenen Mann war der Sex immer eine Art Pflichtprogramm gewesen.

Sie quiekte dumpf in die Hand, mit der Falko ihr liebevoll den Mund zuhielt, völlig von Sinnen durch die Überdosis Endorphine. Er wollte nicht, dass die Zwillinge, um deren Gunst er derzeit buhlte, etwas davon mitbekamen, was er gerade mit ihrer Mutter trieb.

Der Koitus mündete in einer von Glückshormonen befeuerten Arie kitschiger Liebesschwüre, woraufhin sie erschöpft einschliefen.

Kapitel 6

Zwanzig Minuten später war Ronja zurück, ließ sich müde, erschöpft und etwas genervt in den Schreibtischstuhl fallen und fuhr sich mit den Fingern durchs Haar.

Plötzlich knallte im Flur eine Tür so laut, dass Ronjas Herz eine Sekunde stehen blieb. Sie machte einen langen Hals, als könne sie so besser sehen, was hinter der Bürotür geschehen war.

»Meine Güte, Ruth!«, schimpfte sie durch die Zähne und versuchte, sich selbst damit zu beruhigen, indem sie sich versicherte, dass das Geräusch nur von Ruth gekommen war. Was sie sich, wenn sie ehrlich gewesen wäre, gar nicht hätte vorstellen können – dafür war das Geräusch viel zu brachial gewesen.

Sie stöhnte einmal, stemmte sich aus dem Stuhl und schlich auf die Tür zu. Während sie diese begleitet von wüsten Beschimpfungen öffnete, verstummte sie plötzlich, als sie sah, was sich durch den notbeleuchteten Flur auf sie zubewegte. Knirschende und knackende Geräusche machte die bleiche, nackte Figur, die sich mit der linken Hand an der Wand abstützte, als sie auf ihrem gebrochenen Fußknöchel auf sie zutorkelte. Der rechte Fuß war nach innen weggebrochen und schlackerte lose neben dem Knöchel hin und her. Ronja erkannte Gerd, einen der Bewohner, hinter der Kruste, die an versteinerten Eiter erinnerte, der von den Augen aus abwärts das Gesicht bedeckte.

Aus seinem Mund lief schwarzes Erbrochenes bis zur hängenden Brust herunter. Aber das, was am meisten Ekel und Schrecken in Ronja auslöste, war, dass der Zweiundachtzigjährige die Hand, die er nicht zur Stabilisierung seines Ganges an die Flurwand drückte, durch die aufgekratzte Narbe seiner Leber-OP in den Bauchraum gegraben hatte und dort in seinen eigenen Gedärmen herumwühlte. Zudem schien er dies auch noch zu genießen, zumindest deutete eine ausgeprägte Erektion darauf hin.

Hinter ihm lag Ruths zuckender Körper. Die Stelle, wo eigentlich ihr Kopf hätte sein müssen, war durch einen schweren zerbrochenen Tontopf ersetzt worden. Aus dem Haufen von Scherben, in dem sich wohl ihr Kopf befand, ragte eine Plastikpalme.

Hysterisch schrie Ronja: »Was machst du denn da, Gerd? Geh sofort wieder in dein Zimmer! Geh jetzt bitte wieder auf dein Zimmer!«

»Komm her! Komm her, Schlampe!«, gurgelte die Kreatur in einem klaren bestimmenden Tonfall, den sie noch nie bei dem geistig Behinderten gehört hatte.

»Gerd?«, fragte sie, unsicher wen sie da vor sich hatte. Sie wollte wegrennen, konnte aber nicht. Gerd erreichte die massive Tür zum Flur, die nachts immer offen stand, damit die Damen im Nachtdienst hören konnten, wenn etwas in den Schlafräumen geschah. Zwischen Ronja und Gerd befand sich nur noch das Treppenhaus. Sie stand in der Tür zum Büro, rechts von ihr führte eine Treppe hinauf, links von ihr die Treppe nach unten in den Hausflur. Hinter Ronja war nur das Büro, aus dem es keinen anderen Ausgang gab.

Doch jetzt war er schon im Treppenhaus und zog seine blutige Hand aus seinen Gedärmen, um damit nach Ronja zu greifen. Der Zwölffingerdarm war zwischen die Finger geraten und mit aus der Wunde gerissen worden. Als er das bemerkte, feixte er bitterböse mit den drei Zähnen, die die Zeit ihm gelassen hatte und die schwarz von der Kotze funkelten. Magensäure schoss Ronja in den Mund, die sie mit ihrer rechten Hand am Herauskommen hinderte. Das Monster vor ihr machte einen

Schritt aus dem Flur ins Treppenhaus, dabei platzte die Haut unterhalb des rechten Sprunggelenks auf. Als der blanke Knöchel mit einem Schwall Blut auf den glatten PVC-Boden stieß, rutschte er zur Mitte weg, wobei der Fuß beinahe ganz abriss. Gerd knallte kopfüber die Treppe hinunter und blieb regungslos liegen. Es sah aus, als hätte man einen Sack voll mit Körperteilen in den Flur gekippt, aus dem eine immer noch stattliche Erektion ragte, die aber im selben Rhythmus abklang, in dem das Herz, das verbliebene Blut aus den Wunden pumpte. Ronja rutschte mit weit offen stehendem Mund, nach Luft ringend, weinend, wie eine an die Wand geklatschte Torte an der Türzarge herunter.

Kapitel 7

Montag

Das Gefühl von Verlust durch Tod. Hilflosigkeit, sich exponentiell verstärkend. Bis zu dem Punkt, an dem man es nicht mehr aushalten kann. Atemnot durch Druck. Wie in dem Traum, in dem man versucht, an die Wasseroberfläche zu schwimmen und diese immer weiter wegrückt. Doch das Wasser ist Verzweiflung. Ertrinken in Verzweiflung.

Dann das Erwachen. Als würde in einem Raum voller Wasser die Tür geöffnet und man selbst hinaus in die Realität gespült.

Falko schreckte jeden Morgen aus dem gleichen Albtraum auf. Er sog wie ein Ertrinkender Luft in seine Lunge. Es dauerte ein paar Sekunden, bis er bemerkte, dass die negativen Gefühle, unter denen er mal wieder beinahe erstickt wäre, in dieser Realität keine Bedeutung hatten. Wie unsichtbare Ankerketten aus einer anderen Dimension hingen sie um seinen Hals.

Aber alles war gut.

Ist wirklich alles gut?, fragte er sich. Falko blickte zur Seite. Eine nackte Frau lag neben ihm im Bett. Das war die Antwort ›Alles in Ordnung‹ auf seine stumm gestellte Frage, endgültig beruhigt sein konnte er aber erst, wenn er sich davon überzeugt hatte, dass diese Frau auch atmete.

Als dies zufriedenstellend erledigt war und er sich nach ein paar Atemzyklen wieder eingekriegt hatte, klingelte auch schon sein Wecker. Er schaltete ihn aus, damit Melinda nicht aufwachte. Sie murmelte etwas und drehte sich auf die Seite. Er bestaunte kurz den perfekten Rücken, den sie preisgab, als sie sich unter der schwülen

Wärme leidend die Decke herunter strampelte. Dann stand er auf und taumelte voller Vorfreude auf eine kalte Dusche aus dem Schlafzimmer.

Das Badezimmer war ein wahnsinnig stylischer Wellness-Tempel. Eine riesige verglaste Duschkabine, Bidet, Fußbodenheizung und der ganze moderne Firlefanz, den Falko überhaupt nicht brauchte. Ein Holzfußboden aus dem lilafarbenen Roxinho-Holz, aus dem auch die Borde und Schränke waren, stellten einen Kontrast zu den champagnerfarbenen Fliesen dar.

Falko konnte diesen Luxus nicht genießen. Er hatte in dieser Wohnung das Gefühl, einen Toten zu betrügen. Den verstorbenen Mann von Melinda. Von ihm war das hier alles aufgebaut worden. Das war sein Apartment, er hatte es geplant und umsetzen lassen. Und das war seine Familie. Seine Frau und seine Töchter.

Falko setzte sich in das gemachte Nest eines Toten. Jemand, um den das Schicksal wie der Tod seinen Mantel geschlossen hatte. Als hätte ihn das Universum einfach verschluckt und vergessen.

Melinda konnte im Gegensatz zu Falko über ihr Trauma sprechen und hatte ihm die tragische Geschichte schon des Öfteren erzählt. Ihr Mann war auf dem Heimweg gezwungen gewesen an einem Stauende zu halten. Ein Lkw-Fahrer hatte dies übersehen und war ungebremst in den Porsche gerast. Er hatte das Fahrzeug von Melinas Mann förmlich ausradiert, als er es an dem Auflieger vor ihm zerquetschte. Das schlimmste an der Geschichte war, dass der Lkw-Fahrer, wie sich später raugestellt hatte, abgelenkt gewesen war, da er sich während der Fahrt einen runtergeholt hatte.

Die Lücke, die dieser dramatische Unfall hinterließ, hatte Falko perfekt gefüllt. Und so fühlte er sich scheiße, als er das Luxusbad seines Vorgängers entweihte.

***

Nachdem er sich den Schweiß von seinem Körper abgeduscht und sich die Achsel-, Scham- und Brusthaare rasiert hatte, machte er sich an die Gesichtspflege. Es folgten eine akkurate Nassrasur und das Stutzen der Nasenhaare. Dabei liefen auf dem Tablet, das an einer Halterung neben dem Spiegel hing, die Nachrichten als Online-Stream.

»Guten Morgen, meine Damen und Herren. Ich bin Esra Denis und Sie sehen die Nachrichten Hamburg.« Falko zog sich den Nasenhaartrimmer aus dem linken Nasenloch und blickte erwartungsvoll auf das Display.

»Gestern kam es zu einem Familiendrama im Stadtteil Harburg. Ein Familienvater hat seine beiden Söhne und seine Tochter auf bestialische Weise missbraucht und getötet. Er selbst erlag schließlich einem Herzinfarkt. Von den Nachbarn hieß es, dass es unvorstellbar sei, dass der Vater zu so etwas imstande war. Er sei sympathisch und sozial immer stark engagiert gewesen. Die Mutter der Opfer konnte noch nicht ausfindig gemacht werden. Es wird nicht ausgeschlossen, dass auch sie einem Verbrechen zum Opfer gefallen ist. Und nun weitere Meldungen aus dem Inland: Wir zeigen einen ersten Ausschnitt aus dem Bekennervideo der ›Söhne des Faust‹ zu dem Terroranschlag in Berlin, welches anonym auf YouTube veröffentlicht wurde.«

Ein Video in mäßiger Qualität lief, während Falko sich die Zahnzwischenräume mit Zahnseide säuberte. Ein Mann an einem provisorischen Holztisch in einem spartanischen Raum mit Wänden aus Spanplatten war zu sehen. Er trug ein ovales Stück Pappe vor dem Gesicht, auf welches ein trauriges Clownsgesicht gekritzelt worden war. Hinter dieser skurrilen Maske begann der Träger seine Rede: »Wir, die ›Söhne des Faust‹, bekennen uns zu dem gestrigen Anschlag in Berlin auf das, was ihr Zivilisation nennt. Wir haben keine Forderungen. Dieser Anschlag sollte euch bloß wachrütteln und uns eure Aufmerksamkeit sichern. Wir wollen euch nicht drohen oder euch warnen. Wir wollen euch bloß informieren, dass sie nun kommen werden. Alle Zeichen sind eingetreten und es hat bereits begonnen. Die Söhne des einzigen wahren Gottes werden niederfahren, um uns zu segnen. Heißt sie willkommen! Empfangt sie wie Könige! Bekämpft sie nicht, denn sie sind unser aller Schicksal. Und vergesst meine Worte nicht! Sie sind Engel.«

Falko bekam eine Gänsehaut bei dieser fanatischen Rede.

»Experten bestätigten die Echtheit des Videos und gaben bekannt, dass in einem späteren nicht veröffentlichten Teil der Aufnahme, Angaben zu den Vorbereitungen und zu der Durchführung des Anschlags auf den Halbmarathon gemacht wurden, deren Inhalt nur den Tätern bekannt sein dürfte. Und nun zu den Promi-News: Ist Lady Gaga ein Mann? …«

Nach seiner Morgentoilette ging Falko die glatte Holztreppe hinunter. Der untere Bereich der Wohnung wirkte wie ausgestorben. Bloß Rumborack, der dicke Kater, lief Slalom zwischen seinen Beinen und versuchte sich dadurch ein Frühstück zu erschleichen.

In der Küche war es deprimierend still. Außerhalb der Ferien saßen hier zwei unverstandene Teenager am Tresen, die aus müden Augen einer so früh schon erstaunlich fit wirkenden Melinda beim Wirtschaften in der Küche zusahen.

Sonst stresste ihn dieses Szenario, doch jetzt wo es ausblieb, fehlte es ihm ein wenig. Sein Urlaub war zu Ende und er musste als Erster wieder in die Welt des Alltags hinaus.

Als er die Küche betrat, wurde gerade der Kaffee fertig, den die Kaffeemaschine dank Zeitschaltuhr für ihn gekocht hatte. Er fütterte die Katze, die wie ein Feuermelder lamentierte, bis sie bekam, was sie wollte. Das stinkende Futter erzürnte Falko, der noch unter der Geruchsbelästigung aus dem Bad litt.

Die Katze würgte schnurrend den wie Kotze wirkenden Fleischschlamm runter und Falko konnte in Ruhe den Kaffee in die zwei bereits am Vorabend bereitgestellten Coffee-to-go-Becher füllen. Einer der Becher war ein Geschenk der Zwillinge zu seinem Geburtstag gewesen. Darauf stand in großen Buchstaben ›Scheitern ist nur Scheitern, wenn man nicht am Scheitern wächst‹. Darunter befanden sich zwei briefmarkengroße Fotos der Zwillinge, die darauf Grimassen zogen, für die sie sich heute schämten, wenn sie sie sahen.

Noch während Falko den Kaffee eingoss, klingelte sein Smartphone. Er zog es aus der Jeans und sah aufs Display. Ein Foto seines Kollegen Wolfgang Müller erschien. Auf dem Bild saß er auf einem uralten Militärmotorrad mit einem dazu passenden olivgrünen Helm auf dem Kopf und mit einem gleichfarbigen Bundeswehrparka bekleidet. Eine verspiegelte Sonnenbrille auf der Nase und ein dicker Schnurrbart, der an den Mundwinkeln entlang bis zum Kinn führte.

Das Klingeln verstummte wieder und Falko wusste, dass Müller jetzt unten stand, um ihn abzuholen. Also drehte er noch schnell die Deckel auf die Kaffeebecher und machte sich auf zur Haustür. Dabei stolperte er erneut beinahe über die Katze: »Rumborack! Irgendwann spül ich dich die Toilette runter«, witzelte er, während er die Kaffeebecher so jonglierte, dass nichts durch die Trinköffnungen schwappte.

Müller saß am Steuer seines amerikanischen Ford Pick-ups vor dem Betonklotz in der Form eines Tetris-Steins, in dem Falko zusammen mit seiner Freundin wohnte. Das Auto hatte bestimmt schon zwanzig Jahre auf dem Buckel und sah auch entsprechend abgerockt aus. Am schäbigsten wirkte die Lackierung, die Müller offensichtlich selbst vorgenommen hatte. Es war ein dunkelgrüner, schon ins graue abdriftender Farbton, der mit einer Rolle aufgetragen worden war, die man eigentlich zum Wände streichen verwendete. Überall waren noch Schlieren von dieser Behandlung zu erahnen.

Falko kam aus dem Haus und genoss augenblicklich die frische Luft, die ihm entgegenschlug. Er merkte aber, dass sie angereichert war mit dem Versprechen, im Laufe des Tages wieder die Dreißig-Grad-Marke zu überschreiten.

Überall kroch das Sonnenlicht wie gelbe Farbe zwischen urbanen Hindernissen hervor. Der Gesang der Spatzen und Meisen bildete den Soundtrack des Sonnenaufgangs und gipfelte mit diesem in einem Crescendo.

Falko eilte mit beiden Bechern in einer Hand zum Pick-up und stieg ein. Er hatte sich schon längst mit dem Gefährt arrangiert.

»Moin Digga!«, begrüßte ihn Müller. »Wie war dein Urlaub?«

»Gut«, antwortete Falko nur knapp, weil er morgens nie sonderlich gesprächig war.

»Oh, Stress mit der Alten, was?«, mutmaßte Müller, warf einen Blick auf die Straße, stellte den Schalthebel auf ›Drive‹ und gab Gas.

»Genug Small Talk. Frau Horoshko hat mich gerade angerufen, wir sollen nach Barmbeck, da hat es anscheinend einen Mord in einem Wohnheim gegeben. Wir sollen das prüfen.«

»Was ist mit der Nummer in Harburg? Hab ich eben in den Nachrichten gesehen«, fragte Falko.

»Da sind schon Kollege Monti und unser lieber Konrad Nobinski dran. Super Team, wenn du mich fragst.«

»Knobi, ach du Scheiße. Das kann ja nichts werden.«

Konrad Nobinski wurde Knobi genannt, weil er die meiste Zeit über, in der er nicht den Geruch von Zwiebeln verströmte, nach Knoblauch stank.

»Den hatte ich die letzten beiden Wochen an den Hacken. Glaub mir, noch einen weiteren Tag und ich hätte diesen Fettsack mit meiner Dienstwaffe niedergestreckt. «

Müller machte eine meditative Entspannungsübung oder zumindest etwas, was er dafür hielt.

»Jetzt bin ich ja wieder da«, beruhigte ihn Falko mütterlich, drückte Müller den zweiten Kaffee in die Hand, der ihn wie selbstverständlich entgegennahm und trank.

Gerade losgefahren, musste er schon wieder so stark abbremsen, dass ihm der Becher überschwappte. Ein metallic-blauer Sportwagen war aus der Tiefgarage des Hauses von Falkos Freundin gerast und hatte den beiden die Vorfahrt genommen.

»Blöde Sackratte!«, gurgelte Müller durch den ungeschluckten Kaffee in seinem Mund. Aus dem Sportwagen schallten so laute Techno-Bässe, dass den beiden die Arschbacken vibrierten.

»Wieso müssen die Vögel mit dem beschissensten Musikgeschmack eigentlich immer so dermaßen damit angeben? Und die ganze Stadt über ihre fahrenden Subwoofer mit ihrem Schrott beschallen?«, fragte Müller rhetorisch.

Falko antwortete trotzdem: »Wahrscheinlich wollen sie, dass wir an ihrem Leid teilhaben.« Daraufhin mussten beide lachen.

Falko betrachtete, während sie an einer Ampel hielten, argwöhnisch einen Querschnitt der Bevölkerung, der vor einer Haltestelle lungerte. Eine durch und durch normal wirkende Mutter, die ihr Baby mit einem speziellen Tuch um die Brust gebunden hatte, wühlte mit einer Hand in dem Abfallkorb der Haltestelle und stabilisierte mit der anderen ihren Schützling. Das tat sie, bis sie eine Pfandflasche aus dem Müll geangelt hatte, welche sie sofort zu fünf weiteren in eine offene Umhängetasche packte. Falko erschrak innerlich, als er merkte, dass sich zwischen dem schmutzigen Leergut die Milchflasche des Babys befand. *Was ist das nur für eine Welt?*, dachte Falko. Er fühlte sich ihr immer weniger zugehörig, je länger er sie beobachtete. Durch Betrachtung und Analyse extrahierte er sich von ihr. Er wurde zu einer Art Publikum, das dem Theater der Welt nur noch teilnahmslos folgte und kaum noch selbst agierte. Falko schüttelte den Kopf.

»Stress mit der Alten – das kann einem schon den Urlaub versauen«, brach Müller das Schweigen. »Weißt du, was Frauen wirklich wollen? Analsex!«

Müller wollte Falko aus der Reserve locken. Er liebte es, ihn mit Obszönitäten in Verlegenheit zu bringen. Dieser unterbrach seine Beobachtungen, schwang sein Gesicht in Richtung Fahrer und zog sein Kinn zurück. Sein Blick sagte: Ich will es gar nicht wissen. Er sparte es sich aber, die Info auszusprechen.

»Weil, dann können die gut kacken. Und nichts ist für Frauen wichtiger, als ein potenter Stuhlgang.«

Falko verdrehte die Augen und stöhnte, als er sie schloss, um eine innere Meditation zu simulieren. Müller führte seine Theorie stur fort.

»Das muss mit dem Geburtsvorgang zusammenhängen. Der ist ja auch eine Art Stuhlgang.«

Hustend lachte Müller über seine kleine Lektion. Genervt hakte Falko das Thema ab.

»Ich habe keinen Stress mit Melinda, es ist alles in Ordnung.« Schon war Falko mit seinen Gedanken wieder ganz woanders. Objektiv betrachtet dachte er: Die Welt war doch ein riesiger Abenteuerspielplatz, auf dem die Menschen die Spielregeln selbst machen konnten. Es war genug Glück für alle da, wenn sie es nur gerecht teilen würden. Doch was machten sie, statt in Frieden zu spielen? Sie nahmen einander das Spielzeug weg und schlugen sich gegenseitig damit tot.

»Kommt dir die Welt nicht auch manchmal vor wie eine gigantische Kiste voller Lego?« Falko hatte es schon öfter versucht, aber diese Art von Gespräch mit Müller zu führen, war eine Farce. Er musste diesen Gedankengang trotzdem aussprechen.

»... und alle Steine sind verbaut. Die Legokiste ist leer. Das Spiel ist zu Ende. Unsere Zivilisation ist an einem Punkt der Lähmung angekommen. Milliarden Menschen stehen auf der Stelle und drehen sich im Kreis.« Falko stellte sich das bildlich vor.

»Nichts ist langweiliger als eine fertige Lego-Burg. Ist der Vorgang des Bauens vorbei, ist das Spiel aus. Dann gibt es nur eine Möglichkeit.« Falko redete schon fast in Trance und Müller tat so, als wäre er so mit dem Verkehr beschäftigt, dass er Falko nicht folgen konnte. »Man muss die Lego-Burg zerschlagen und von vorn beginnen.«

Falko schlug unbewusst in die leere Hand. Müller versuchte abzulenken. »Ich fliege im Herbst nach Thailand.«

Falko erwachte aus seinem Monolog, als hätte er schlecht geträumt. Er musste sich kurz orientieren und ging nach einiger Bedenkzeit lieber auf Müller ein, statt sich weiter in seinem philosophischen Irrgarten zu verheddern.

»Ach ja? Ich will gar nicht wissen, was du da treibst.«

»Hey, was denkst du von mir?« Müller blickte kurz verstört zu Falko herüber, war aber erfreut, dass dieser mit seinen unangenehmen Ausführungen brach.

»Ich fliege da doch nicht wegen den Frauen hin.« Sein Gesichtsausdruck wurde ernst und ein bisschen enttäuscht.

»Ich fliege dort wegen der schönen Landstricher hin. Hahaha«, Müller lachte sich tot, ohne abzuwarten, ob sein Witz beim Publikum ankam. Falkos Contenance hielt diesem Kalauer nicht stand und ein Lachen durchbrach seine Lippen wie ein alter Motor, der zum letzten Mal ansprang.

Kapitel 8

Amsterdam

»Du machst jetzt sofort die Tür auf! Und du gehst heute zur Schule!«

Das achtzehnjährige Mädchen mit den schwarzen Haaren und der pinken Strähne stand vor dem Spiegel ihres Zimmers und zog sich ihr Outfit an. Vor der Tür stand ihre Mutter und wetterte in einer Frequenz, die ihre Tochter gar nicht mehr wahrnahm. Ihre Mutter zu ignorieren, war für sie eine Übung, welche die Gewohnheit zur Perfektion getrieben hatte.

Sie war eine Anhängerin eines Ablegers der Gothic-Szene. Dieser nannte sich Steampunk und war aus der New-Wave- und Retro-Punk-Szene entstanden. Die Anhänger dieser Szene wurden stark von der Literatur von Jules Verne und H. G. Wells beeinflusst. Sie vergötterten diese Autoren und man kleidete sich auf den Treffen der Subkultur in dunkel gehaltenen Kleidern in barockem oder venezianischem Stil und akzentuierte diese durch Retro-Science-Fiction-Accessoires. Die männlichen Anhänger sahen wie eine Mischung aus Kapitän Nemo und C-3PO aus und die Frauen, als hätte sich der Roboter aus *Metropolis* ein schwarz gefärbtes Kleid einer Mätresse um 1800 übergeworfen. Dazu kamen noch Noten der Gothic-Kultur wie wilde bunt gefärbte Haare, Korsagen oder einen Meter hoch geschnürte hochhackige Ableger von Springerstiefeln.

»Komm jetzt sofort da raus, Ninja!«

Ihr Name war auch so ein Grund, für den sie ihre Eltern hasste. Ein Name wie Ninja verfolgte einen sein Leben lang. In jeder neuen Klasse und in jedem Kurs, den sie besuchte, war der Vorgang des Vorstellens Grund dafür, weshalb sie am Vorabend nicht einschlafen konnte.

»Soll ich deinen Dad rufen?«

Das war eine Drohung, für die Ninja das Binden ihrer Korsage unterbrach, abfällig zur Tür hinübersah und herablassend durch die Nase lachte. Ihre Eltern waren Besitzer eines Coffee-Shops und ebenso überzeugt von der Kiffer-Kultur, wie Ninja es von ihrem Steampunk war. Das war ein weiterer Makel ihrer Eltern, den sie hasste.

Ninja war von klein auf mit dem Konsum und dem Vertrieb von Cannabis konfrontiert gewesen. Sie hasste alles daran und das, was es aus ihren Eltern gemacht hatte. Der Mangel an Hygiene, der Geruch von Haschisch und der Zustand des Wohnzimmers und der Küche. Der Wohnzimmertisch war stets voller Haschkrümel, Blättchen, Pfeifen, Blubber, Tabak, Joints und Teller mit Essensresten der Fressflashs, die sich auch in der Küche türmten und nur bei gelegentlichen Reinigungsevents abgewaschen wurden. Und dann das ständige Kommen und Gehen fremder unheimlicher Personen, die sich zu den Orgien der Spiritualität einfanden. Ausflüge in höhere Sphären. Wenn sie die Predigten des Versuchs der Vereinigung von Konsum und Religion mitbekam, rastete sie regelmäßig aus. Sie übte natürlich die Rebellion. Sie war die reinlichste Person, die man sich vorstellen konnte und empfand es schon als Kontamination, wenn ihre Sippe bloß ihr Zimmer betrat. Wenn sie ihren Hort der Reinheit verließ, band sie sich aus Protest einen Mundschutz um. Ihr großer Bruder allerdings hatte das elterliche Hobby voll übernommen. Und Ninja betrachtete mit Argwohn den Verfall ihrer Lieben.

»Ich hol jetzt Dad!«, rief ihre Mutter, während sie ein letztes verzweifeltes Mal gegen die Tür schlug. Das Bild des Vaters flackerte in Ninja. Ein lethargischer Kiffer in

Schlafanzughosen, der noch fertiger aussah als Al Bundy, den er sich ständig auf dem antiken Röhrenfernseher ansah und belächelte.

»Was ist denn da los bei dir?«, fragte plötzlich eine Stimme in Ninjas Zimmer.

»Ach, meine Mutter versucht mal wieder ihren Job zu machen«, antwortete sie, als sie begann, sich goldene Roboterteile aus Epoxidharz um den Arm zu schnallen.

»Die sehen ja klasse aus«, sagte die weibliche Stimme. Ninja drehte sich vom Spiegel weg und ging rüber zu ihrem PC. Ihr Exfreund hatte ihr diesen so modifiziert, dass die Tastatur aussah wie eine Schreibmaschine auf der Nautilus und der Monitor wie ein Schwarzweiß-Fernseher aus den Sechzigern. Auf diesem war ihre beste Freundin Angelique zu sehen, die gerade an einem metallenen, mit Ornamenten versehenen Handschuh feilte.

»Ja, sind gestern noch gekommen, ich war schon voll in Panik. Und hier, das hab ich mir auch noch bestellt. Für dreißig Euro.« Ninja hielt etwas hoch, das aussah wie die letzten drei Zentimeter eines mittelalterlichen Fernrohres. Ein alter Lederriemen war daran befestigt. Ninja hielt sich die gerötete Sammellinse ans Auge und legte den Riemen um ihren Kopf.

»Wow«, sagte Angelique über Skype und ihre Stimme kippte für einen Augenblick, sodass man durchhören konnte, dass sie gar keine Frau war. Sie war ein Transvestit, was in der Szene weniger spektakulär war als ein Klitorispiercing.

»Wie geil ist das denn? Das ist ja mega Wells-Style. Und ein Schnäppchen noch dazu.«

»Gut Schatzi, wir sehen uns dann heute Abend im Club in Hamburg. Ich muss jetzt Schluss machen, bevor meine Mutter meinen Vater wach kriegt und ich bei der Standpauke Narkolepsie bekomme. Hab dich lieb, Ciao.«

Ninja schaltete den PC ab, ohne ihn runterzufahren, warf ihre neuste Errungenschaft in ihren Rucksack und zog einen Grufti-Mantel über, was ihre Bionik-Accessoires kaschierte. Als es wieder an der Tür klopfte, entglitten ihre Gesichtszüge und sie schloss ihre Augen mit den überlangen Wimpern mit einem verzweifelten Nicken. Dann schnappte sie ihren Rucksack, riss die Tür auf, vor der ihr Vater stand. Er trug ein T-Shirt, auf dem stand: ›Alles Gute kommt von Drogen‹.

»Ja?«, sagte sie.

»Du machst jetzt die Tür …!« Ihr Vater sprach den Satz, den er sich vorgenommen hatte, ohne den dafür angesetzten Elan aus. Erschrocken darüber, dass sie so schnell die Tür geöffnet hatte und über das Aussehen, das alle bisherigen Skurrilitäten noch übertraf. »Und du gehst zur Schule!«

»Okay, ciao …« Sie gab ihm einen Kuss auf die Wange, der den Vater vollends verstörte, und ließ ihn mit seinen Gedanken allein. Dann spurtete sie die Treppe hinunter und zur Haustür raus.

Kapitel 9

Hamburg

Falko und Müller waren am Tatort eingetroffen, wo etliche Streifenpolizisten, Rettungssanitäter und ein Notarzt ihrer Arbeit nachgingen. Sie versuchten die verstreuten Puzzleteile zu einem Bild zusammenzufügen.

»So«, sagte einer der Streifenpolizisten, als er die Treppe hochkam und sein Handy wegsteckte. »Ich habe gerade mit der Heimleiterin gesprochen. Also, die Person, die erschlagen wurde, war Gertrud Meissner, zweiundsechzig Jahre alt. Der Mann, der die Treppe heruntergestürzt ist, war Karl-Gerhard Treßler, sechsundneunzig, litt unter psychotischen und rezidiven Phasen. Lebte körperlich in der Gegenwart, ist aber geistig im Zweiten Weltkrieg hängen geblieben, wo er wohl irgendwo als Hausmeister gearbeitet hat. Die Heimleiterin ist völlig fertig, wird aber gleich hier sein.«

Falko notierte sich ein paar Stichworte in seinem kleinen Block und steckte ihn dann in die Brusttasche seines kurzärmligen Hemdes, das er über der Jeans trug.

Ronja saß immer noch wie erstarrt an der Türzarge, an der sie zusammengesackt war, und blickte ins Leere. Neben ihr hockte eine Betreuerin, die gerade zur Frühschicht erschienen war, und versuchte erfolglos, Ronja ein Glas Wasser anzubieten. Müller hockte daneben, stand jetzt aber auf, blickte in das verschwitzte Maurer-Dekolleté der übergewichtigen Betreuerin, machte eine erschrockene Grimasse und kam dann zu Falko.

»Also, aus der kriegen wir heute nichts mehr raus«, stellte er fest, sah rüber zu dem Streifenpolizisten türkischer Herkunft und sagte: »Herr Yilmaz, rufen Sie einen Seelsorger!«

Yilmaz drehte sich weg und der Notarzt, der gerade die Treppe hochkam, ersetzte den Platz, an dem dieser gestanden hatte. Er begrüßte mit ernster Miene die beiden Kommissare, die er schon länger kannte.

»Kommissar Thurner, Kommissar Müller. Ich kann Ihnen wirklich nicht sagen, was hier vorgefallen ist. Die Person im Wohnbereich wurde vermutlich durch stumpfe Gewaltanwendung auf das Gesichtsskelett getötet. Sie könnte geschubst worden sein, und dann wurde auf ihrem Schädel der schwere Tontopf zertrümmert. Bei dem Opfer am Treppenende kann ich eine Gewalttat ebenfalls nicht ausschließen, da die Sprunggelenke des Opfers völlig zertrümmert sind. Außerdem hat eine äußerliche Gewaltanwendung auf eine frische Narbe in Leberhöhe stattgefunden. Der Tod ist vermutlich eingetreten, als die Wirbelsäule des Opfers gebrochen ist. Dies ist wohl Folge des Treppensturzes, aber Klarheit wird hier nur die Autopsie bringen.«

»Na super! Und die Kleine da hat ’nen Schock, als wäre Justin Bieber in ihren Armen gestorben. Von der erfahren wir erst mal nichts«, schimpfte Müller, während er Ronja mit seinen Blicken durchbohrte.

»Alles klar, Doktor, danke. Die Forensiker werden gleich eintreffen, Sie können hier Schluss machen«, sagte Falko und gab dem Notarzt einen dankbaren Klaps auf den Arm.

»Eines noch …« Der Notarzt wurde leicht verlegen und zog seine Latexhandschuhe aus, während er überlegte, wie er es am besten formulieren sollte. »Das männliche Opfer hat sich Stücke aus seiner Lippe gebissen.«

Falko und Müller sahen ihn fragend an, den Grund für seine offensichtliche Verwirrung suchend.

»Ja?«, reagierte Müller skeptisch.

»Das ist noch nicht alles. Die Hüft- und Kniegelenke von Herrn Treßler sind so gebrochen, dass es ganz danach aussieht, als ob er gelaufen wäre.«

Falko sah Müller an, der die linke Hälfte der Oberlippe und die Augenbrauen fragend anhob. Der Arzt erkannte, dass die beiden ihm nicht folgen konnten und versuchte sich zu erklären.

»Herr Treßler litt unter Multipler Sklerose. Eine Krankheit, bei der sich die Muskeln zurückbilden und die Gelenke immer weiter versteifen. In seinem Fall war diese Erkrankung schon so weit fortgeschritten, dass er unmöglich eigenständig laufen konnte. Das ist, als wäre Stephen Hawking aus seinem Rollstuhl aufgestanden und losmarschiert. Aber wahrscheinlich irre ich mich und er hat sich die Brüche beim Sturz zugezogen.«

»Doc, was wollen Sie uns damit sagen? Glauben Sie, hier hat ein Wunder stattgefunden, oder dass wir es eher mit einer Misshandlung seitens des Pflegepersonals zu tun haben? Fälle dieser Art hatten wir schon öfter.«

Als die Frau aus der Frühschicht das Wort Missbrauch hörte, blickte sie erzürnt über die Schulter zu den beiden Kommissaren.

»Sehen wir uns doch einfach das Überwachungsvideo an«, schlug sie vor, während sie sich aus ihrer Hocke hoch quälte und ihre zu enge Jeans so hochzog, dass sich ein Cameltoe in ihrem Schritt abzeichnete.

Zehn Minuten später saß der Beamte Yilmaz vor dem Rechner im Büro des Pflegeheims am Schreibtisch, auf dem sich unzählige Unterlagen türmten. Falko, Müller, die Frau aus der Frühschicht und der Notarzt standen so dicht hinter dem Beamten, der sich als einziger mit solcher Software auskannte, dass es fast so wirkte, als seien sie Papageien auf seinen Schultern.

»Wieso haben Sie hier eigentlich Überwachungskameras?«, fragte Falko die Frau aus der Frühschicht.

»Ach, hier wird ständig eingebrochen«, antwortete die Heilerziehungspflegerin.

»Stopp!«, unterbrach Müller. Im Zeitraffer sah es aus, als wäre ein Geist durch den Flur geschwebt. Der Streifenpolizist spulte zurück.

»Das ist bloß Ruth. Die erschreckt immer unsere Pflegerinnen aus der Nachtschicht«, erklärte die Frau aus der Frühschicht. Yilmaz spulte vor zum nächsten Event. Wieder kam Ruth aus ihrem Zimmer. Die Szene wirkte wie aus einem Gruselfilm, diese mit einem weißen Nachthemd bekleidete verwirrte Figur in dem körnigen Schwarz-Weiß-Bild der Überwachungskamera.

»Wieder Ruth«, sagte die Betreuerin. Ruth ging durch den dunklen Flur, als plötzlich die Tür eines Zimmers aufsprang und eine nackte Kreatur wie ein Zombie auf Ruth zuwankte. Die stand da wie ein kleines Mädchen, vor dem sich ein Grizzlybär auftürmte. Nun schubste die Kreatur Ruth um, nahm den Tontopf, der neben ihr stand, und ließ ihn auf ihr Gesicht niedersausen. Alle zuckten zusammen und die Betreuerin drehte sich weg.

»Damit ist die Dame aus der Nachtschicht wohl aus dem Schneider«, stellte Müller fest. Gerd kratzte sich wie wild und grinste teuflisch.

»Was macht er mit seiner Hand?«, fragte Yilmaz.

»Er gräbt sich in seinen Bauch«, antwortete der Notarzt, der gebannt über seine Nickelbrille starrte. Jetzt erschien Ronja von unten im Bild und sie konnten dabei zusehen, wie Gerd auf seinem gebrochenen Knöchel auf sie zustakste, um schließlich die Treppe herunterzustürzen, wo er immer noch lag.

»Was zur Hölle ist da los?«, fragte Falko völlig entgeistert.

Zwei Stunden später kamen Falko und Müller im Revier an. Es war ein fünfstöckiger karger Häuserblock, der von einem sterilen Grünstreifen umrahmt wurde. Als sie das Revier betraten, trafen sie auf Knobi, unter dem Müller die letzten Wochen so gelitten hatte. Er sah noch verschwitzter und blasser aus als sonst.

»Moin, Knobi«, begrüßte ihn Falko. An den Spitznamen hatte er sich gewöhnt. War vermutlich sogar stolz darauf, dass seine Kollegen ihm wie Kumpels einen gegeben hatten.

»Wie ist die Lage?«, fragte Falko.

Warum fragt er ausgerechnet den?, fragte sich Müller.

Konrad Nobinski tastete wie immer, wenn er mit anderen redete, mit den Fingern das Aknegebirge seines Hinterkopfes nach etwas Reifem ab. Wie ein absaufender Motor stotterte er los.

»Oh, Mann, Mann. So, so was vor dem Früh...stü...stück.«

»Ach, der Fall in Harburg. Was war denn da los? Das war vorhin in den Nachrichten.« Falko war aufrichtig an Informationen von Knobi interessiert.

»Wir sehen uns oben«, sagte Müller und klopfte Falko auf die Schulter, als er den wohlgeformten Arsch einer Uniformierten erspähte und ihm beinahe die Kinnlade herunterfiel. Ohne zu überlegen, nahm er die Verfolgung auf.

»Hey, du hast doch ’ne Freundin«, maßregelte ihn Falko.

Müller tat das ab, den Blick unablässig auf sein Opfer gerichtet: »Lose Steckverbindung!«

»So ein ge... geiler Bock«, neidete Knobi.

»Egal, komm niemals zwischen den Junkie und seine Nadel. Sonst stichst du dich. So, was ist denn nun los?«

»Ein Dreif... Dreifachmord. Ich habe mir ge... gerade das Webcam-Video ansehen mü... müssen, das eine Chat-Bekannte der Tochter aufgenommen hat, nachdem die Lage eskaliert ist. Die Tochter hat wohl im Woh... Wohnzimmer am PC mit besagter Freundin gechattet, als plötzlich der Vater, der im Hintergrund zu sehen war, anfing, ihrem Bruder den Schädel einzu... einzuschlagen.« Knobi war so in Gedanken, dass sein Stottern merklich nachließ. »Dann schnappte er sich den jüngeren der Brüder, um diesen zu erwürgen. Das Mädchen, das den Chat aufgenommen hat, hatte sofort den Notruf gewählt, wusste aber nicht, wo ihre, ihr nur aus dem Netz bekannte Freundin wohnte. So haben die Ermittler eine Weile gebraucht, den Tatort zu ermitteln.«

Knobi ging nicht ins Detail der Tat, da sein Kinn bereits flatterte und ein Schluchzen nicht auszuschließen war, wenn er das Ganze vertiefen würde.

»Auf jeden Fall hat er sich, nachdem er mit den Brüdern fertig war, die Tochter geschnappt, die zwischendurch immer wieder versucht hatte, ihn aufzuhalten und abzuwehren und hat sie ganze fünfundzwanzig Stunden lang vergewaltigt. Ohne Pause!« Knobi schluchzte jetzt, aber er erzählte weiter, es musste einfach raus. »Die Jungs von der Technik haben das natürlich vorgespult. Nach etwa achtzehn Stunden ist sie vermutlich an Kreislaufversagen gestorben. Er hat dann trotzdem immer noch wie ein Besessener sieben Stunden weitergemacht. Sein Penis war bereits bis auf die Schwellkörper abgewetzt, sagen die Pathologen. Und dann ist auch er an einem, vermutlich, Herzinfarkt verstorben. I... i... ich habe so etwas noch nicht gesehen. Ich könnte jetzt einen Schnaps vertragen.«

»Alter, das klingt ja grauenhaft«, flüsterte Falko, ohne dass Knobi das wahrnahm. Der ging einfach weiter, als wäre ihm etwas eingefallen, was er noch tun könnte, und überließ Falko sich selbst und den Bildern in seinem Kopf.

Falko, von innerer Gänsehaut befallen, begegnete auf dem Weg ins Großraumbüro noch ein paar weiteren Kollegen, deren Fragen nach seinem Urlaub er unbeantwortet ließ. Die Bürolandschaft zog sich über eine ganze Etage und wurde durch ein paar gläserne Raumtrenner organisiert. Falko und Müller arbeiteten in einem durch solche Trennwände erzeugten großen Büroraum, in dem auch Nobinski und sein Partner Monti ihre Plätze hatten. Falko erreichte seinen Schreibtisch, ließ sich in seinen Stuhl fallen und blickte erst mal auf das Foto seiner neuen Familie, das neben dem Monitor stand. Als er dadurch genug Energie getankt hatte, holte er tief Luft und machte sich an die Arbeit. Er checkte seine E-Mails und schrieb danach einen Bericht über den Fall im Wohnheim.

Als er fertig war, füllte er seinen Kaffeebecher in der kleinen Büroküche auf, wo er der schwangeren Magersüchtigen mit den Zahnstocherbeinen begegnete, mit der er ein kurzes Gespräch über seinen gelungenen Urlaub führte.

Als er an seinen Schreibtisch zurückkehrte, saß Müller ihm gegenüber und sah sich Falkos Urlaubsbilder auf Facebook an. Melinda musste die gerade online gestellt haben.

»Frag nicht«, sagte Müller in Bezug auf die Streifenpolizistin, der er nachgeeilt war. »Der Arsch hatte versprochen, was die Fresse nicht halten konnte. Schöne Bilder habt ihr da in der Türkei gemacht.«

»Griechenland«, korrigierte Falko leise. In dem Moment kam ihr Kollege Monti herein. Ein Italiener wie aus der Kaffeewerbung. Er begrüßte die beiden und holte einen Aktenordner von seinem Stehpult. Das Stehpult war eine orthopädische Maßnahme, um Montis Rückenleiden zu mindern.

»Kommt ihr mit?«, fragte er mit seinem italienischen Akzent. »Wir haben ein Meeting wegen des Terroranschlags.«

»Türlich«, sagte Müller und beide folgten etwas verwundert darüber, dass man sie nicht über das Meeting informiert hatte.

Als sich Müller, Falko und ein Großteil ihrer Kollegen in dem Konferenzraum versammelt hatten, begann Abteilungsleiter Keisler mit einer kleinen Einführung und beschrieb noch mal den Hergang des Terroranschlags, während er an seinem Notebook eine Fotoreihe durchklickte, die ein kleiner HD-Beamer an die Wand hinter ihm projizierte.

»Die Berliner Kollegen konnten bisher ermitteln, dass es sich bei den ausführenden Tätern um zwei Männer handelt, die als Freiwillige unter falschem Namen schon seit Monaten in den Kreisen der Organisatoren des Berliner Halbmarathons verkehrten. Hier war es ihnen am Tag des Anschlags ein Leichtes gewesen, die Getränkebecher mit dem Gift Botulin zu versetzen und danach unterzutauchen. Auf diesen Fotos sind die beiden gut zu erkennen. Sie konnten sich der Teilnahme an diesem Gruppenbild wohl nicht entziehen.«

Keisler drückte ein paar Fotos der Spurensicherung weiter, die ein paar Opfer auf der Straße zeigten, und erreichte nun das Gruppenfoto, auf dem die mutmaßlichen Täter zu sehen waren. Ihre Köpfe wurden nun in einer Animation aus dem Bild ausgeschnitten, vergrößert, geschärft und geglättet.

Keisler, der mit seinen lockigen, nach hinten gegelten Haaren und braungebrannt in seinem Manager-Anzug völlig overdressed für seine Position war, fuhr fort:

»Der Bundesnachrichtendienst wurde mit diesem Fall betraut und hat um unsere Unterstützung bei den Ermittlungen gebeten. Ich habe dem Leiter der Sonderabteilung, Herrn Reinhold, hundertprozentige Kooperation versichert«, er wies mit der geöffneten Hand und ohne den Blick von seinem Auditorium zu nehmen auf den wie ein übergewichtiger Politiker wirkenden Mann an seiner Seite, »und dieser hat uns im Zuge dessen aufgefordert, bei der Suche nach diesen beiden Männern zu helfen. Verschiedenen Spuren zufolge ist es durchaus möglich, dass diese in Hamburg untergetaucht sind. Ich weiß, dass wir derzeit am Limit unserer Kapazitäten arbeiten. Doch müssen wir trotz allem der Suche nach diesen beiden Männern alles andere unterordnen.« Keisler startete das Bekennervideo.

Alle folgten gespannt dem Video des Mannes mit der Clownsmaske bis zum Ende.

»… vergesst meine Worte nicht! Sie sind Engel!«

Keisler aktivierte ein Programm, dass das Video wieder ein Stück zurückspulte und den Moment einfror, in dem der Mann mit der Maske kurz zur Seite blickte.

»Wichtig ist nicht was der ›Harlekin‹, wie die Presse ihn getauft hat, hier faselt«, sagte Keisler, als hätte er gerade das Kennedy-Attentat aufgeklärt, »sondern, dass er den Fehler macht, hier einmal zur Seite zu blicken. Wohl aufgrund eines Geräusches, das unsere Audiotechniker als ein männliches Stöhnen identifizieren konnten. Aufgrund der Tatsache, dass seine Maske aus einer Pappscheibe gebastelt wurde, die nicht seiner Gesichtswölbung angepasst wurde, konnten wir an dieser Stelle hinter der Maske sein Gesichtsprofil extrahieren.«

Wieder startete eine Animation, die ein Gitter über das Gesichtsprofil des Redners legte und sich nun drehte, während das Bild im Hintergrund unscharf wurde und das halbe Gesicht als 3D-Gitternetzgrafik spiegelte, um ein ganzes daraus zu machen. Dieses formlose Gitter wurde durch den Start eines weiteren Programms mit Hautfarbe gefüllt und mit von der anderen Seite gespiegelten Augen, Nase, Mund und Haaren zu einem toten Gesicht vervollständigt. Während das geschah, verteilte eine Streifenpolizistin Ausdrucke dieses Mannes und der beiden anderen gesuchten Gesichter unter den Anwesenden.

»Dieser Mann ist der momentante Staatsfeind Nummer eins«, sagte Keisler. Falko sah in die toten, vom Computer erzeugten Augen, die ihn zu fixieren schienen.

» Kolleginnen und Kollegen, finden Sie diese Männer und verhindern Sie, dass diese Massenmörder erneut unser Leben bedrohen können.«

Kapitel 10

Am Abend zuvor

»… vergesst meine Worte nicht! Sie sind Engel!«

Der Mann mit der Clownsmaske wartete, bis er das Zeichen des Kameramannes bekam, welches das Ende der Aufnahme bestätigte, und ging in die Ecke des mit Spanplatten verkleideten Raums, aus der er während der Aufnahme ein Geräusch gehört hatte. Hier befanden sich die zwei Männer vom Fahndungsfoto. Sie waren mit den Achseln über eine Stange gehängt, während die Hände hinter deren Rücken mit einem stabilen Tampen mit den Füßen verknotet worden waren. So schwebten die beiden Geknebelten zehn Zentimeter über dem Boden. Die Stange war seitlich an zwei soliden Böcken angebracht. Das gespenstisch wirkende Clownsgesicht verzog natürlich keine Miene, als sein Träger eine Survival-Campingsäge aus der Tasche zog, die er wie ein überdimensionales Klappmesser aufklappte.

»Schalt wieder ein!«, befahl er, aufgeregt aufgrund dessen, was er als Nächstes tun würde.

»Läuft!«, bestätigte der Mann hinter der Kamera.

»Ihr braucht sie nicht mehr zu suchen«, sprach der Mann mit der Maske in die Kamera und wendete sich dann den beiden Männern zu. »Die Märtyrer sind hier. Ihr Leben für die Sache!«

Er nahm die Säge hoch, riss mit der anderen Hand den Kopf des einen wie ein Vieh an den Haaren nach hinten und begann mit der Säge – in Schüben stark auf Stoß – den Kopf des Mannes, an der Kehle abzutrennen. Die gequälten Todesschreie erstickten im Knebel, bis die Säge durch Muskeln, Fett und Venen die Luftröhre erreicht hatte, und ein Geräusch wie das Quieken eines

Schweines aus der mit Blut gefüllten Luftröhre blubberte. Der Vollstrecker wurde über und über mit Blut bespritzt. Die Menge hatte er unterschätzt und musste mehrmals abbrechen und neu ansetzen. Als er schließlich das Genick erreicht hatte, verstummte das Gequieke. Mit ein paar letzten starken Schnitten war auch dieses durchtrennt.

Die Augen des zweiten Mannes waren weit aufgerissen, schlossen sich aber, als der Vollstrecker hinter ihn trat. Es schien, als hätte er seinen Frieden gemacht. Bei diesem folgte das gleiche Spektakel, bis dessen Kopf in die Blutlache neben den anderen klatschte. Aus den Körpern sprudelte der rote Lebenssaft. Der Vollstrecker warf die Säge erschöpft in die Ecke, kniete sich in das Blut und es wirkte, als würde das blutbesprenkelte Gesicht der Maske den Zuschauer direkt fixieren. Er griff die beiden Schädel und hielt sie stumm in die Höhe, wie Trophäen, die er gerade gewonnen hatte.

»Cut!«, rief der Kameramann, als er genug Filmmaterial im Kasten hatte.

Dann stand der Vollstrecker auf und ging auf die Tür des Raumes zu. Ein weiterer Mann in einem weißen, leicht transparenten Leinengewand öffnete ihm die Tür. Ein großer Raum befand sich dahinter, der provisorisch zu einer Kapelle umfunktioniert worden war. Einst war es wohl ein luxuriöses Wohnzimmer gewesen. Ein moderner Esstisch diente als Altar, vor dem sich eine Gemeinde, bestehend aus etwa fünfunddreißig gewöhnlichen Bürgern, auf unterschiedlichsten Sitzgelegenheiten versammelt hatte. Der Mann mit der Clownsmaske trug als Einziger ein schwarzes Leinengewand, alle anderen im Raum weiße, aber alle waren sie darunter nackt. Bis auf die Frau, die den Vollstrecker vor dem Altar empfing. Die nackte und haarlose Frau war am ganzen Körper bis ins letzte Detail mit dem Muster einer Schlangenhaut tätowiert worden. Implantate und Gesichts-Operationen hatten ihren Schädel derart verformt, dass die fliehende Stirn und die vorgezogene Mundpartie zusammen mit der fast eingeebneten Nase das Adäquat eines Schlangenkopfprofils ergaben. Eine gespaltene Zunge, verlängerte Eckzähne und das Entfernen aller anderen, rundeten das Bild perfekt ab. Sie trug gelbe Kontaktlinsen und ihre Brüste waren abgenommen worden. Nur ihre schmale Taille und die blank rasierte Ritze zwischen ihren Beinen identifizierten sie eindeutig als Frau.

Sie legte ein unheimliches Grinsen auf, während sie den Vollstrecker mit den beiden Köpfen in den Händen demütig und in seiner Sache bestätigend empfing. Als dieser sich zu seiner Gemeinde umdrehte, jubelte diese frenetisch.

»Meine treuen Freunde! Feiert nun die Märtyrer, wie es ihnen gebührt! Sie haben ihr Leben gegeben, um zu verhindern, dass sie jemals dem irdischen Justizsystem in die Hände fallen. Wo lächerliche Strafen dem Menschenpack Genugtuung zuteilwerden ließe.«

Dann schleuderte er die Köpfe in die Menge, wie man Fleischstücke den Wölfen zum Fraß vorwarf. Alle rissen sich um die Köpfe. Von oben betrachtet wirkte es, als bestünde die Gemeinde aus Eisenspänen und die Köpfe wären magnetische Eisenkugeln, die durch die Reihen rollten. Lasziv begannen die Gemeindemitglieder die Köpfe zu küssen. Es wirkte fast, als würden die immer noch warmen Köpfe die Küsse erwidern. Eine Mischung aus Orgie und Predigt wurde eingeleitet, bei der die Köpfe auf unvorstellbare Weise geschändet wurden. Der Prediger nahm seine Maske ab und gab somit sein Gesicht preis, welches dem Phantombild stark ähnelte, dann begann er mit fast gesungenem Pathos seine Rede:

»Der König schickt uns seine Engel und wird selbst bald niederfahren. Es wird regnen seine Engel in unsere Leiber. Und die Welt soll brennen und all das sich windende Treiben, was sich auf ihr tummelt soll verdampfen, auf dass es wieder wird wofür es immer schon bestimmt: nichts! Aus welchem es sich einst unerlaubt hervorgewagt. Wir, die Auserwählten, wollen es begleiten, wenn das Universum sich wieder in Lot und Ordnung bringt, hoffend auf seine Gnade …«

Ein Junge musste immer wieder in den Nebenraum gehen, eine Schüssel mit dem Blut der Märtyrer füllen, um sie dann über den Teilnehmern der Orgie auszuschütten, was diese mit erregtem Gestöhne vergolten.

Jeder im Raum paarte sich auf jede erdenkliche Weise, als würde ein Computerprogramm alle möglichen Steckverbindungen nacheinander durchspielen.

»Wir sind die ›Söhne des Faust‹!«, rief der Prediger stolz und schlich nun fast wie ein Vater, der seine Kinder nicht wecken will, aus dem Raum, die Orgie in ihrer Eskalation sich selbst überlassend.

Bei dem Gebäude handelte es sich um eine besetzte Villa. Er ging ins Arbeitszimmer des Besitzers, in dem eine Frau am Computer saß, die wie eine ganz normale Mutter wirkte. Ein junger Mann, der ihr Sohn zu sein schien, half ihr bei dem, was sie gerade machte. Beide erschraken über den Besucher, dem die Schlangenfrau folgte.

»Na, ihr beiden. Wie läuft es denn bei euch?«, fragte er überaus höflich.

»Wir sind gerade mit dreien gut im Gespräch«, sagte die Frau untergeben. »Von zweien haben wir auch schon die Adresse gehackt und von der Dritten haben wir sie auch gleich.«

»Und sind es auch sicher Jungfrauen?«, fragte er schon etwas strenger.

»Ja, ganz sicher. Wir haben auch schon ein paar Lügnerinnen entlarvt und ausgeschlossen.«

Die Frau chattete gerade auf einer Internetseite, wo sich Mädchen über ihr anstehendes erstes Mal austauschten und hatte sich als eine solche ausgegeben. Sie hatte anschließend in der Korrespondenz die Täuscher ausgeschlossen und von den Verbliebenen die E-Mail-Adressen erfragt, um ihnen einen Link zu schicken.

»Wenn ihr fünf habt, schickt ihr die Truppe los! Aber es darf ihnen nichts passieren«, befahl der Prediger der Schlangenfrau.

Kapitel 11

Teneriffa

Langsam versank die Sonne im Meer. Es herrschten immer noch fünfunddreißig Grad und diese Stille, die dem Abend einen ganz besonderen Zauber verlieh. Nur das Geräusch der Brandung, die noch vom Vulkangestein naschte, untermalte das romantische Ambiente, das sich José zunutze machte, um Julia endlich zu verführen.

José war Einheimischer und arbeitete in den Ferien bei einem Jetski-Verleih. Er war erst siebzehn Jahre alt, gab sich aber bei Urlaubern, wie Julia, immer für zwanzig aus. Julia war hingegen wirklich zwanzig.

José hatte sich für den letzten Abend, den Julia hier war, einen Jetski geborgt und war mit ihr eine halbe Stunde lang die Küste entlanggefahren, bis sie zu dieser Lagune gelangt waren. Mit seiner theatralischen Romantik und seinem erotischen Akzent hatte er ihr diesen Ort als sein Refugium präsentiert, seinen geheimen Ort, zu dem er sie als höchsten Vertrauensbeweis einlud.

Er hatte eine weiche blaue Decke und das komplette Eduscho-Picknick-Set drapiert. Als sie sich bei einem Sekt im Weißweinglas den Sonnenuntergang ansahen, schmolz sie dahin. Julia war von Josés Charme überwältigt, der angesichts seines Alters ziemlich übertrieben war. Sie merkte dies nicht und als er zudringlich wurde, ließ sie es geschehen. Selbst als er ihren Kopf mit sanfter Bestimmtheit zu seiner Badehose leitete, begann sie wie unter Hypnose einen soften Blowjob, was offensichtlich nicht ihr Ding war. Der sportliche Spanier hatte mit seiner Coolness schon so manches Mädchen hierher gebracht und verführt. Er stoppte ihren lahmen Blowjob, indem er sie auf den Rücken rollte und sie auszog, während er ihre nackte Haut mit den Lippen liebkoste. Sie hätte dies wohl für den Rest ihres Lebens genießen können. Er wollte hingegen mehr. Sein Ziel war, im Gegensatz zu ihrem, noch nicht erreicht. Er streifte sich ein Kondom über und begann den Akt mit ihr. Dabei driftete sie augenscheinlich in höhere Sphären ab, wo sie die Instinkte überwältigten.

»Ich liebe dich!«, wisperte sie leise.

Als er seinen Schwanz aus ihr herauszog, schlug sie die Augen auf und hielt die Luft an – die Angst davor, was er erwidern würde, stand ihr ins Gesicht geschrieben. Er wusste, dass er jetzt nichts Falsches sagen durfte, das konnte alles verderben. Stundenlanges Geheule, Gezicke, Geschreie und Getröste drohten ihm, wenn er versagte. Glücklicherweise hatte er seine Sonnenbrille auf, die er fast genauso lange am Tag trug, wie seine Badehose. Die Brille verdeckte seine Augen, die ihn hätten verraten können. Also kam er zum Höhepunkt seines unredlichen Schauspiels: Er nutzte sein Talent in übertriebener Art, schwulstig zu sein, ohne dabei albern zu wirken.

»Baby, Baby, du bist mein Stern. Mein Licht.« Es war ihm bewusst, dass sie wie ein Junkie süchtig nach solchen Floskeln war und zitterte auch so, als wäre sie auf Entzug, doch schossen die Worte wie die heiße Droge in ihren Körper.

»Ich liebe dich auch«, flüsterte er und benutzte die magische Formel schlicht als Mittel zum Zweck. Er stellte fest, dass er trotz der Gefühlsduselei, die bei ihm normalerweise wie ein Erschlaffungsmittel wirkte, immer noch über eine gerade so funktionstüchtige Erektion verfügte. Er ertrug seine Rolle nicht mehr lange, also spielte er auf Risiko. Dazu begann er ihren von den Tränen salzig schmeckenden Nacken zu küssen, arbeitete sich bis zu ihrem Mund hoch und versuchte sie abzulenken, indem er seine Sonnenbrille auf die Stirn schob und sie mit seinen kastanienbraunen Augen schmachtend ansah. Dann küsste er sie auf den Mund und führte während des Ablenkungsmanövers seinen Schwanz wieder in sie ein. *Geschafft*, dachte er. Sie schien ihren Unterleib völlig vergessen zu haben und ließ ihn gewähren. José beschleunigte seine Stöße und genoss den Fick. Doch den Höhepunkt seines Triumphs sollte er heute nicht mehr erleben.

Als er in Julias Gesicht sah, blickte sie mit weit aufgerissenen Augen aufs Meer: »José, hinter dir! Pass auf!«

José drehte sich genervt in Richtung Meer um. Was er sah, wirkte surreal. Er kniff die Augen zusammen und öffnete sie wieder, in der Hoffnung, was er gesehen hatte, sei verschwunden. Im Restlicht der untergehenden Sonne, trieb eine kolossale Jacht auf den Strand zu. Leise und geduldig, aber unaufhaltsam. José ließ von Julia ab. Sie zog sich schnell ihren Bikini wieder an und auch er verstaute sein Organ.

»Weg hier!«, schrie er und schob sich mit den Füßen nach hinten, die sich durch die helle Deckschicht in den dunklen Vulkansand gruben. Er merkte, dass er sich so nicht rechtzeitig in Sicherheit bringen würde, also drehte er sich um und krabbelte nun auf allen vieren weg vom Meer. Julia war ihm schon vorausgeeilt.

Es rumste und knirschte, als die Jacht auf Grund lief, doch das bremste sie nur marginal ab. Sie schob einen Wall aus Sand und Kies vor sich her, als sie den Strand erreichte, den Jetski wie ein Spielzeug zur Seite schleuderte und mit riesigem Getöse zum Stehen kam. Ein Moment der Stille verstrich, dann neigte sich die Jacht mit einem Geräusch von rangierenden Eisenbahnwaggons ein wenig zur Seite, um ihre vorerst endgültige Position einzunehmen. Die Stille kehrte zurück, sie wurde lediglich vom Geplätscher der schwachen Brandung unterbrochen.

Die Zwei an Land sahen aus, als hätten sie eine Ufo-Landung miterlebt.

»Wow«, sagte José.

»Oh Gott,« rief Julia völlig von Sinnen, schluckte ihre Perplexität herunter und übernahm das Kommando über die Krisensituation.

»José, wir müssen da rein und gucken, ob es Verletzte gibt.«

»Okay«, erwiderte José.

Sie hatten sowieso keine Wahl. Verschwinden konnten sie nicht. Der einzige Weg aus der Bucht führte übers Wasser und der Jetski sah nicht so aus, als wäre er noch betriebsbereit.

Also kletterten sie über eine kleine Strickleiter, die an der Reling hing, an Bord des Geisterschiffes. Ein mulmiges Gefühl im Magen hatte sich bei den beiden bis in die Knie ausgebreitet und ließ sie erweichen.

José schlich den Gang entlang, der auf der Backbordseite vom Bug bis zum Sonnendeck führte. Sie fanden eine Tür, die ins Innere führte. Julia hielt sich wie ein lebendiger Rucksack an Josés Schultern fest. Sie zitterte, denn sie hatte außer dem Bikini nichts an.

Nachdem der Schritt ins Innere gewagt war, durchsuchten sie die Jacht. Dazu arbeiteten sie sich durch das verwüstete Schiff – hier hatte ohne Zweifel ein orgiastisches Fest stattgefunden und war abrupt unterbrochen worden. Überall fanden sich leere Getränkeflaschen und volle Aschenbecher. Beim Stranden war alles durcheinandergeflogen und bildete das absolute Chaos.

Sie durchsuchten das ganze Schiff, fanden aber weder Gäste noch Gastgeber, nur leere Quartiere. Bis sie den Fitnessraum erreichten.

Als sie diesen betraten, schlug ihnen eine Wand aus warmer Luft in die Gesichter, außerdem der Geruch von faulen Eiern. Dies gemischt mit etwas säuerlich Brennendem malträtierte ihre Schleimhäute. Ihre Augen gewöhnten sich nur langsam an die Dunkelheit, die in der Muckibude herrschte. Der Boden unter ihren nackten Füßen fühlte sich klebrig, nass und kalt an. José erfühlte einen Lichtschalter an der Wand, der ihnen das Horror-Szenario darbot, in das sie hier eingedrungen waren, als er diesen drückte. Das Massaker, das hier stattgefunden hatte, schien schon ein paar Tage zurückzuliegen. Es wirkte beinahe friedlich durch die Distanz der Zeit, die verstrichen war.

Julia stellte fest, dass sie in einer Blutlache standen, die den Großteil des Bodens vom Fitnessraum bedeckte. Das Blut war durch die hohe Luftfeuchtigkeit nicht vollständig geronnen, sondern nur zu einem schmierigen Film geworden.

»Igitt«, fauchte sie und machte kehrt, um diesem Horrorfilm zu entfliehen, in den sie geraten war. Doch da stand plötzlich eine ausgemergelte, traurig dreinblickende Deutsche Dogge wie ein stummer Butler in der Tür. Julia flüchtete sich in Josés Arme, kniff die Augen zu und drückte ihre Stirn gegen Josés Bizeps wie ein kleines Mädchen.

José sondierte in paralysierter Verwirrung die Details des nackten Grauens, welches vor seinen Augen zur Realität geworden war.

Links von ihnen, unter den stark getönten Fenstern, hinter denen langsam die Dunkelheit den immer noch roten Himmel dominierte, lagen etwa zwölf menschliche Torsos. Extremitäten und Köpfe waren abgetrennt und die künstlich wirkenden Menschenleiber waren durch die aufgebrochenen Brustkörbe ihrer inneren Werte beraubt worden. Die leeren Hüllen lagen da wie ein Haufen Bauschutt. Daneben die Innereien. Ein riesiger Berg, überzogen von Maden und Fliegen. Selbst ein paar Ratten, die man auf einer derartigen Luxusjacht nicht vermutete, hatten sich aus ihren Verstecken hervorgewagt und zogen vorsichtig undefinierbare Klumpen aus dem Durcheinander, als wäre es ein Lagerfeuer und sie hätten Angst, sich zu verbrennen.

Dahinter führten ein paar Stufen zu einem großen Whirlpool hinauf. Das Blut der verstümmelten Passagiere war dort hineingefüllt worden. Jemand hatte ihn eingeschaltet und so sah es aus, als würde das Elixier des Lebens darin kochen. Darüber stand in großen Lettern mit Blut geschrieben: ›SIE WERDEN KOMMEN!‹

Man hätte vermutet, dass in Josés Seele der Ausnahmezustand ausgerufen worden wäre. Dass sich wirbelnde Ängste mit rasender Panik zur Rotation des Geistes vereinigten, die zu einer Ohnmacht hätte führen können. Doch er war ruhig, er war völlig gefasst. Das Stillleben der Perversion und das monotone Summen der Fliegen entspannte ihn fast. Seine Seele konnte für den Rest seines Lebens beschädigt bleiben, doch in diesem Augenblick, in dem dieser Schaden angerichtet wurde, war alles still.

Dann fand sein Blick die vorläufige Endstation auf dem Artefakt, das sich in der Mitte des Raums über acht dünne Trainingsmatten erstreckte. Ein abartiges Kunstwerk, jenseits von Gut und Böse. Ein Heiligtum, ein Schrein aus einer Religion der Verschrobenheit.

Abgetrennte Arme und Beine waren mit Stacheldraht umwickelt zu einem Ring von etwa drei Metern Durchmesser verbunden worden. Hände gegen Hände und Füße gegen Füße. Die anderen Enden waren bis auf die Knochen abgeschält worden, welche dann angespitzt und in die Schläfen eines abgeschlagenen Kopfes gerammt worden waren, die Augen ausgestochen. Innerhalb dieses Kreises befand sich ein Pentagramm, welches auf die gleiche abartige Weise erzeugt wurde. Dieses menschliche Puzzle wirkte, als wäre es im Zuge der Verwesung in sich verschmolzen.

Auf dem Fünfstern lag eine nackte tote Frau. Sie war mit Stacheldraht darauf fixiert worden, der mit den Wunden verwachsen war, die er verursacht hatte. Ihr Körper war mit okkulten Symbolen übersät, die man vermutlich mit einem glühenden Gegenstand in ihre Haut gebrannt hatte. Ein kleiner Haufen abgebrannter Wunderkerzen neben ihr bestätigte diese Theorie. Über ihr, auf einem Turnbarren, war eine weitere Frau auf dem Rücken liegend, die Arme und Beine unter dem Barren zusammengebunden, verzurrt worden. Man hatte ihr die Kehle aufgeschnitten und ihr gesamtes Blut war über den Nacken, die langen Haare hinab, direkt in den Mund der Frau auf dem Pentagramm gelaufen. Diese hatte wohl davon trinken müssen, bis sie sich erbrach. Ihr ganzer Kopf war glänzend schwarz von geronnenem Blut und noch flüssigem darüber. Der Mund wurde durch ein mittelalterliches zahnmedizinisches Gestell weit offen gehalten und war noch immer gefüllt mit Blut.

Hier hatte ein bizarres Ritual stattgefunden und José fragte sich, ob es wohl einen Gott gab, der einen solchen Ritus verlangte, und was jenes Verlangen über diesen aussagte.

Verängstigt bekreuzigte er sich und küsste das kleine silberne Kreuz, das an einem Lederriemen um seinen Hals hing.

»Herr, beschütze mich! Herr, vergib mir! Herr, verlass mich nicht!«

Während er das sprach, schlug die bemitleidenswerte, für tot gehaltene Kreatur auf dem fünfzackigen Symbol ihre Augen auf. Das Weiß der Augen strahlte aus dem schwarz-roten Gesicht. Julia, die durch einen schmal geöffneten Schlitz ihrer Augen blinzelte, quiekte vor Schreck und kniff sie schnell wieder zu.

Die Seele schien diesen geschundenen Körper schon verlassen zu haben, um sich vor all den Qualen und den Schmerzen, die ihr Gehirn immer noch generieren mochte, zu schützen. Nur ein letzter Blick durch die Fenster ihres Körpers in die alte Welt. Diese Fenster, ihre Augen, strahlten Frieden aus und wirkten erschreckend gelassen gegenüber dem Grauen, das sie umgab. Sie schien zufrieden, noch ein letztes Mal Menschen zu sehen, die so etwas wie Empathie besaßen.

Dann schlossen sich ihre Augen wieder und diesmal zum letzten Mal.

Ein kalter Schauer, der von einem kaum hörbaren Geräusch hinter ihnen ausgelöst wurde, ließ José und Julia aufschrecken. Ein junger Steward – oder ein Stripper, der wie ein solcher verkleidet war – startete einen Sturmangriff in ihre Richtung. Er wirkte ähnlich verwahrlost wie der Hund, der gerade hinter ihm tot zusammengebrochen war. Wahnsinn funkelte in seinen Augen, welcher daher rührte, dass er sich tagelang in einem Panikraum versteckt hatte und dort die Geräusche vom Menschenschlachten seinen Verstand zersetzt hatten. Todesschreie, die erklangen waren, als die Tresore der Seelen, die Körper der Besatzung, aufgebrochen wurden, um ihre Leben zu stehlen.

Sein Angriffsmut, von Hunger und Durst getrieben, welcher nun fehlgeleitet den Rettern und nicht den Tätern galt, war nicht zu bändigen. Selbst wenn er erkannt hätte, dass diese beiden keine Bedrohung für ihn darstellten, hätte sich die unvorstellbare Energie, die sich in ihm angestaut hatte, trotzdem an ihnen entladen. Und so nutzte er seinen Schwung, um Julia mit voller Wucht auf die Frau in dem Pentagramm zu stoßen. Er begann mit dem aufgeklappten Rasiermesser in seiner verkrampften Hand wie ein expressionistischer Maler mit einem Pinsel die Leinwand, die Josés Körper darstellte, zu bearbeiten. Tiefe Schnittwunden klafften auf wie Kiemen eines erstickenden Fisches. Julia schrie voller Verzweiflung und versuchte, panisch von dem Pentagramm zu krabbeln. Doch als der Steward mit José fertig war und ihn zum Verbluten zurückließ, widmete er sich Julia und schnitt sie mit langen Strichen. Eine Weile konnte sie die Angriffe noch durch das Opfern ihrer Hände abwehren, doch irgendwann war ihre Deckung durchbrochen. Sie verendete, wie José zuvor, an den tiefen Schnittverletzungen.

Kapitel 12

Vatikanstadt, Fläche 0,44 Quadratkilometer, circa eintausend Einwohner. Eine Bahn, eine Tankstelle, eine eigene Währung und eine Exorzismus-Schule.

Die Sonne verschmolz mit den Dächern Roms und färbte die edlen Fassaden in homogenes, warmes Gelb. Roms fliegende Plage, die Stare, zogen gerade wieder in wogenden Schwärmen in die ewige Stadt ein. Auf dem Land hatten sie den ganzen Tag über Nahrung aufgenommen, die sie jetzt in die Stadt trugen und dort ganze Straßenzüge mit Vogelscheiße bedeckten. In der schwülen Luft über dem Petersplatz waren sie eifrig bemüht, mit ihrer Schwarm-Intelligenz zu protzen. Wie der Dampf einer heißen Tasse Tee, dem von einer leichten Brise Leben eingehaucht wurde, tanzten die Vögel am Himmel.

Paolo Antonio Fossati, Priester und Lehrer an der Exorzismus-Schule des Vatikans, eilte über den Petersplatz, kein Auge für das Schauspiel am Himmel, am Petersdom vorbei, wo gerade das große bronzene Tor von der Schweizer Garde für die Nacht geschlossen wurde. Er verschwand in einer der Seitenstraßen und schritt zielstrebig auf eines der Gebäude der Glaubenskongregation zu, früher der Sitz der heiligen Inquisition.

Hier wurde der standesgemäß gekleidete Katholik schon von einem seriösen Anzugträger empfangen, der ein großes goldenes Kreuz an einer dicken Kette vor der Brust trug. Dieser geleitete Pater Fossati, so zügig es die Etikette erlaubte, durch das antike Gebäude. Sie durchquerten das Archiv der heiligen Inquisition über die Galerie. Pater Fossati konnte nicht anders, so eilig er es auch hatte, seine Blicke schweiften über die abertausenden

Prozessakten hinweg, die in den verstaubten Regalen unter Verschluss lagerten. Einmal wäre er fast stehen geblieben, als sie am Index der verbotenen Bücher vorbeikamen. Dadurch hätte er jedoch seinen forsch vorauseilenden Führer verloren. All diese Prozessakten, die hier ungeöffnet seit dem Mittelalter in soliden Eichenregalen verstaubten, mit den dramatischen Inhalten über die armen Frauen, an denen im Namen der Kirche die abartigsten Folterpraktiken praktiziert worden waren, entzündete die Neugier in Fossati.

Doch schon verließen sie dieses Sammelsurium menschlicher Abgründe, um nun den kürzesten Weg über einen der Innenhof-Balkone auf die andere Seite des Gebäudes zu wählen, wo sie in einem kleinen Treppenhaus verschwanden, welches als einziges den Zugang zur vierten Etage erlaubte, der nur wenigen gestattet war. Selbst der hochangesehene Würdenträger Fossati hätte hier unter normalen Umständen nichts zu suchen gehabt.

Als sie im vierten Stock angekommen waren und drei beeindruckende Räume gefüllt mit viktorianischer Kunst passiert hatten, gelangten sie an ihr Ziel: Zwei Türen aus dunklem Holz ragten bis zur hohen Decke, prunkvoll verziert, davor zwei Soldaten in der traditionellen Uniform der Schweizer Garde. Diese öffneten die Türen so zügig, dass die beiden Glaubensmänner ihren Schritt nicht verlangsamen mussten, um diese zu durchqueren. Ein hagerer alter Mann, der mit seinen weißen Handschuhen wie ein Diener wirkte, empfing sie und winkte Fossati direkt weiter durch den riesigen, komplett mit goldbraunem Holz verkleideten, dunklen Raum, um direkt vor den massigen Schreibtisch zu treten. Hinter diesem saß ein etwa siebzigjähriger Kardinal, der durch seine tiefsitzende Lesebrille in einem bestimmt tausend Jahre alten und ebenso viel Seiten starkem, handgeschriebenen

Buch las. Er trug ein schwarzes Gewand mit einer roten Knopfleiste, eine kleine rote Kappe auf dem Kopf und eine rote Schärpe. Diese roten Symbole bedeuteten, dass die Kardinäle jederzeit bereit waren, den Märtyrertod für Jesus Christus zu sterben. Was natürlich sehr unwahrscheinlich war. Kardinal Massimiliano de Santis blätterte um, wobei Fossati der Kardinalsring auffiel, den er sich sein Lebtag gewünscht hatte.

»Bitte!«, forderte de Santis den Pater auf, sein Anliegen vorzubringen. Fossati sammelte sich und sprach: »Eure Eminenz …«

Er trat vor, um den Kardinalsring an der Hand des Besitzers zu küssen, die de Santis ohne aufzublicken über den viel zu großen Schreibtisch vorstreckte.

»Ein aktivierter Priester in Hamburg hat uns zwei, drei Fälle von dämonischer Besessenheit gemeldet, Eure Eminenz.«

Mit aktiviert meinte er, dass er zum Agenten des Geheimdienstes des Vatikans ernannt worden war. Der Geheimdienst wurde öffentlich schon immer verleugnet. Der Schwarze Orden oder die Entität – das Etwas – genannt, erhielt sich schon seit eh und je seine unsichtbare Form, da er keine Agenten im herkömmlichen Sinne besaß. Vielmehr wurden willige Priester vom Kardinal in den Rang eines Agenten berufen, um sie für notwendige Dienste heranzuziehen. So galt jeder ehrenwerte Priester weltweit als potenzieller Agent.

»Das ist doch kein Grund, mich so spät zu stören.«

»Ich bin mir dessen bewusst, Eure Eminenz. Vergebt mir, doch bei der sorgfältigen Prüfung einer der Fälle bin ich auf das Zeichen gestoßen.«

Der Kardinal sah von dem antiken Buch auf, ohne den Kopf zu bewegen. Sein Blick wirkte bedrohlich über der schief sitzenden Lesebrille.

»Schließen Sie die Tür!«, befahl de Santis mit schwerer, tiefer Stimme. Die Soldaten mit den gestreiften Uniformen folgten der Aufforderung sofort.

Fossati öffnete seine stabile Ledermappe und breitete die sich darin befindenden Fotos vor dem Kardinal aus, der seinen prüfenden Blick nicht von ihm ließ.

»Sehen Sie, Kardinal«, vor ihm ein Bild der Überwachungskamera aus dem Wohnheim in Hamburg, das den alten, eingeschränkten Mann zeigte, der seine Hand in seine Seite gegraben hatte, »das ist Karl Gerhard Treßler, der erste Fall von Besessenheit. Und, sehen Sie hier, er hat die gelben Augen.«

»Aber das kann doch alles Mögliche bedeuten. Eine Endzündung oder eine andere Krankheit, ich bitte Sie Fossati …«, versuchte der Kardinal zu beschwichtigen, ahnte aber schon, dass der Pater noch mehr in petto hatte.

»Aber hier, sehen Sie …« Fossati wurde immer nervöser und suchte mit dem Zeigefinger über die Bilder fliegend eine Vergrößerung des Fotos von dem alten Mann heraus. Darauf war der nackte Brustkorb zu sehen, auf dem man einen Zwei-Euro-Stück-großen, unregelmäßigen Fleck erkennen konnte.

»Er hat außerdem das Feuermal.«

Als de Santis diesen Fleck durch seine Nickelbrille analysiert hatte, war er plötzlich wie erstarrt. Das musste der Kardinal erst einmal verdauen.

»Gott stehe uns bei …«, sprach er und schluckte schwer.

Fossati schob ein paar weitere Bilder umher, um dem Kardinal noch ein Foto zu zeigen. Dieses zeigte die nackte Leiche eines Mannes, der auf einer Autobahn bei Hamburg ums Leben gekommen war. Der leblose Körper mit den zertrümmerten Knochen lag auf einem stählernen Obduktionstisch. Ohne Worte zeigte Fossati seiner Eminenz de Santis, dass auch dieser eine Verfärbung auf der Brust aufwies.

»Unser Agent spricht außerdem von einem weiteren Fall, konnte aber noch keine Fotos beschaffen.«

»Drei Fälle? Das hat es noch nie gegeben.«

De Santis lehnte sich in seinem soliden hölzernen, übergroßen Stuhl erschöpft zurück, um einmal tief zu seufzen, während er sich die Augen rieb.

Fossati und der Mann im Anzug warteten gespannt auf den Beschluss des Kardinals. Dieser drehte seinen Oberkörper nach rechts und versuchte, soweit es seine steifen Wirbel zuließen, über seine Schultern zu blicken. Fossati sah erst jetzt, was sich hinter seinem Vorgesetzten befand. In die rotbraune Holzvertäfelung war eine riesige Tresortür eingelassen, die ebenfalls aus glänzend lackiertem, allerdings wesentlich dunkleren Holz bestand. Sie maß gewiss drei Meter in der Breite und gute vier in der Höhe. In der Mitte befand sich auf Hüfthöhe ein schweres rustikales, gusseisernes Kreuz, das wohl als Schlüssel zu der Tür fungierte. Fossati war noch niemals auch nur in der Nähe dieses Tresorraums gewesen und erschlagen von den Eindrücken und der Ehrfurcht, die dieser Raum ihm einflößte.

Kardinal de Santis verharrte einen Augenblick und beäugte die Tür wie einen längst vergessenen Albtraum aus der Kindheit, der plötzlich wieder zurückgekehrt war. Dann drehte er sich unter einem leisen Knarren des Stuhls zurück zu den beiden Männern und sprach in seiner beruhigenden langsamen Weise: »Die Situation ist ernst, meine Herren. Sehr ernst. Der letzte Fall von wahrer Besessenheit liegt schon viele Jahre zurück. Wir müssen hier mit äußerster Diskretion vorgehen und benötigen unbedingt jemanden, der Erfahrung im Umgang damit besitzt. Wer hat damals den letzten Exorzismus durchgeführt?«

Der Sekretär antwortete wie aus der Pistole geschossen: »Das waren Pater Penrose und Pater Marciano, Eure Eminenz.«

»Schicken Sie die beiden umgehend nach Deutschland. Sie möchten die Leichname untersuchen und Ihre Vermutungen bestätigen.«

»Das dürfte schwierig werden«, warf der Sekretär ein, »Penrose und Marciano betreuen derzeit eine Mission in Nigeria.«

»Gut, wen haben wir sonst noch?«, fragte de Santis.

»Niemanden, der schneller verfügbar wäre. Exorzisten der alten Lehre werden schon seit Jahrzehnten nicht mehr ausgebildet. Es war auch nicht nötig. In den letzten dreißig Jahren sind die Fälle wahrer Besessenheit gegen null gegangen.«

Der Kardinal sammelte sich und war gewillt, dieses Problem anzugehen. Immerhin waren alle potenziell Besessenen tot. Somit schien es ausgeschlossen, dass sich die Schulmedizin dahingehend mit den Fällen beschäftigte, dass sie die richtige Diagnose stellen würde. Dies war seine größte Befürchtung. Wissenschaftlich bewiesene Besessenheit, das war seine Nemesis.

»Guter Fossati, ich muss Sie ermahnen, nichts über Ihre Erkenntnisse preiszugeben und bitte Sie, auch den Agenten, zu absoluter Verschwiegenheit zu verpflichten. Da diese delikate Angelegenheit unter noch mehr eingeweihten Köpfen leiden könnte, frage ich Sie, ob Sie bereit wären, nach Nigeria zu reisen, um den Exorzisten Pater Penrose und seinen Kollegen dazu zu bewegen, sich nach Hamburg zu begeben, um diese Angelegenheit zu untersuchen? Kümmern Sie sich um die politischen Barrieren und sorgen dafür, dass Penrose freie Bahn hat.«

Voller Demut antwortete Fossati: »Selbstverständlich. Sie können sich bei dieser Angelegenheit voll auf mich verlassen.«

»Ich erinnere mich an Penrose. Er ist ein sehr komplizierter, tiefdenkender Mann. Sie müssen ihn unbedingt überzeugen, uns zu helfen. Ich lasse Ihnen den Jet bereitstellen. Sie fliegen noch heute Nacht.«

Ein Blick zum Sekretär und dieser ging augenblicklich an einen weiteren Schreibtisch und telefonierte.

»Gehen Sie, Pater Fossati! Gehen Sie, und schützen Sie unser Geheimnis!«

Kapitel 13

Nachdem Falko das Phantombild des Mannes hinter der Clownsmaske durch die Weltgeschichte gefaxt hatte, schaffte er es gerade noch rechtzeitig zu seinem Termin im Tattoo-Studio. Nach zwei Stunden Schmerzen machten sie Schluss, da der Tätowierer merkte, dass Falko langsam zittrig wurde. Die äußeren Konturen waren fertig und die Hälfte des Drachens auf seinem Oberarm war farbig ausgefüllt.

Zu Hause angekommen, zockten die Zwillinge bereits im Wohnzimmer an der Playstation.

Melinda saß mit ihrem Notebook am Tresen, der die Küche vom Wohnzimmer trennte, und nippte an einer riesigen Tasse dampfenden Ingwertees, während sie irgendwelche Blogs durchstöberte. Rumborack, die Katze, lag neben dem Notebook wie ein Laib Brot auf allen vier Pfoten und beobachtete missmutig das Gehampel der Zwillinge.

»Hi, Mädels«, begrüßte Falko seine Mädchen.

»Hi«, antwortete Melinda, blickte einmal kurz auf, stellte fest, dass der ganze Oberarm von Falko in Frischhaltefolie gewickelt war, und verdrehte heimlich die Augen. Sie hatte mit sich ausgemacht, dass sie Falko diese Sache überlassen und ihren Protest für sich behalten würde.

Als die Zwillinge Falkos Arm erblickten, den sein hochgekrempeltes T-Shirt preisgab, sprangen sie wie junge Hunde, die eine Quelle für Leckerlis ausgemacht hatten, über die Couch und untersuchten staunend das Kunstwerk, das seinen Arm nun schmückte.

»Das ist ja voll cool«, schwärmte Larissa. Sina ploppten Bilder im Kopf auf. Tattoo-Ideen, die sie sich an sich selbst vorstellen konnte.

»Ich will auch endlich eins!«, nörgelte sie.

Melinda verdrehte wieder die Augen.

Die Zwillinge waren in ihr Zimmer verschwunden und die Sonne ging unter. Melinda hatte sich ein uraltes gesprungenes Holzschneidebrett geschnappt und schnitt einen Old Amsterdam in grobe Würfel unterschiedlicher Größe. Dazu hatte sie ein Glas mit schwarzen Oliven aufgemacht, von denen sie schon eine kaute. Falko öffnete einen chilenischen De Martino und füllte zwei Gläser. Er sah, dass Melinda zwischendurch immer wieder auf das Notebook blickte und fragte, während er mit ihr anstieß: »Soll ich kochen?«

»Bist du nicht zu kaputt?«

»Ich kann die Ablenkung gerade brauchen. Ich glaub, ich mach uns Pasta und frisches Pesto dazu.«

»Wenn du magst«, meinte Melinda, ihr schlechtes Gewissen verdrängend.

»Wie war denn dein erster Tag? Gibt es was Neues über den Anschlag?«, fragte sie. Er antwortete, während er die benötigten Utensilien zusammensuchte:

»Heftiger erster Tag und ja, wir haben ein Phantombild von zumindest einem der Drahtzieher des Anschlags. Dieser Typ aus dem Bekennervideo …«

»Ach, der mit dieser gruseligen Clownsmaske? Ich hab das eben im Netz gesehen.«

Falko spülte gerade ein Stück von dem aromatischen Käse mit dem perfekt dazu passenden Wein runter und hatte das Gefühl, dass in seinem leeren Magen eine Kapsel mit warmer Flüssigkeit zerplatzt war, welche die wohlige Temperatur in seinem ganzen Körper verteilte.

»Ja, dieser Trottel hat einmal zur Seite geguckt, sodass wir aus seinem Profil ein ganzes Phantombild konstruieren konnten.«

Melinda fühlte auch, dass der starke De Martino heiß in ihre Venen schoss.

»Der macht mir ganz schön Angst, der Kerl. Der wirkt wie ein religiöser Fanatiker.«

Falko zermahlte in einem großen Mörser eine Tüte gemischter Nüsse.

»Übrigens, gut, dass ihr noch Sommer-, beziehungsweise Semesterferien habt und nicht raus müsst. So ein komischer Virus oder einfach nur das Wetter bringt einige Leute zum Durchdrehen. Schon drei Fälle. Bei einem war ich heute Morgen vor Ort. Sehr verstörend.«

Falko zupfte Petersilie und Basilikum aus dem Topf und hackte alles klein. »Ich gehe davon aus, dass ich den Haufen Vegetarier hier nicht zu ein paar Rinderfiletstreifen überreden kann, oder?«

»Korrekt!«

»Ich glaube, dann bleibe ich heute auch mal trocken.«

Melinda schnappte sich eine Cashewnuss, die aus dem Mörser entkommen war, und verschluckte sich halb daran. »Du hast morgen übrigens gleich um neun einen Termin bei Dr. Leshinsky. Hab ich dir heute gemacht«, informierte sie Falko hustend.

Falko war augenblicklich angepisst. Ihm war bewusst, dass er diesen Folgetermin bei seiner Therapeutin schon seit Wochen vor sich herschob. Er wollte ihn aber selbst ausmachen und nicht von Melinda aufgedrückt bekommen. Er empfand das als respektlos.

»Eigentlich hab ich da gerade gar keine Zeit für«, legte er los. Melinda merkte sofort, dass diese Diskussion zu nichts außer einem versauten Abend führen würde.

»Ich dachte, ich tu dir damit einen Gefallen. Ich kann den auch morgen noch absagen.« Sie wollte noch anfügen, dachte es jedoch nur: *Nutz das bitte nicht als Futter für deinen Depressionshunger!*

»Nein, nein, ich geh schon hin. Aber sprich so etwas doch bitte vorher mit mir ab.«

Über den Termin war er ja froh, denn er hasste es, Termine für sich zu machen. Er wollte aber nicht, dass Melinda ihn dabei überging. Er wollte selbst das Tempo bestimmen, mit dem er die Aufräumarbeiten in seinem Oberstübchen bestritt.

Dreißig Minuten später saßen alle vier am Esstisch und ließen es sich schmecken. Falko war ein guter Koch, er hatte ein intuitives Gespür für Zutaten, Gewürze und Mengen. Er kochte nie nach Kochbuch, sondern immer aus dem Bauch heraus. Simpel und solide.

Larissas Handy klingelte während des Essens bereits zum zweiten Mal und sie blickte wieder darauf, als gäbe es nichts Wichtigeres auf der Welt.

»Bitte, könnt ihr die Handys nicht wenigstens beim Essen in eurem Zimmer lassen?«, fragte er genervt. Larissa nahm das nicht mal wahr, diese Stelle war durch das ewige darauf Herumreiten absolut taub. Nach kurzem Schweigen unter Essgeräuschen sagte Sina dann: »Das ist ihr Lover, dieser William Wong. Willow, so nennt der sich doch, oder? Seine Eltern sind Koreaner.«

»Halt's Maul«, formte Larissa stumm mit den Lippen.

Neckisch provozierend informierte Sina weiter: »Das sind die Besitzer von dem Koreaner im City Center.«

»Aha«, lallte Melinda, zufrieden über den Informationsfluss.

»Verdient der nicht sogar Geld mit E-Sport? Das ist doch einer von diesen Stylo-Core-Gamern.«

Das ging Larissa zu weit, da nun ein negativer Unterton in der Stimme ihrer Schwester erklang. »Erzähl du doch lieber mal von deinem Traum.«

Das brachte Sina sofort zum Verstummen, was wiederum die Aufmerksamkeit von Falko und Melinda weckte.

»Was denn für ein Traum?«, fragte Falko, der sich selbst viel mit seinen Träumen beschäftigte, einen dicken Knäuel Tagliatelle in den Mund schiebend. Sina starrte fast apathisch auf ihre Gabel, die sich ziellos in der Pasta hin und her drehte.

»Ich hab geträumt, dass etwas ganz Schlimmes passiert. Ihr kamt alle darin vor. Ihr standet um mich herum und plötzlich sind unsere Gesichter geschmolzen. Wie Wachs.« Ihre Lippen bebten und Angst bemächtigte sich ihrer Stimme. »Wir haben alle panisch versucht, einander die Gesichter wieder auf die zerlaufenen weichen Flächen zu malen, aber es kamen nur hässliche Fratzen dabei heraus. Irgendwann wusste ich nicht mehr, wer wer war. Und dann …«

Alle folgten ihr gebannt.

»… und dann habt ihr versucht, mich zu töten …« Sie fing an zu weinen und Larissa und Melinda liefen sofort um den Tisch zu ihr, um sie zu trösten. Falko blieb getrübt sitzen.

Teil 3 – Das Amok-Virus

Kapitel 1

Dienstag

Der dichte Nebel hatte sich am Morgen gerade verzogen, als Falko in seinem abgerockten Golf II durch die Hamburger Innenstadt fuhr. Es herrschte schon das übliche, sich selbst organisierende Verkehrschaos. Die Sonne blitzte am Ende der Querstraßen auf, blendete Falko und kündigte einen weiteren schwül-heißen Tag an.

Kapitel 2

Immer, wenn Falko das Wartezimmer von Doktor Leshinsky betrat, fühlte er sich unwohl. Den Boden bedeckten mehrere Lagen Teppich, die sich willkürlich an den Schnittkanten überlappten. Der Raum war muffig. Die Wände dicht behangen mit schlecht gewählten Bildern vom Jakobsweg und von den Wohnmobilreisen des Therapeuten längs des Mittelmeers. Falko ließ sich in einen der drei Ledersessel fallen, griff sich eine Zeitung und blätterte sie unaufmerksam durch. Er überflog die banalen Pseudonachrichten über das Privatleben und die Leibesfülle der Hollywoodstars und warf sie nach wenigen Seiten wieder auf den kleinen Tisch, von dem er sie genommen hatte. Dann sah er, dass auf dem Flachbildfernseher an der Wand die Nachrichten begannen, also stand er auf und stellte ihn etwas lauter.

Eine perfekt gestylte Frau mit neutraler Schönheit trug in dem winzigen Fenster, das ihr die News-Ticker und die unendlichen Laufbänder der Börsenzahlen ließen, ihren vorgefertigten Text vor.

»Hamburg: Das *Amok-Virus*. So lautet der Name, den die Boulevardpresse dem Erreger gegeben hat, der verantwortlich gemacht wird für die Fälle, in denen augenscheinlich normale Menschen plötzlich ohne Vorzeichen Anfälle schlimmster Raserei erleiden. Sie sind selbst- und fremdaggressiv, mit einer verstärkten Neigung zu sexuellen Übergriffen aller Art. Die Leichname wurden auf die Insel Riems ins Friedrich-Loeffler-Institut überführt. Aber in dem Institut mit der höchsten Sicherheitsstufe konnten bisher keine Anzeichen für einen Virus gefunden werden. Dennoch wird der Bevölkerung empfohlen, allen Möglichkeiten der Prävention nachzukommen, um einer möglichen Epidemie entgegenzuwirken. Auf unserer Homepage gibt es eine Liste mit einfachsten Tipps und Tricks zur Hygiene. Im Anschluss folgt eine Sondersendung zum Thema *Amok-Virus*.

Berlin: Die Presseabteilung der Polizei erhielt gestern am späten Abend eine E-Mail mit dem Link zu einer Internetseite, auf die ein Video gestellt wurde. Der Inhalt des Videos zeigt den Sprecher der Terrorsekte ›Söhne des Faust‹ dabei, wie er die Attentäter des Berliner Halbmarathons enthauptet. Im Laufe des Tages soll, so hat der Pressesprecher der Polizei angekündigt, ein Phantombild des Drahtziehers veröffentlicht werden.

Teneriffa: Gestern in den frühen Abendstunden wurde die führerlose Super-Jacht des Multimilliardärs Fürst von Lautersheim an der Küste von Teneriffa angespült. Von Lautersheim, der sich als Playboy und Lebemann einen zweifelhaften Ruhm sicherte, die Models, die Gäste und das Personal der Jacht wurden allesamt abgeschlachtet. Die Beamten vor Ort gaben an, es sei ein Gemetzel gewesen, anders könne man es nicht beschreiben. Anscheinend wurde das Luxusschiff in den Gewässern der kanarischen Inseln geentert und an den Passagieren ein okkultes Ritual vollzogen. Dabei wurden alle sich auf der Jacht befindlichen Personen grausam getötet. Ebenso zwei Teenager, die die Jacht entdeckt haben.«

Nachdem Bilder des Schiffs eingespielt worden waren, erschienen Bilder der Bambi-Verleihung des vergangenen Jahres, die von Lautersheim mit zwei drahtigen, nur marginal bekleideten Models besucht hatte.

Falkos Gesichtszüge verkrampften sich. Er konnte es kaum fassen. Hinter von Lautersheim stand ein Mann, den Falko sofort erkannte. Es war der Mann von dem Phantombild. Der Anführer der ›Söhne des Faust‹. Darunter war sein Name eingeblendet: Friedrich Schröder.

Als Doktor Leshinsky das Wartezimmer betrat, um Falko aufzurufen, war es leer.

Falko raste, so schnell es der Verkehr zuließ, durch die verschachtelte Innenstadt. Die Straßen füllten sich zusehends mit Fußgängern, Fahrrädern und Autos und die aufsteigende Sonne vertrieb auch das letzte frische Lüftchen. Die Freisprechanlage hatte auf Falkos Befehl hin Kontakt mit Müller aufgenommen.

»Müller.«

»Ich bin es, Falko. Was machst du gerade?«

Müller antwortete mit vollem Mund: »Ich frühstücke ein Schoko-Croissant beim Bäcker. Das schmeckt, als wäre es von gest…«

»Schön!«, fiel ihm Falko ins Wort. »Ich hab den Vogel auf dem Phantombild identifiziert. Sein Name ist Friedrich Schröder. Der hängt bestimmt auch mit in der Teneriffa-Sache drin.«

»Wie?«, fragte Müller mit aufrichtigem Interesse.

»Seine Visage wurde eben in den Nachrichten gezeigt, als von dem Überfall auf die von Lautersheim-Jacht berichtet wurde.«

»Was machen wir nun?«

»Die Zentrale hat 'ne Fahndung rausgegeben. Und ich fahre zu der Wohnung der Mutter, die ist nämlich hier in Hamburg, in der Fuhlsbüttler-Heerstraße. Wir treffen uns dort.«

»Alles klar, gib mir fünfzehn Minuten.«

Kapitel 3

Was war das? Ninja schreckte aus ihrem Schlummer.

Hatte sie einen Orgasmus gehabt? Etwas wie ein leichter, warmer Stromschlag durchfuhr ihre Scheide. Es war ihr schon länger nicht mehr passiert, dass sie im Schlaf gekommen war. Und da bahnte sich noch einer an. Der penetrant kreisende Druck auf ihrer Klitoris ließ diesem kleinen Stück Fleisch keine Wahl.

Ihre Augen waren offen, aber ihr Blick war getrübt, wie durch einen Schleier. Sie blickte an sich hinab und stellte fest, dass es ihre eigene Hand war, die den Rock hochhielt und gleichzeitig grob in ihrem Slip wühlte. Sie fühlte sich fremd, ja irgendwie taub an. Erschrocken fuhr sie zusammen, als ihr klar wurde, dass sie in der Öffentlichkeit stand und nicht – wie vermutet – in ihrem Bett lag. *Oh bitte! Lass das nur einen bösen Traum sein*, bat sie eine nicht spezifizierte Gottheit. Dann sah sie wie von allein auf. Sie hatte keine Kontrolle über ihren Körper, der anscheinend tat, was er wollte.

Ihre Augen fokussierten und sie sah wieder klar. Vor ihr lagen zwei durch etliche Kopfschüsse getötete Körper, eine Polizistin und ein Polizist. *Oh Gott*, dachte sie. Sie hob den Blick und sah, dass sie eine rauchende MP5 in der Hand hielt. *War ich das? Habe ich die Beamten erschossen? Und warum gehorchen mir meine Glieder nicht?* Erst jetzt realisierte sie, worauf ihre ausgestreckte Hand mit der Waffe zielte. Was da vor der Waffe in ihr Blickfeld kam, war ein Café an der Innenalster in Hamburg. Es war gefüllt mit Gästen, die sie mit offen stehenden Mündern verstört und panisch anblickten. Einige wagte sogar einen Fluchtversuch. Erneut zog sich plötzlich ihr ganzer Körper durch diesen monumentalen Orgasmus zusammen und in dem Moment betätigte ihr Zeigefinger den Abzug. Ihr Geist schrie ›Nein!‹ und hämmerte ihr wie ein Gefangener von innen gegen die Augen.

Eine Salve Projektile durchschlug von rechts nach links alle Café-Gäste der ersten Reihe. Die große Panoramascheibe barst, zerfiel aber nicht, da sie aus Sicherheitsglas bestand. Ninja wollte weggucken, doch sie konnte den Blick nicht abwenden. Sie sah, wie Kugeln den Kopf einer stillenden Mutter vor dem Café durchbohrten. Augenblicklich kippte dieser schlaff mit dem Kinn auf ihre Brust und übergoss das immer noch zufrieden saugende Baby mit warmem Blut. Die Bilder gepaart mit den Orgasmen waren zu viel für Ninja, doch sie war gefangen im eigenen Körper, der ihr selbst die verdiente Ohnmacht verwehrte, die längst hätte eintreten müssen.

Ninja stand mitten auf der Straße, Autos hatten angehalten und waren fluchtartig verlassen worden. Ihre linke Gesichtshälfte war zum Teil bis auf den Schädelknochen abgeschürft. Dies zog sich über ihre rechte Kopfseite fort. Es sah aus, als hätte sie einen Irokesen-Haarschnitt. Vermutlich war sie angefahren und mit ihrem Kopf über den Asphalt geschleift worden. Ihre bionischen Bein- und Arm-Accessoires, die sie immer noch trug, machten die Skurrilität perfekt.

Eine rüstige alte Frau mit Dutt, deren dicke Knöchel in den beigen Leggings über ihre zu engen Pumps quollen, fasste sich ein Herz und stemmte sich von einem Kaffeetisch auf. Der Schock ließ sie nicht merken, dass sie bereits an der Schulter getroffen war. Sie nahm ihren Stock und tapste auf Ninja zu, die, soweit es ihre Verletzung zuließ, bitterböse grinste.

»Aber Mädchen, was machst du denn?«, fragte die Alte mit verstörter Stimme.

Die letzten drei Projektile lösten sich aus der Maschinenpistole und durchschlugen den Brustkorb der alten Frau, die taumelnd weiterging und Blut spuckte. Als sie Ninja erreichte, schlug die alte Frau mit ihrem Gehstock auf Ninja ein. Die Schläge, die Ninja am Kopf trafen, schien diese gar nicht wahrzunehmen, ihr höllisches Grinsen wirkte sogar so, als wäre es noch etwas breiter geworden. Die Alte brach zusammen und fiel mit dem Gesicht voran auf den Betonboden. Sie war tot. Durch ihr Eingreifen hatte Ninja nicht bemerkt, dass sich hinter ihr zwei Mitarbeiter eines Sicherheitsdienstes angeschlichen hatten, die auf sie sprangen und sie zu Boden rissen. Diese hatten jedoch nicht mit der Kraft der zierlichen Person gerechnet. Sie wand sich mit aller Kraft, biss die beiden und kratzte sie. Selbst ein Faustschlag in ihr Gesicht ließ sie nicht innehalten. Schließlich schaffte es eine Vielzahl von Männern, sich auf ihre zappelnden Extremitäten zu werfen und sie bewegungsunfähig zu machen.

Kapitel 4

Afrika, Süd-Nigeria

Pater Penrose, dessen Haar leicht grau geworden war, und sein treuer Begleiter Pater Marciano betraten eine zylindrische große Lehmhütte mit rundem Strohdach. Die Strahlen der Morgensonne stachen wie Dornen durch das löchrige Blattwerk des die Hütte umgebenden Waldes. Lautstark erwachte die Fauna zum Leben. Trotzdem herrschte eine hypnotische Ruhe, mit der sich das Bild in der Hütte nur schlecht verbinden ließ. In der Dunkelheit um den Lichtkegel, den das runde Oberlicht warf, stand die komplette Dorfgemeinschaft – allesamt Farbige – gedrängt und beobachtete gespannt das Schauspiel, das sich innerhalb des Tageslichtkreises darbot. Ein Mann im Anzug predigte etwas auf Englisch. Er war der einzige, der einen trug, die anderen waren alle mit Textilien der Wegwerfgesellschaft anderer Kontinente eingekleidet. Dann drehte er sich um und widmete sich einem circa zehnjährigen Mädchen, das zuckend in einer Hängematte lag. Ihre Augen waren verdreht und Schaum hatte sich vor ihrem Mund gebildet. Ihre bitterlich weinende Mutter kühlte ihre Stirn mit einem alten nassen Tuch. Der Prediger ließ seine Hände wie eine Wünschelrute über dem Mädchen schweben, bis er durch ein Zittern die Stelle über dem freigelegten Bauch ausmachte, wo sich das Böse in ihr zu befinden schien. Er murmelte und brummte etwas, während er sich die rechte Handaußenfläche rieb. Durch Auflegen des Zeigefingers und Daumens der linken Hand, die zu einem Kreis geformt waren, visierte er die Stelle an und rammte dann seine rechte Hand durch die Haut in den Magen des Mädchens, das dabei kurz quiekte. Er verdrehte die Augen, während er im Magen des Mädchens wühlte. Blut aus dem Bauchraum schwappte über die linke Hand. Dann schrie er auf, als hätte er einen Fisch gefangen. Das Publikum war wie erstarrt.

Pater Fossati betrat die Hütte in Begleitung eines einheimischen Fahrers. Fossati war die ganze Nacht unterwegs gewesen und war sichtlich erschöpft, aber auch erleichtert, dass er Pater Penrose so schnell ausfindig gemacht hatte. Er stellte sich neben den stoffbehangenen Eingang und wartete brav und unberührt von den Ereignissen auf das Ende der Zeremonie.

Es wirkte, als hätte der Prediger Probleme, seine Hand wieder aus dem Bauch des Mädchens zu ziehen, als hielte sie etwas im Inneren fest. Er wurde panisch. Ein Assistent bemerkte, dass die Situation nicht mehr unter Kontrolle war, und kam dem Prediger zu Hilfe, aber der wehrte ihn mit einer schroffen Geste ab. Er schaffte es schließlich, die Hand herauszuziehen. Als er seine blutige Hand öffnete, lag darin etwas, das aussah, wie ein Stück blutiger Kot. Das Publikum war geschockt, die Frauen versuchten, ihre Schwindelanfälle mit heftigem Wedeln ihrer Fächer zu bekämpfen. Die Mutter flehte den Prediger auf Englisch an, ihrer Tochter zu helfen. Dieser beschwor nun die Stelle, die immer noch von der linken Hand bedeckt wurde, und eine beträchtliche Verletzung aufweisen musste, worauf man anhand der Blutmenge schließen konnte. Aber als er seine Hand entfernte, war da keine Wunde, nur noch ein wenig Blut, sonst nichts. Dann ging der Prediger zu einem kleinen Feuer und verbrannte den Kot, der sogleich in bunt züngelnden Flammen aufging. Einige Mitglieder der Dorfgemeinde stimmten christliche Lieder an, andere weinten, wiederum andere schrien.

Währenddessen sah sich Penrose das mittlerweile bewusstlos gewordene Mädchen etwas genauer an. Er untersuchte ihre Augen und ihren Hals. Öffnete ihren entspannten Mund und roch einmal daran. Dann nickte er Marciano entwarnend zu, die Hütte zu verlassen.

Draußen eilte ihnen Fossati hinterher.

»Pater Penrose?«

»Was wollen Sie?«, fragte Marciano abweisend.

»Ich bin Pater Paolo Antonio Fossati. Kardinal de Santis schickt mich. Ich soll Sie nach Hamburg, Deutschland bringen.«

»Wieso?«

»Wir vermuten dort drei Fälle von echter Besessenheit. Und wir möchten Sie bitten, diese zu verifizieren.«

Penrose wurde aufmerksam.

»Es gab schon seit Jahren keinen echten Fall mehr. Ich habe damals den letzten Exorzismus durchgeführt. Und jetzt drei auf einmal? Das gab es seit der Inquisition nicht mehr.«

»Was ist mit dem Mädchen?« Fossati zeigte auf die Hütte.

»Hier in Nigeria gibt es im Moment jede Menge Priester des christlichen Animismus, die ständig Besessenheit diagnostizieren, um ihre Exorzisten-Dienste zu verkaufen, wie der Herr Magier da drinnen. Das mit der Operation ist ein schlechter Zaubertrick, das Stück Kot und eine Blutkapsel hält er die ganze Zeit in der aufgelegten Hand versteckt. Das arme Ding leidet wahrscheinlich nur unter einer Magenverstimmung oder einem Darmverschluss. Ein echter Fall ist uns, wie bereits gesagt, schon seit fast zehn Jahren nicht untergekommen«, erklärte Marciano.

»Können Sie uns denn helfen, die Fälle in Hamburg zu untersuchen?«

Marciano überlegte und sagte dann: »Das ist eigentlich nicht möglich, wir sind hier mitten in den Aufbauarbeiten der Errichtung einer vernünftigen christlichen Kirche und einer damit verbundenen Klinik. Wir werden hier gebraucht. Außerdem bauen wir gerade eine Mission, die Kinder aufnimmt, bei denen Besessenheit diagnostiziert worden ist und die deshalb von ihren Familien und Dorfgemeinschaften verstoßen wurden. Das ist hier gerade ein riesiges Problem.«

»Sie können unbesorgt sein, Pater Penrose«, beschwichtigte Fossati. »Wir kümmern uns um dieses Problem. Der Vatikan wird sofort Geld und Personal senden, um Ihr Vorhaben zu Ihrer völligen Zufriedenheit und in Ihrem Sinne zu Ende zu führen.«

Marciano sah Penrose an, der die Sache nickend bestätigte und stimmte dann zu.

***

Eine Stunde später saßen alle drei mit dicken Kopfhörern über den Ohren in einem alten libellenartigen Hubschrauber, der sie zum Flugplatz brachte.

»Drei Fälle?«, fragte Marciano besorgt nach.

»Ich glaube mittlerweile sind es sogar vier. Ich habe eben eine E-Mail erhalten, darin war von einem weiteren Fall die Rede. Ein junges Mädchen.«

Marciano war nachdenklich und zitierte einen Vers: *»Wenn die Dämonen auf die Erde kommen und die Menschen wie Pferde reiten, dann ist das Ende nah.«*

»Das stammt doch aus dem geheimen Thomas-Evangelium«, bemerkte Fossati.

»Durften Sie es auch lesen? Der Vatikan gestattet dies eigentlich nur den höchsten Exorzisten.«

»Ja, das durfte ich. Aber ich verstehe nicht, warum es nicht vollständig veröffentlicht wird. Diese Geheimniskrämerei ist nicht gut für den Heiligen Stuhl.«

»Das Thomas-Evangelium enthält die Anleitung für den einzigen funktionierenden Exorzismus, den Ritus *›Daemonia Ab Homine‹*, die Jesus ihm höchst persönlich diktiert hat. Dieser ist sehr gefährlich. Er darf und kann nur von auserwählten Spezialisten praktiziert werden. Außerdem wollen der Stuhl und das Konglomerat unbedingt vermeiden, dass die Menschheit davon erfährt, dass es wahre Besessenheit gibt, da Dämonen die einzigen bisher auf der Erde nachgewiesenen nicht natürlichen Existenzen darstellen. Schnell könnten diese sie anbetende Kulte sprießen lassen.«

»Zeit zu frühstücken!«, legte Penrose pedantisch fest.

»Es gibt etwas im Flugzeug«, bemerkte Fossati.

»Es ist aber *jetzt* Zeit zum Frühstücken!«, brabbelte Penrose leicht gestresst.

Kapitel 5

Falko und Müller standen fünfzehn Minuten nach ihrem Telefonat in der Fuhlsbüttler-Heerstraße vor einer verschlossenen Wohnungstür, in einem roten kubischen Klinkerbau, in dem sich Mietwohnungen stapelten.

»Riechst du das auch?«, fragte Falko.

»Klar, da hat es jemand hinter sich. Mindestens eine Woche, würd ich sagen. Klingel mal!«

Nach drei Klingelversuchen und einer angemessenen Wartezeit riefen sie den Mann mit dem Schnurrbart und der Halbglatze zu sich, der einen Generalschlüssel in der Hand hielt.

»Dürfen wir das überhaupt ohne Durchsuchungsbefehl?«, fragte der schmierige Hausmeister, während er aufschloss. Sein Charakter war im Laufe der Jahre von den Streitereien mit der Mietgemeinde verdorben worden und sein Äußeres war diesem gefolgt.

»Gefahr in Verzug«, rechtfertigte sich Falko. »Sie riechen das doch auch. Machen Sie Platz!« Beide zogen ihre Walther P99 Dienstwaffen und stürmten routiniert die Wohnung. Sie bestätigten sich gegenseitig, dass die Räume sicher waren und keine Gefahrenquellen darstellten.

»Sicher!«

»Sicher!«

Sie trafen im Wohnzimmer wieder aufeinander.

»Boah! Ist das ein Gestank. Ach du meine Fresse!«, fluchte Müller, als er die Leiche im Wohnzimmer sah. Es musste sich zu Lebzeiten um eine übergewichtige Frau gehandelt haben, die da vor ihnen an einen Stuhl gefesselt war. Die strammen Seile hatten die aufgequollene Haut aufplatzen lassen und das helle Fett unter der vermoderten dunklen Haut preisgegeben.

Derartige Bilder konnten Falko nicht schocken. Er war schon immer fasziniert gewesen vom Tod. Schon seit seiner Jugend, als er sich mit seinen Freunden *Gesichter des Todes* auf Videokassette ausgeliehen hatte und sie es als Mutprobe empfunden hatten, bei den Bildern der verstorbenen Unfallopfer oder Autopsien hinzugucken. Unterbewusst hatte er das Leben schon immer als Last empfunden und erkannte friedliche Erleichterung im Antlitz der vom Leben Befreiten. Er hatte sich zu diesem Thema einen Spruch erdacht, der ihn fortan als Motto begleitete: ›Das Leben ist der Job, den wir machen müssen, um uns den Tod zu verdienen.‹

Vor ihnen befand sich jedoch nicht einfach eine friedlich verstorbene Person, diese war gefesselt und gefoltert worden. Und wenn man spekulierte, vermutlich von ihrem eigenen Sohn, Friedrich Schröder. Was hatte dieser danach mit ihr angestellt? Ihr Kopf war entfernt worden. Stattdessen hatte man ihr einen Ziegenkopf sauber auf den Hals genäht, der dort thronte, als sei er schon immer dagewesen. Das Bild verstörte beide Polizisten. Dazu war es auch noch dunkel im Wohnzimmer, hinter der Kreatur schnitt sich bloß ein wenig Sonnenlicht durch die geschlossenen Jalousien und machte dünne Bretter der staubigen Luft sichtbar.

An der Wand stand zwischen zwei Pentagrammen mit Blut geschrieben: ›Empfangt die Gäste!‹

»Scheiße, Mann!«, nuschelte Falko. Müller war noch völlig ergriffen von dem Ziegenkopf auf der Frau.

»Das ist ein satanisches Symbol. Der Ziegenkopf. Das ist ja nicht mein Ding, 'ne?«, sagte Müller, der Probleme damit hatte, all das distanziert zu betrachten, da er selbst religiös war. Das war das einzig Positive, was sein gewalttätiger Vater ihm eingeprügelt hatte, bevor er sich totgesoffen hatte. Falko fand es ganz gut, dass ein stämmiger

Kerl wie Müller etwas hatte, dem er Demut zollte. Wenn einer wie Müller an einen Gott glaubte, konnte er sich nicht versehentlich selbst für einen halten.

Hier und jetzt musste Müller jedoch funktionieren. *Ihm dürfen keine märchenhaften Bilder von Fegefeuer und Verdammnis die Objektivität versauen*, dachte Falko.

Sie merkten, dass sie noch nicht in dem Raum gewesen waren, der von dem stinkenden, fliegenverseuchten Wohnzimmer abging. Dann nahmen sie die Tür wahr. Wieder legten sie die Waffen an und schlichen darauf zu. Falko stellte sich mit dem Rücken an die Wand daneben. Er öffnete sie mit der linken Hand, sodass Müller direkt hineinstürmen konnte. Falko folgte ihm, als würde ihn eine Art Unterdruck mitsaugen, den Müller erzeugte. Falko checkte sofort die Ecken des Zimmers in Müllers toten Winkeln. Ein brennender, saurer Verwesungsgeruch brannte sich in die Atemwege der beiden. Automatisch drückten sie ihre Nasen in die Ellenbogenbeugen ihrer Hemden. Vor ihnen türmten sich etliche Leichen auf dem Doppelbett. Sie lagen wild übereinander und sahen aus wie weggeworfen.

Zwei Stunden später hatte man die Fenster aufgerissen und das illustre Treiben von Ermittlern, Spurensicherung, Notärzten und Leichenbeschauern hatte Leben in die Wohnung gebracht, die vermutlich wochenlang vom Tod beherrscht worden war.

Falko und Müller standen vor der Wohnungstür und quatschten oberflächliches Zeug, als einer von den Schutzanzugträgern der Spurensicherung mit Neuigkeiten zu ihnen kam. Die Ermittler nannten diese respektvoll Maden, da sie in ihren Anzügen dem Gewürm ähnlich sahen und sich wie solche in die Tatorte bohrten. Ohne seinen Mundschutz abzunehmen, berichtete der Mann von der Spurensicherung: »Die Leichen im

Schlafzimmer scheinen alle durch das Gift Botulinumtoxin gestorben zu sein. Neben dem Bett haben wir etliche Trinkbecher und eine Phiole mit Resten des Giftes gefunden. Das müssen die Labortests allerdings noch verifizieren.«

Müller unterbrach: »Und haben die das freiwillig genommen oder wurde ihnen das aufgezwungen?«

Die Made wurde ungeduldig, da sie sich unter dem Schutzanzug offensichtlich halb totschwitzte. Der Mann riss sich den Mundschutz herunter, als würde er sonst ersticken. »Kann man nicht genau sagen, aber da die Opfer keine Hämatome im Gesicht und am Körper aufweisen, scheinen sie es zumindest nicht durch körperliche Gewalt verabreicht bekommen zu haben. Fesselspuren haben wir an einigen Stellen entdeckt.«

Falko spann die Theorie weiter: »Was aber nicht ausschließt, dass sie anderweitig dazu gezwungen wurden.«

»Mir kommt es so vor – aber das ist nur meine Meinung –, als ob hier eine Art Testlauf für den Anschlag am Wochenende stattgefunden hätte. Das wird sich alles noch zeigen«, sagte die Made und verschwand auf demselben Weg, wie sie gekommen war. Müller sah durch die geöffnete Haustür und beobachtete, wie die Frau, die immer noch den Ziegenkopf trug, in einem Leichensack der Gerichtsmedizin verstaut wurde. Dabei kippte der Kopf zur Seite in seine Richtung und es hatte den Anschein, als würden die toten Augen des Tieres ihn fokussieren.

»Was ist hier bloß los?«, fragte sich Müller.

Falkos Handy klingelte. Er ging ran und überließ Müller seinen Gedanken.

Ein paar Sekunden ging er in Richtung des Fensters am Ende des Flures und hatte sein Telefonat beendet, als er wieder bei Müller war.

»Wir müssen ins AFK-Krankenhaus. Dort wurde ein Fall vom *Amok-Virus* lebendig eingewiesen. Wir sollen mal sehen, ob wir was aus der rauskriegen.«

Kapitel 6

Universitätsklinikum AFK

Müller und Falko betraten mit quietschenden Sohlen den Flur der geschlossenen Psychiatrie. Er war im hellen Grün gestrichen, welches sich gut abgestimmt auch in der Krankenhauskleidung wiederfand. Falko dachte, dass die Wände bloß von dem kühlen Pragmatismus ablenken sollten, der dahinter herrschte. Eine Medizin, die auf ihre Wirtschaftlichkeit reduziert worden war. Das wäre sicher nicht im Sinn eines Salomons gewesen.

Falkos sozialkritische Gedanken wurden sofort verdrängt, als er grausame Schreie hörte, die aus einem Zimmer, vor dem drei Streifenbeamte Kaffeebecher leerten, in den Flur hallten. Es waren grausame weibliche Schreie, die ab einem bestimmten Pegel in ein quiekendes Grunzen ähnlich dem eines Schweines umkippten. Müller und Falko steuerten auf eine Ärztin zu, die an der Rezeption stand und konzentriert Papierkram erledigte. Sie war Äthiopierin, hatte pechschwarze Haut und das Weiß der Augen, der Zähne und ihr Zahnfleisch schienen zu leuchten.

»Dr. Jepkemoi?«, fragte Falko.

»Ja, bitte?«

»Müller und Thurner«, stellte Falko sich und seinen Kollegen vor.

»Ah, ihr Vorgesetzter hat Sie bereits angekündigt. Vor drei Stunden hat in der Innenstadt ein Amoklauf stattgefunden, darüber sind Sie ja sicher informiert worden. Die psychotische Täterin wurde uns überstellt. Die achtzehnjährige Ninja van Spreuwen ist Niederländerin, sie weist schwere Verletzungen auf. Ihre Kopfhaut ist großflächig bis auf die Schädeldecke abgerieben. Ihr linker Arm ist gebrochen. Noch besorgniserregender ist jedoch, dass sie sich in einem Zustand von Raserei befindet und so eine Gefahr für andere und sich selbst darstellt. Sämtliche Sedativa blieben bei Frau van Spreuwen bisher wirkungslos. Selbst Flunitrazepam, besser bekannt unter dem Namen Rohypnol. So etwas habe ich noch nie erlebt. Wir waren gezwungen, sie zu fixieren und konnten so die ersten nötigen Behandlungsschritte einleiten.«

Müller war aufgefallen, dass Cecilia Jepkemoi versuchte, mit ihrer überweiten Arztkleidung ihre perfekte Figur zu kaschieren, die ihr in ihrem Beruf Probleme bereiten könnte. Es funktionierte nur bedingt. Sie war klein und zierlich, hatte einen kleinen Mund mit großen Lippen, die zwischendurch unbeabsichtigt zu einem sympathischen und strahlenden Lächeln explodierten. Müller war sofort angetan von ihr. Ihre geglätteten, schulterlangen Haare waren zu einem Pferdeschwanz gebunden, was ihre ohnehin hohe Stirn noch größer wirken ließ.

»Können wir mit ihr sprechen?«

»Leck meine F-o-t-z-e!«, schallte es aus dem Zimmer hinter den Beamten, die empörte Blicke wechselten.

Dr. Jepkemoi war peinlich berührt von dieser vulgären Aussage und wäre sicher rot geworden, wenn es ihre Hautfarbe zugelassen hätte.

»Jetzt ist das noch nicht möglich. Ihre Eltern sind gerade bei ihr.«

Im selben Moment öffnete sich die Tür und beide Elternteile kamen aus dem Zimmer. Die Frau war völlig verstört und wurde von ihrem Mann gestützt.

»Das ist sie nicht! Das ist nicht unsere Tochter!«, murmelte die Mutter apathisch. Falko sah in Müllers Blick, dass dieser vorhatte, die Eltern mit ein paar Fragen zu belästigen. »Später!«

»Dann könnten Sie jetzt zu Frau van Spreuwen, wenn Sie möchten. Aber ich muss Sie warnen: Sie befindet sich in einem desolaten Zustand, der sehr verstörend auf Sie wirken könnte.«

Die beiden Kommissare nahmen die Mahnung unkommentiert zur Kenntnis und begaben sich in das Krankenzimmer.

***

Sie sahen eine verkrampfte Kreatur auf dem einzigen Bett, als sie den fliederfarbenen Raum betraten. Sie wand sich und versuchte sich wie ein gefesseltes, wildes Tier aus den Schnallen zu befreien, die ihre vier Extremitäten sicherten. Ihr zartes Gesicht war von der schweren Grufti-Schminke befreit worden und gab ihre von Aknenarben gezeichnete Gesichtshaut preis, die die Schminke eigentlich verstecken sollte. Ihr Schädeltrauma war mit einem quadratischen Verband überklebt worden, der sich durch ihr Gezappel zu lösen begann. Ninjas sonst sehr weiche Mimik war bis an die Belastungsgrenzen abnormal verzogen. Die versprochene Verstörtheit wurde den beiden nun zuteil, als sie das junge Mädchen so mitleiderregend wimmernd vor sich sahen.

»Oh mein Gott«, sagte Falko, »was ist denn mit dir passiert?« Er konnte sich gar nicht vorstellen, dass dieses zarte Geschöpf für den schlimmsten Amoklauf verantwortlich sein sollte, den diese Stadt je erlebt hatte. Er musste sofort an die Zwillinge denken und wie er sich fühlen würde, wenn eine der beiden hier liegen würde. Müller und Falko traten vorsichtig links und rechts ans Kopfende des Bettes. Sie wahrten etwas Distanz, als würde vor ihnen ein angeschossener Löwe liegen, der jeden Moment nach ihnen schnappen könnte.

Das Bett war komplett von einem transparenten Schutzzelt verdeckt, auf dem verschiedenste Warnhinweise notiert waren, wohl um eventuelle Viren an der Verbreitung zu hindern.

»Kannst du uns hören?«, fragte Falko.

»Sie antwortet nicht auf Fragen«, erklärte Doktor Jepkemoi, die hinter ihnen ans Fußende getreten war und Ninja etwas hilflos ansah.

»Was hat sie?«, fragte Müller und sah rüber zur Ärztin.

»Es gibt keine bekannte pathologische Vorgeschichte. Keine psychischen Störungen, keine Epilepsie, keine chronischen Erkrankungen. Die Eltern sagen, sie sei gestern noch völlig normal gewesen. Bleibt eigentlich nur ihr Schädeltrauma. Es sind Fälle bekannt, in denen die Verletzung oder die Zerstörung bestimmter Hirnareale zu markanten Persönlichkeitsveränderungen geführt haben. Aber Zeugen sagten aus, dass sie sich bereits in diesem Zustand der Verwirrung befand, bevor sie von dem Auto angefahren wurde, was zu ihrer Verletzung führte. Aber es gibt auch keine Zeichen eines Infekts oder eines Parasiten. Was eine Erklärung dafür wäre, dass es weitere Fälle mit Symptomen dieses Syndroms gibt. Das Quarantänezelt ist nur pro forma. Und von den Drogen- und Toxin-Tests erwarten wir noch die Ergebnisse.«

Eine Schwester stürmte in für Krankenschwestern typischer Zügigkeit herein und bat Doktor Jepkemoi, sich einer anderen Dringlichkeit zu widmen.

»Gehen Sie nur, wir bleiben noch etwas, wenn es recht ist«, sagte Müller und wandte sich wieder dem Mädchen zu, während Doktor Jepkemoi nach einer kurzen Zustimmung der Schwester nacheilte. Müller sah in die monströse Grimasse, die auf dem Gesichtsskelett der jungen Niederländerin tanzte, als würde eine unsichtbare Hand in ihr herumkneten. Die abgeschminkten hellen

Wimpern wirkten seltsam im Vergleich zu den schwarz gefärbten Haaren und Augenbrauen. Ihre Augen, diese kastanienbraunen funkelnden Knöpfe, die von seltsamen gelben Verkrustungen umrandet waren, riefen nach Hilfe. Sie flehten um Gnade, als das letzte Überbleibsel eines unschuldigen jungen Mädchens, das sich in dieses Geschöpf hier verwandelt hatte.

»Die Scheiße macht mir echt Angst«, fluchte Müller. »Guck dir die doch mal an! Das ist doch keine gewöhnliche Psychopathin. Ich habe auf dem Weg hier her ihre Twitter-Nachrichten der letzten vierundzwanzig Stunden gelesen. Ganz normaler Kram für so ein Grufti-Mädel. Die war auf so einem Flashmob hier in der Stadt. Steampunk … irgendwas. Haben hier wohl 'ne Fastfood-Filiale gestürmt, aber alles friedlich.«

Falko beschwichtigte, da er merkte, dass Müller die Situation wirklich bedrückte: »Ich sag dir, das ist ein Nano-Virus, oder irgendwas in der Art. HN123 oder so. Die haben nur noch nicht tief genug gegraben. Vielleicht haben die in ihrer Szene auch einfach nur eine neue Droge ausprobiert.«

Müller stand dicht am Zelt und sah immer noch tief in die verzweifelten Augen der stöhnenden Ninja.

»Ich glaub nicht, dass das ein Virus ist.« Es folgte eine Pause: »Glaubst du an Gott, Falko?«

Das war das Ernsteste, was Müller ihn je gefragt hatte und überforderte Falko total. Falko war Atheist. Er wurde bei dem Gedanken an Religion sogar aggressiv. Er hielt sie für das Einzige, was den Menschen von seiner Weiterentwicklung abhielt. Er wollte ungern mit Müller diskutieren, da er dessen Spiritualität respektierte. Da er ihn jedoch so direkt angesprochen hatte, musste er nun seinen Meinung loswerden: »Welchen Gott meinst du? Den zornigen, ungehaltenen Tyrannen? Oder die weichgespülte, dem Weihnachtsmann ähnliche Variante? Oder reden wir hier von einer Energie, die keiner messen kann?«

»Ohne Gott ist dieses ganze Universum nur ein perverser abartiger Witz ohne Pointe.«

»Tut mir leid, Wolle«, beschwichtigte Falko, obwohl er wusste, dass Wolfgang Müller diese Verniedlichung seines Vornamens nicht billigte. »Ich kann unmöglich einen eitlen Gott anbeten, der schmollt, wenn ich nicht das tue, was er verlangt, und mir dann wie ein Kind mit ewiger Verdammnis droht. Das Leben ist ein Geschenk, um das ich nie gebeten habe. Und dafür soll ich auch noch dankbar sein? *No way.*«

Falko bemerkte, dass Müller schon wieder abgeschaltet hatte. Wie immer, wenn sie sich in die Gefilde anspruchsvoller Konversation begaben. »Ich geh mal den Chef anrufen und berichte ihm, dass wir hier nicht weiterkommen«, schloss Falko ab.

***

Müller hatte nicht mehr zugehört und fand sich plötzlich allein mit Ninja wieder. Sein Unbehagen wuchs stetig und seine Gedanken hatten sich verselbstständigt. Kindheitsgefühle der Angst kamen wieder auf an den totalitären Überwachungsstaat der Seelen: das Christentum. Mit einem *lieben* Gott als allgegenwärtigen Polizisten, Richter und Henker, der jede noch so kleine Verfehlung sofort sah, um sie dann auf die Liste zu schreiben, die bis zum jüngsten Tag geführt, irgendwann gerechtfertigt werden musste. Bilder der drohenden Strafen, die er sich als Kind ausgemalt hatte, flackerten auf. Der Gedanke an ewige Qualen durch Folter, Verdammnis und Fegefeuer, als Kind hatte er sich davor zu Tode gefürchtet und diese

Furcht kam nun in einer bitterbösen Welle der Erinnerung zurück.

Plötzlich sprach Ninja, die ihm tief in die Augen blickte: »Darf ich dich Papa nennen?«

»Was?«, fragte Müller perplex.

Ninja spreizte ihre Beine so weit es ging und stöhnte lustvoll: Während du mich fingerst … darf ich dich da Papa nennen?«

Müller traute seinen Ohren nicht. Das Mädchen reckte ihren Brustkorb in die Höhe, indem sie ein Hohlkreuz formte, soweit es ihre Fesseln zuließen. Dabei knirschten die losen Fragmente in ihrem gebrochenen Ellenbogen, wie ein sich durch Gewalt drehendes kaputtes Kugellager, während der provisorische Gips brach.

»Wie, du willst mich nicht fingern?«

Einer ihrer Nippel sprang aus dem Nachthemd und stand aufrecht wie das herausgezogene Ventil einer Luftmatratze.

»Kommissar, wollen Sie kosten?«, flüsterte sie lasziv.

Müller machte einen Schritt zurück. Auf einen Schlag entspannte sich ihr Körper und legte sich flach. Jetzt riss sie ihren Kopf hoch, peilte Müller grinsend an und begann, ohne den starren Blick von ihm zu lassen, im Sekundentakt ihre Zähne aufeinander zu beißen. Immer stärker und stärker. Das Geräusch von zwei Ziegelsteinen, die man leicht aufeinanderschlug, erklang und erzeugte bei Müller eine Gänsehaut – vor Ekel.

»Hör auf damit!«, forderte er mit Nachdruck. Doch sie grinste nur noch breiter. So breit, wie sie es in ihrem vorherigen Leben noch nie gewagt hatte. Dann riss sie den Mund weit auf und schlug die Zähne noch einmal so stark aufeinander, dass einer der Länge nach brach. Müller zuckte erschrocken zusammen.

»Schwester!«, schrie er. Ninja schob ihren Unterkiefer nach vorn und biss fest zusammen, die unteren Schneidezähne vor den oberen, und dann riss sie mit aller Kraft den Unterkiefer zurück. Mehrere Zähne brachen ab und Blut floss aus ihrem Mund.

Die Schwester kam zusammen mit Falko in das Zimmer gestürmt.

»So tun Sie doch etwas! Stecken Sie ihr was zwischen die Zähne oder so. Ich muss hier raus.«

Falko sah Ninja an, die wiederum ihn ansah und ihn mit blutverschmierten Zahnstummeln angrinste. Er erstarrte, während die Schwester das Quarantänezelt beiseiteschob, um ihr ein eilig verdrehtes Tuch zwischen die kaputten Zähne zu stopfen.

***

Falko und Müller verschwanden so schnell es die Umstände zuließen und fuhren schweigend ins Dezernat. Hier stellten sie sich ihrem Vorgesetzten, umrissen den Zustand der Niederländerin und mussten sich eingestehen, dass die Wohnung der Mutter des Hauptverdächtigen eine Sackgasse war. Keisler regte sich etwas auf und informierte die beiden dann über eine Sondersitzung, die am nächsten Morgen stattfinden würde, an der sie teilnehmen sollten. Dann schrieben die beiden ihre Berichte.

Doktor Jepkemoi bekam von Ninjas Ausraster nichts mit. Sie hatte eigentlich längst Dienstschluss, durch den Amoklauf und seine Folgen war sie aber länger geblieben. Nun konnte sie endlich Feierabend machen. Sie duschte und zog ihre Freizeitkleidung an. Jeans und eine Bluse. Dann stempelte sie aus, verließ die Abteilung mit dem Fahrstuhl und fuhr in die Palliativstation, wo sie öfter kurz bei ihrer Freundin Doktor Monika Sollander vorbeischaute. Moni war eine junge Fachärztin für Wachkomapatienten. Sie hatte zusammen mit Cecilia studiert.

Moni war gerade dabei, den Tropf eines achtjährigen Jungen zu wechseln, dessen Geschichte Cecilia mit Spannung und Mitgefühl verfolgte. Vor zwei Jahren war ein kleiner bösartiger Tumor in Lukas' Kopf entdeckt worden, welcher langsam und beständig wuchs. Bei dem Tempo, mit dem er sich vergrößerte, verdrängte er das Leben aus dem Jungen. Bei dem Versuch, den Tumor operativ zu entfernen, mussten die Chirurgen feststellen, dass dieser so mit dem Gehirn von Lukas verwachsen war, dass dies unmöglich war. In der Not war ein großes Stück der Stirnplatte entfernt worden, damit der Druck des Tumors vom Gehirn weggeleitet werden konnte. Der Auswuchs ließ die Stirn abnormal anwachsen und der geschwächte Zustand des Jungen verbot es, diesen noch einmal zu operieren. So war er langsam immer mehr weggetreten, bis er in ein Wachkoma gefallen war. Moni hatte ihre Doktorarbeit über Patienten mit dem Locked-in-Syndrom, kurz LIS, geschrieben und kannte sich daher sehr gut mit diesem sehr schwer zu diagnostizierendem Phänomen aus. Sie hatte es durch Zufall bei Lukas festgestellt.

Lukas war eine der armen Seelen, die in einem komatösen Körper gefangen waren. *Ein wacher Geist in einem schlafenden Körper*, so sagte Moni immer. Verdammt dazu, alles zu hören und zu sehen, was um ihn herum geschah, aber ohne die Möglichkeit zu interagieren. Vermutlich lagen tausende Menschen weltweit fehldiagnostiziert gefangen in ihren Körpern, tagein tagaus an dieselbe Stelle der Decke starrend, immer wieder dieselben Punkte an ihr zählend, wehrten sie verzweifelt den Wahnsinn ab.

Lukas hatte Glück gehabt, dass Moni aufgrund von Augenlidreaktionen bemerkt hatte, dass er sich im Locked-in-Zustand befand, sodass sie mit ihm eine Kommunikationstechnik entwickeln konnte, die über das Blinzeln stattfand.

»Hi, Moni«, begrüßte Cecilia ihre Freundin, die sie kaum wahrzunehmen schien. »Wie geht's Lukas?«

»Cecilia, hi. Der Kleine macht heute nicht mit. Ich glaube, der will mich heute ärgern.«

»Ja hallo, Lukas. Hör nicht auf Moni. Die ist nur schlecht gelaunt«, flüsterte Cecilia, während sie Lukas mitleidig in das wie tot wirkende Gesicht schaute und ihm völlig frei von Berührungsangst über den deformierten Kopf strich. Dabei sortierte sie die letzten zerzausten Haarsträhnen, die ihm geblieben waren.

»Möchtest du, dass ich umschalte?«, fragte Cecilia und schaltete, ohne auf eine geblinzelte Antwort zu warten, vom Nachrichtensender auf einen Zeichentrickkanal. Lukas blinzelte einmal, was ja bedeutete.

»Sag mal, Moni«, Cecilias Gedanken waren zu Ninja zurückgesprungen, »kannst du dir morgen mal eine Patientin von mir ansehen?«

»Seit wann hast du Koma-Patienten?«

»Habe ich gar nicht. Aber ich habe da diese Niederländerin, die überall in den Nachrichten ist.«

»Oh, ja«, meinte die skandinavisch blonde Moni, »das *Amok-Virus*.« Sie malte mit Zeige- und Mittelfinger beider Hände Gänsefüßchen in die Luft.

Ein Techniker war ebenfalls im Raum, der eine Kamera an dem Tisch befestigte, der über dem Krankenbett montiert war. Er hustete ein unterdrücktes Lachen weg.

»Ja, genau. Wir konnten bis jetzt keinen Virus ausmachen. Aber sie befindet sich wirklich in einem Ausnahmezustand. Sie ist gesteigert selbst- und fremdaggressiv und absolut nicht zu sedieren. Der Anästhesist hat alles ausprobiert. Aber das ist nicht der Punkt.« Sie sah Lukas gedankenverloren in die Augen. »Wenn ich ihr in die Augen sehe, ist das wie bei Lukas. Als wäre da drin jemand gefangen, der mit uns in Kontakt treten möchte.«

»Ich möchte auch gern in Kontakt treten«, flüsterte der Techniker vor sich hin, als er das Kabel der Kamera hinter Jepkemois perfektem Hintern am Bett entlang verlegte. Die beiden Frauen nahmen das nicht wahr.

»Ja, ich denke schon, dass ich morgen mal vorbeischauen kann. Klingt interessant.«

»So, fertig!«, sagte der Techniker und schaltete den kleinen Monitor an, der hinter der Kamera auf dem Tisch stand. Das Bild einer Frau, die gerade am Herd stand und Essen zubereitete, erschien.

»Frau Disselmeyer? Wir sind jetzt online«, sagte der Techniker. Erschrocken drehte sich Eva Disselmeyer um und sah in die Kamera ihres Notebooks, das auf dem Küchentresen stand.

»Gucken Sie mal, wer hier ist«, sagte Moni, als sie sich neben Lukas auf das Bett setzte und in den Monitor winkte.

»Hallo, Lukas. Hier ist Mama.« Frau Disselmeyer war überwältigt davon, ihren Sohn jetzt immer sehen zu können.

Cecilia schlich aus dem Zimmer, da sie nicht weiter stören wollte, und machte dabei die Gebärde fürs Telefonieren. Der Techniker sah das und stellte sich vor, dass ihm diese Geste gegolten hätte, und nahm auf seiner Seite das imaginäre Telefon ab. Cecilia legte gespielt wütend auf. Der Techniker flüsterte mit einer nicht ganz ernst gemeinten Melancholie: »Da geht sie hin, meine Göttin.« Er grinste verzweifelt und Cecilia verschämt.

Kapitel 7

Nachdem Falko Melinda eine gekürzte Version seines verstörenden Tages präsentiert hatte, ging er in Ruhe ausgiebig duschen. Im Anschluss cremte er seine stark spannende Tätowierung mit ein.

»Wo sind die Zwillinge?«, fragte Falko, als er im Bademantel die Holztreppe herunterkam. Melinda legte gerade Wäsche auf dem Esstisch zusammen. Rumborack saß in gebührender Distanz auf dem Tisch und beobachtete aufmerksam jeden ihrer Handgriffe, als wäre der Kater für die Qualität ihrer Arbeit verantwortlich. Melinda antwortete wie in Trance von ihrer meditativen Arbeit: »Larissa hat spontan ein Date mit diesem Willow oder wie sich dieser Koreaner nennt. Und Sina hatte auch etwas vor. Wollen wir noch 'ne kleine Runde über den DOM drehen?«

Falko ging zum Kühlschrank, nahm sich einen kalten Kaffee im Wegwerfbecher heraus, schüttelte ihn und riss ihn auf. Dann nahm er einen kleinen Schluck, leckte sich mit der Zunge ein bisschen braunen Schaum von der Lippe. »Bei dem, was gerade in der Stadt abgeht, wäre es mir lieber, die gehen nicht raus.«

Melinda sah ihn an, zog die Schultern hoch und fragte: „DOM?“

Kapitel 8

Freddy hatte zugenommen. Ihm war ein kleines Doppelkinn gewachsen, seine roten Haare waren am Ergrauen und dabei, sich noch weiter in Richtung Hinterkopf zurückzuziehen. Er stand heute wieder hinter dem Altar, auf dem ein Pentagramm aus den wie abgenagt aussehenden Knochen der Märtyrer gelegt worden war. Sein Clownsgesicht lag neben ihm.

»Freunde! Freunde, wir warten schon seit Jahren, doch jetzt ist die Zeit gekommen. Vor fast zehn Jahren bin ich einem der Engel begegnet. Zwei Geistliche haben ihn vernichtet. Exorzisten! Doch vorher konnte er mir noch sagen, dass ihm andere folgen werden. Unterwerft euch oder geht zugrunde! Wir haben uns vorbereitet und sind schon so gut wie bereit, sie entsprechend zu empfangen. In den Nachrichten wurde heute eine Frau gezeigt, die Amok gelaufen ist. Sie sagen, sie hätte einen Virus, aber ich weiß, es war eine von den Engeln …«

***

Nach seiner Rede vor dem Auditorium, das von der Orgie erschöpft war, hinderte er Bella, die Schlangenfrau, und Francesca daran, den Raum zusammen mit den anderen zu verlassen.

»Francesca, meine Liebe, wie sieht es denn aus mit den Jungfrauen? Die Zeit läuft, wir müssen uns beeilen«, sprach er mit drohendem Charme, während Bella hinter sie schlich und ihre Schultern massierte. Francesca erstarrte.

»Wir haben alle Adressen. Aladin wird sie heute Nacht holen können. Wir hab…«, in dem Moment zuckte

Francesca zusammen, da ihr die Schlangenfrau mir ihrer gespaltenen Zunge im Ohr herumleckte.

»Das ist gut, sehr gut. Dann geh und sag deinem Sohn, dass er heute Nacht zuschlagen soll!«, wies Freddy sie an. Der Sohn ähnelte überhaupt nicht der Frau, die so gar nicht in diese obskure Gesellschaft passte. Erleichtert, weil Freddy sie aus dem Gespräch entließ, wand sie sich aus dem Griff der Schlangenfrau und eilte davon, als würde sie vor ihrer eigenen Gänsehaut fliehen.

»Wir müssen sie im Auge behalten«, lispelte Bella.

»Ich weiß. Kümmere du dich darum! Wie läuft es eigentlich mit den G3s?«

»Da muss ich fragen. Aber ich glaube, die sollen übermorgen eintreffen.«

Kapitel 9

Melinda und Falko schlenderten über den Hamburger DOM und verfluchten das schwüle Wetter. Die Sonne war nicht mehr zu sehen, doch war der wolkenlose Himmel immer noch so hell, dass man die Insektenscharen, die über ihnen waberten, gut erkennen konnte. Wie geschmolzenes Blei floss die Menschenmenge die breiten Wege, welche sich hier und da an den kleinen Buden mitten auf den Wegen brachen, zwischen den Geschäften und Karussells hindurch, wo Luftballons und Spielzeug überteuert veräußert wurden. Polizisten mit Maschinenpistolen patrouillierten durch die Menge und erinnerten Falko an die erhöhte Sicherheitsstufe, die zurzeit in Hamburg herrschte. Falko hatte trotz eines völlig fehljustierten Gewehrs einen kleinen Bären für Melinda geschossen, der ein Herz in den Händen hielt. Auf diesem stand ein seelenloser Liebesschwur, der Melinda ein bisschen über die latent angespannte Stimmung hinwegtröstete, die derzeit zwischen den beiden herrschte.

Falkos Laune sank mit der immer dichter werdenden Menschenmasse, die ihn zunehmend bedrängte. Er fragte sich wie jedes Mal, warum er sich das als gefühlter Agoraphob überhaupt antat. Die im Bayernzelt im Akkord abgefüllten Halbstarken, die ihnen ständig begegneten und irgendwelche Parolen lallten, steigerten sein Wohlgefühl nicht. Er stand kurz davor, Melinda um einen Abbruch dieses Ausflugs zu bitten, als ein Motor in einer der längs neben dem DOM verlaufenen Straßen aufheulte, als träte jemand das Gas im Leerlauf voll durch. Dann quietschende Reifen. Falko streckte sich, um über die Köpfe der Masse hinwegsehen zu können. Sie befanden sich in einer Gasse, die direkt an dieser Straße endete, von wo aus er jetzt Schreie hörte. Es waren anders geartete Schreie als die, die aus den Fahrgeschäften hallten. Sie waren mit Entsetzen und Todesangst angereichert.

Melinda und die Passanten um sie herum hatten die Bedrohung noch nicht erkannt, aber Falko wusste, dass hier gleich etwas Furchtbares geschehen würde. Er hörte ein paar dumpfe Schläge, als würde jemand mit einem Baseballschläger gegen eine Kunststoffmülltonne schlagen. Erneut ertönten Schreie. Falko konnte immer noch nichts sehen. Ihm fielen nur die Betonpoller auf, die den Rand des Jahrmarktgeländes zur Straße hin sicherten.

Plötzlich schoss ein Auto durch den Fischbrötchenstand und das Gefühl der Sicherheit, die ihm die Pfosten vermittelt hatten, erlosch.

Das war der Grund für die Panik auf den Straßen. Ein roter Kombi, der sicher nicht mehr wert war, als das Benzin in seinem Tank, schoss durch den Stand, als ob er aus Pappkarton wäre, der danach ebenso zusammenfiel. So umging der Wagen die Betonpoller und mähte fast ungebremst wie ein Mähdrescher im Maisfeld eine Schneise in die Menschenmenge, die keine Chance hatte, rechtzeitig auszuweichen.

Körper flogen wie Puppen durch die Gegend. Der Weg wurde sprichwörtlich von Leichen gepflastert, die sich vor ihm sammelten, wie Schnee vor einem Pflug. Rund zwanzig Meter von Falko und Melinda entfernt blieb die Karre an einer selbst geschaffenen Barriere aus Körpern stecken. Der Fuß des Fahrers hatte das Gas immer noch voll durchgetreten, sodass sich die Reifen in die Gedärme der Leiber gruben. Nach einem Moment der Stille brach Panik aus. Die Umherstehenden verfielen ins Schreien, Weinen, Flehen oder sie erstarrten einfach. Andere rannten um ihr Leben und wiederum andere eilten den Verletzten zu Hilfe. Jeder fand seinen Weg, mit dem

Schock umzugehen. Falko griff sich Melinda und befahl ihr im strengen Ton, sich sofort zum Bayernzelt aufzumachen. Dort sollte sie die Rettungssanitäter alarmieren. Sie folgte wie hypnotisiert den Anweisungen ohne Widerworte. Das hier war Falkos Show, sein Fachgebiet, er entschied, was zu tun war, und sie hatte zu folgen. Die Sanitäter vom Festzelt zu holen, war bestimmt eine gute Idee, doch im Endeffekt war es Falko wichtiger, Melinda so schnell wie möglich aus der Gefahrenzone zu bringen, ohne groß mit ihr diskutieren zu müssen. Er rechnete damit, dass noch ein weiteres Auto kam oder eine Bombe hochging, sollte das ein Terroranschlag sein, müsste damit gerechnet werden, da Attentäter selten allein agierten.

Als er Melinda in sicherer Entfernung wägte, wand er sich dem von den Körpern verbeulten Wagen zu. Ein Streifenpolizist war mit angelegter Maschinenpistole dabei, sich auf die Fahrertür zuzuschleichen. Er sah, dass dort eine Frau am Steuer saß, die gerade in den Rückwärtsgang schaltete, um dann wieder Vollgas zu geben. Dadurch fand das hintere Rad neuen Grip und beförderte einen kompletten menschlichen Körper unter sich nach vorn. Der Wagen saß mit den Vorderrädern jedoch so fest in dem Menschenhaufen, von dem teils noch Personen am Leben waren, dass er sich kein Stück dabei bewegte.

Eine völlig entsetzte Frau kam auf den Wagen zugelaufen. Sie verbarg ihr Gesicht hinter ihren Handflächen und schrie immer wieder: »Meine Kinder! Meine Kinder sind noch da drunter! Hilfe! Meine Kinder!«

Eine weitere Frau eilte herbei, merkte, dass die Gefahr noch nicht gebannt war und schnappte die weinende Frau von hinten, damit diese nicht noch weiter in die Gefahrenzone lief. Die Mutter nahm das gar nicht wahr und flehte weiter, den leeren Blick auf das Auto gerichtet, das sich in den Menschenhügel grub, aus dem wimmerndes Kreischen erklang.

Der Polizist mit dem Maschinengewehr rief: »Stellen Sie den Wagen ab! Sofort! … Oder ich schieße!«

BUMM! Er ließ kaum genug Zeit, die Aufforderung umzusetzen. Der Kopf der Fahrerin fiel auf die Hupe, die laut und dröhnend erklang. Jetzt sah Falko, dass sich hinten im Auto noch weitere Menschen befanden.

»Kollege?«, fragte Falko. »Da sind noch welche hinten drin!«

»Bleiben Sie weg! Ich habe alles unter Kontrolle.«

Der Satz des Beamten war in Anbetracht der Szenerie eine Farce.

»Ich bin auch von der Polizei.«

Der junge Beamte mit dem kurzen, perfekt getrimmten Kinnbart sah Falko an und nickte. Die beiden blickten auf die Rückbank und mussten feststellen, dass sich dort drei Kleinkinder befanden, die völlig verängstigt zu den beiden herübersahen.

Der Motor erstarb und die Fahrertür öffnete sich plötzlich. Falko und der Beamte sprangen zurück, als seien sie einem viralen Prank auf den Leim gegangen.

»Scheiße!«, fluchte der Beamte. »Ich hab sie doch voll erwischt!«

Die Frau stieg aus dem Auto, während die Hupe weiter dröhnte. Wahrscheinlich war das Ding defekt. Der Unterkiefer der Frau war auf der linken Seite durch den Schuss komplett abgelöst und hing schief herunter, die starren Augen von gelber Kruste umrahmt. In der Hand hielt sie einen Schlüsselbund. Sie hatte den Zündschlüssel zwischen Zeige- und Mittelfinger durchgesteckt und begann just in diesem Augenblick, sich mit diesem in die offene Kieferwunde zu schlagen. Ein widerliches

Geräusch erklang, als sie damit auf ihre freigelegten Zähne traf.

»Hören Sie sofort auf damit!«, bat der Polizist und ging auf die übergewichtige Frau zu, die etwas nachlässig gekleidet war und etwas übel roch. Das war ein Fehler. Sie riss den Schlüssel, der sich zwischen zwei ihrer Zähne verkeilt hatte, samt Zahnwurzeln heraus und schlug diesen dem Polizisten in den Oberkörper, wo er tief im Brustbein stecken blieb. Der Beamte ließ die Waffe fallen und klappte zusammen, skeptisch und ungläubig das Objekt in seiner Brust beäugend. Falko fiel nichts Besseres ein, als loszurennen und zu versuchen, die Irre umzurammen. Doch er unterschätzte ihre Standfestigkeit. Sie leitete seine Aufschlagsenergie in einen Schritt nach hinten um und stabilisierte sich. Falko hing ihr jetzt ausgeliefert um den Hals. Sie war am Zug und griff ihm grobmotorisch mit der rechten Hand in den Mund, wo sich ihre Finger hinter seiner unteren Zahnreihe verkeilten. Falko versuchte sich so schnell wie möglich von ihrem riesigen hängenden Busen abzustoßen, doch sie ließ nicht locker. Falko wurde auf Armlänge gestoppt. Sein Unterkiefer knackte unangenehm und fühlte sich fast an, als würde er abreißen. Falko musste diese ekligen, nach Salz schmeckenden Finger loswerden und so biss er mit voller Kraft zu. Er fühlte, wie seine Zähne sich knirschend durch Haut, Sehnen und Muskeln bis zu den Knochen der Fingergelenke schnitten, die seinem Biss gerade so widerstehen konnten. Der Geschmack von Metall verteilte sich warm in seinem Mund.

Der Frau, die wohl unter einem Testosteron-Überschuss litt, lief Schweiß über ihr dralles maskulines Gesicht mit den zerzausten dichten Augenbrauen. Bloß ein herber muffiger Schweißgeruch, den sie ausdünstete, übertraf noch das abstoßende Bild, das sie abgab. Die

Schmerzen, die Falkos Biss verursacht haben mussten, schienen diese Kreatur zu erfreuen. Wäre ihr Unterkiefer nicht funktionsuntüchtig, würde sie sicher grinsen. Aber so zogen sich nur ihre Augenbrauen mittig hoch und ihr zerfetzter Mund, der sich durch den Durchschuss bis zum Ohr hochzog, hauchte ein Stöhnen aus. Sie fing an sich zu drehen und schleuderte Falko an der unteren Zahnreihe haltend gegen den Kotflügel ihres Autos.

Die Sanitäter und Ersthelfer, die schon mitten in den Sofortmaßnahmen bei den zig Verletzten steckten, hatten bemerkt, dass die beiden Polizisten die Lage noch nicht unter Kontrolle hatten und Hilfe brauchten. Sie unterbrachen ihre Tätigkeit und umstellten die monströse Kreatur, die nun ihre Oberlippe und die Nase zu einem kampfbereiten Fauchen hochzog. Einer der Sanitäter hatte seine Jacke ausgezogen und warf ihr diese zur Desorientierung über den Kopf, wie man es bei einem wilden Tier machen würde. Dann setzte der Sanitäter, der vermutlich Kampfsportler war, zu einem beherzten Sprung an, fegte ihr die Beine weg und fixierte sie in einem Judogriff am Boden. Falko baute sich wieder auf, als wäre er vom Pferd gefallen, checkte seine Unversehrtheit und fesselte zusammen mit dem Beamten, der sich den Schlüssel aus der Brust entfernt hatte, die Attentäterin mit Handschellen.

Währenddessen trafen die Helfer ein, die Melinda gerufen hatte. Sie begannen sofort, die zahlreichen Verletzten zu versorgen. Danach kamen auch schon die Fahrzeuge der örtlichen Rettungskräfte. Die Sanitäter befreiten drei Kinder, die wohl zur Attentäterin gehörten, von der Rückbank, damit die Feuerwehr mit den Vorbereitungen, das Fahrzeug mit ihren Spezialwerkzeugen anzuheben, um die Überlebenden unter dem Auto zu befreien, beginnen konnte.

Falko nahm sich Melinda an, die sichtlich unter Schock stand. Während er sie mit Floskeln erfolgreich beruhigte, stellte er sich immer wieder die Frage, was mit diesen Personen los war, die so aus der Spur gerieten. Er beobachtete die Täterin, die auf eine Liege geschnallt wurde. Die Frau zappelte und fauchte, während sie von drei Sanitätern in den Krankenwagen gehievt wurde. Falko spülte sich den Mund mit Wasser aus einer kleinen Flasche aus, die ihm ein Helfer überreicht hatte. Einerseits um den Ekel zu bekämpfen, den die Hand der Frau in seinem Mund verursacht hatte, bevor dieser chronisch wurde. Andererseits hoffte er, damit einer eventuellen Ansteckung vorzubeugen.

Kapitel 10

Cecilia Jepkemoi kam nach Hause, nachdem sie die Öffnungszeiten des Discounters voll ausgeschöpft hatte, und betrat mit einer vollen Einkaufstüte ihre Studentenbude, aus der sie noch immer nicht ausgezogen war, obwohl das Ende ihres Studiums schon drei Jahre zurücklag. Es gab zwei Gründe, die sie so auf Trab hielten, dass sie keine Energie für einen Umzug aufbrachte. Der Stress im Job war der eine Grund für das Versäumnis, ihre unglückliche Beziehung der andere. Sie hatte sich zu Beginn schwer und schwärmerisch in diese testosterongeschwängerte Adonis-Statue verliebt: Frank, einen gestählten ATK-Trainer. Was dieser zumindest anfangs noch vorgetäuscht erwiderte, um in den Genuss ihres knackigen Körpers zu kommen. Doch ihre Liebe hatte sich bereits in Abhängigkeit verwandelt, als sie anfing, ihm auf die Nerven zu gehen. Sie ließ alle Demütigungen, mit denen Frank sie nach kurzer Zeit bedachte, über sich ergehen, ohne sich zu wehren, nur um in seiner Nähe sein zu können. Er hielt sie sich auf Abruf und nutzte sie nur noch als Spielwiese für seine Gelüste aus. Sie ertrug das alles in einer Abwärtsspirale der Selbstaufgabe. Ihre Würde war bald nur noch eine blasse Erinnerung, so wie die Freunde, die sie verloren hatte, da jene sie nicht mehr auf ihrem Selbstzerstörungstrip begleiten wollten. Als ihre Mutter, die kein Wort Deutsch sprach, ihre Würgemale entdeckt hatte, fing sie bitterlich an zu weinen. Das war das erste Mal gewesen, dass Cecilia an dieser desaströsen Beziehung zweifelte, und sie hatte sich fest vorgenommen, sich sobald wie möglich zu trennen. Das war jetzt schon ein halbes Jahr her und ihre Mutter sprach seitdem kein Wort mehr mit ihr.

Nachdem sie den Inhalt ihrer überfüllten Einkaufstüte schlampig in ihre zusammengewürfelte Küche einsortiert hatte, schnappte sich Cecilia einen Schokoriegel und ging ins Wohnzimmer, wo sie Moni anrief, während sie den Riegel aß. Sie machte mit ihr einen Termin zur gemeinsamen Visite bei der Patientin Ninja van Spreuwen aus und brach dann zügig das Gespräch ab, weil sie glaubte, etwas im Hauswirtschaftsraum gehört zu haben.

Cecilia war ein gebrochener Mensch und solche Menschen hatten immer Angst. Sie hatte es zur Perfektion gebracht, sich im Alltag davon nichts anmerken zu lassen. Nun erstarrte sie innerlich, als sie sich auf den Weg machte, das Geräusch im Nebenraum zu ergründen. Vor einiger Zeit hatte sie sich einen Katalog mit Fahndungsbildern ansehen müssen, da sie einen per Haftbefehl gesuchten Patienten identifizieren sollte, der sich aus dem Staub gemacht hatte. Die seelenlosen Gesichter der Vergewaltiger und Mörder hatten sich damals in ihrer Seele verewigt. Sie hatten sie aus dem Katalog angestarrt wie Löwen kleine Kinder, die an deren Käfig vorbeigingen. Diese Gesichter hatte sie mit nach Hause genommen, sie hatten sich in den grauen Windungen ihres Gehirns eingenistet, von wo aus sie Cecilia in jeder ruhigen Minute quälen konnten.

Sie versuchte die Gesichter, die aus dem dunklen Spalt hinter der halb offenen Tür zu der Kammer auf sie zuflogen, mit einem imaginären Schild abzuwehren. Dann kniff sie die Augen einmal fest zu und öffnete die Tür, nachdem sie aus ihrem Kopf verschwunden waren. Sie wollte irgendetwas in der Dunkelheit fokussieren, schaffte es aber nicht. Nachdem sie kurz Mut geholt hatte, überkam sie das Gefühl, ihr würden die kalten Finger eines Toten über den Rücken streichen und sie bekam eine Gänsehaut. Ihre linke Hand krabbelte wie eine

Spinne an der Wand entlang in den Raum und tastete nach dem Lichtschalter.

Da stand doch jemand. Ihr Herz schien stehen zu bleiben und in ihren leeren Magen zu stürzen. *Klick!* Die Neonröhre blitzte auf. Da stand Ninja van Spreuwen vor ihr. Blut sprudelte wie bei einem Wasserspeier aus ihrem Mund. Das Gas in der Lampe war noch nicht warm genug und so musste sie sich warmblinken. An, aus, an, aus. Die dunklen Phasen kamen Cecilia wie eine Ewigkeit vor. Sie hoffte, dass sich die Person vor ihr bei erneutem Aufflackern als Einbildung entpuppen würde. Dies blieb ihr verwehrt. Beim nächsten Flimmern sah Cecilia, wie Ninja Schwung holte, um ihr mit einem Sprint entgegenzurennen.

Aus!

Cecilia war völlig erstarrt.

An!

Ninja war auf halbem Wege und stürzte auf sie zu.

Aus!

Mathematik: Weg durch Geschwindigkeit? Ja, Ninja würde ihr um den Hals fallen und ihr ins Gesicht beißen, bevor das Licht wieder ansprang. Jetzt! – Aber nichts, keine Zähne, keine Hände.

An!

Nun hatte die Röhre ihre Temperatur erreicht und blieb an. Eine Tausendstelsekunde dachte Cecilia, sie hätte Ninja noch gesehen, wie einen Geist, der durch sie hindurchgerast wäre und sie musste feststellen, dass nichts vor ihr den Raum beanspruchte. Da war nur der Wäscheberg, der, wenn man so wollte, ein Gesicht aus Slip und Socken hatte. Sie lachte. Nicht wegen des Wäschebergs, der sich über sie lustig machte, sondern weil die Gefühle, die wie die Schnecke eines Fleischwolfs an ihrem Körper zerrten, raus mussten. Das, was sie gerade erlebt hatte, hatte so real gewirkt. Wie oft hatte sie sich nach einer Schicht in der Geschlossenen vorgestellt, wie es sein musste, wenn man verrückt wird. Was wäre das erste Zeichen? Ab wann könnte man sagen, dass die eigene Realität nicht mehr die der anderen ist? Sie hatte sich oft überlegt, was sie täte, würde sie plötzlich eine Stimme hören, wie so viele ihrer Patienten. Manchmal horchte sie in die Stille hinein und fürchtete, plötzlich etwas zu hören – dann wäre nichts mehr wie vorher. Sie würde sich in einem solchen Fall das Leben nehmen, so viel Angst hatte sie davor. Und jetzt war eine einsfünfundsechzig große Halluzination durch sie hindurchgerannt. Sie wollte weinen, aber durch den Wäscheberg hatte sich ein falsches Ventil geöffnet und ein Lachen platzte heraus, während sie im Türrahmen lehnte und an die Decke sah.

Sie brauchte knapp zwanzig Minuten, um sich wieder mit der Welt anzufreunden. Sie kniff sich, klopfte gegen die Tür, sprach laut mit sich selbst und ging dann zum Schlafzimmer, wo sie das Licht anschaltete und erst eintrat, als die Energiesparlampe die volle Leistung erreicht hatte.

Jetzt durfte nichts mehr passieren, sonst würde ihre Welt aus der Spur geraten. Von jetzt an tat sie so, als wäre alles normal. Sie ging ins dunkle Bad und machte das Licht erst spät an, als würde sie sich nicht fürchten, und drehte schon mal das Wasser der Badewanne auf. Dann ging sie zurück ins Schlafzimmer und zog ihre Hose aus. Sie hatte einen straffen apfelförmigen Po, kein Gramm Fett zu viel. Sie prüfte ihn über die Schulter, war zufrieden, wusste aber, dass das Fett kommen würde, wie schon bei ihrer Mutter und deren Mutter.

Sie hatte mit ihrem seltsamen Erlebnis schon fast abgeschlossen, als sie nochmals das Schlafzimmer sondierte, bevor sie sich ihre Bluse über den Kopf zog und sie kurz nichts mehr sehen konnte. Dies rief schon immer die Horrorvorstellung bei ihr hervor, dass in dem Moment, wo der Blick auf das Schlafzimmer frei werden würde, einer der Männer aus dem Fahndungsbuch vor ihr stand. Wie in Panik riss sie sich dann immer ihr Oberteil über den Kopf, was sie auch jetzt versuchte, blieb aber mit dem Gesicht darin hängen. Durch die dünne Bluse sah sie plötzlich die Silhouette einer Person, die ins Schlafzimmer trat. Jetzt zerrte sie die Bluse vom Nacken aus nach vorn über den Kopf, sodass ihr Blick frei wurde und sah Ninja, die sie direkt vor ihrem Gesicht heiß anschnaufte. Diesmal war sie es wirklich und Cecilia konnte den sauren Geruch wahrnehmen, den Ninjas mit Blut vollgekotztes Nachthemd ausdünstete. Sie erstarrte wie das Bild auf einem Display einer Digitalkamera, nachdem man den Auslöser gedrückt hatte. Wie gelähmt stand sie da im Angesicht ihrer höchstpersönlichen Apokalypse. Wahnsinn oder Realität? Klapse oder Pathologie? Das nahm sich nichts im Ausmaß der Fatalität. Alles aus! Keine Versöhnung mit Mama und kein Schlussstrich unter Frank. Um es mit Homer Simpsons Worten auszudrücken: Tschüss, ihr Idioten!

Ninja packte Cecilia an den Ohren und presste ihre zerfleischten Lippen auf die ihren. Cecilias große braune Augen waren weit aufgerissen, sie versuchte zurückzuschnellen, doch ihr Kopf befand sich in Ninjas Klammergriff, der dem Rückzugsversuch mit ungeahnter Kraft entgegenwirkte und den Kuss schmerzhaft verstärkte. Cecilia schoss ein gefühlter Liter brockiges Blut in den Mund, dessen Druck einen sofortigen Schluckreflex auslöste und sich wie bei einem Biertrichter sofort durch die geöffnete Speiseröhre in ihren Magen ergoss. Sie versuchte sich zu befreien, doch Ninjas Kraft war unüberwindbar. Cecilia spürte, wie ihr immer mehr Blut in den

Rachen gepresst wurde, immer mehr und mehr. Ein Gefühl der Schwerelosigkeit überkam sie, ihre Augen rollten und ihr Gehirn fühlte sich an, als würde es wie in einer Zentrifuge herumgeschleudert werden. Stand sie noch mit ihren Beinen auf dem Boden oder schwebte sie bereits? *Ein Albtraum, nur ein Albtraum*, beschwor sie sich und mit einem Mal war alles vorbei. Ein Wimpernschlag und sie erwachte aus ihrer Halluzination. Vor ihr stand ein verwirrter Frank, der aussah, als könnte er in ihrem Gesicht sehen, was sie gerade erlebt hatte. Sie stand unversehrt mit ihrer Bluse in der Hand im Schlafzimmer. Scham verdrängte sofort die Panik. Nichts war Cecilia peinlicher als Kontrollverlust.

»Hey, Beauty, ich bin es nur.«

»Frank, was machst du denn hier?«

Frank überlegte kurz, doch seine Verwirrung war verflogen, als er die harten Nippel von Cecilia sah, die auf ihren kleinen Titten thronten. Ein warmes Gefühl breitete sich in seiner Lendengegend aus. Franks Geilheit stand jetzt so physisch, als wäre eine weitere Person im Raum und Cecilia wollte bloß vermeiden, darauf einzugehen, was sie gerade erlebt hatte. Sie durfte sich vor Frank nicht blamieren und spielte daher die Nutte, die er ihr immer aufzwang. Es reichte allemal, um Franks niedere Instinkte zu befriedigen, obwohl sie so schlecht agierte, wie eine Frau, die nach zwanzig Jahren Ehe zum ersten Mal Lackdessous anzog, um ihren ›toten Mann‹ wiederzubeleben. Zittrig kletterte sie aufs Bett, streifte ihren Slip ab, biss in das Kopfkissen und erduldete alles, was das von Internetpornos motivierte Schwein mit ihrem Hinterteil anstellte. Sie versuchte nicht zu wimmern, wenn es schmerzte, denn sie wusste, dass ihm das die Nummer versauen würde.

Kapitel 11

Es war schon nach zwölf. Eva Disselmeyer hatte die Zeit vergessen und saß schon seit über zwei Stunden im mittlerweile dunkel gewordenen Schlafzimmer auf dem Bett. Sie starrte auf ihren Laptop, der das grüne Nachtsichtbild ihres im Koma liegenden Sohnes Lukas zeigte, der ganz friedlich dalag. Eva schlief schon lange allein im Schlafzimmer, da seit der Erkrankung ihres Sohnes in ihrem Leben kein Platz mehr für eine Ehe war und ihr Mann sich schließlich von ihr getrennt hatte.

Als sie endlich beschloss, sich schlafen zu legen, küsste sie noch einmal den Bildschirm, der ihr Gesicht lichtgrün färbte, genau wie das halbe Schlafzimmer.

»Gute Nacht, kleiner Mann.«

Dann fiel sie, ohne ihre Jogginghose auszuziehen, auf die Seite, verschlang ihren Körper mit einer der beiden Bettdecken und schlief sofort mit einem tiefen Seufzer ein. So bekam sie nichts davon mit, wie ihr Sohn plötzlich begann zu husten und einen geleeartigen Brei auswürgte, der sich auf seinem Nachthemd verteilte. Danach erstarrte er wieder.

Kapitel 12

Die Zwillinge lagen im Bett, sie mussten auch nicht lange beruhigt werden, da sie die Info über die Gefahr, in der ihre Mutter und Falko sich befunden hatten, zeitgleich mit der Entwarnung erhalten hatten. Melinda und Falko saßen mit leicht überfüllten Gläsern Wein auf der Dachterrasse und starrten in den klaren Sternenhimmel. Falko schob sich eine mit Frischkäse gefüllte Peperoni nach der anderen in den Mund. Melinda hatte bei ihren Töchtern noch einen Veggieburger ergattern können, der zusammen mit dem Cabernet eine überraschend runde Komposition auf ihren Geschmacksknospen ergab. Das Gemurmel des kleinen Biergartens unten an der Straße bot eine monotone Geräuschkulisse, die eine unangenehme Stille verhinderte.

»Was stimmt nicht mit diesen Leuten?«, fragte Melinda, die immer noch nicht fassen konnte, was sie heute gesehen hatte.

»Hä?«, fragte Falko.

»Diese Amokläufer, was stimmt nicht mit denen?«

»Ich weiß es auch nicht. Die sind wie besessen. Irgendwas lässt sie völlig durchdrehen. Und das Schlimmste ist, es werden immer mehr.«

»Das macht mir unglaubliche Angst. Überleg mal, da waren heute noch Kinder unter dem Wagen eingekl… Oh Gott! Ich darf gar nicht dran denken.« Melinda schüttelte sich und nahm zur Beruhigung einen großen Schluck von der Medizin in ihrer Hand. Dann biss sie wie eine Maus vom Burger ab.

»Es ist auch irgendwie etwas ganz anderes, wenn ich so etwas im Dienst erlebe. Es kommt mir vor, als hätte ich die Arbeit mit nach Hause gebracht.«

»Du kannst am wenigsten dafür, dass die Menschheit vor die Hunde geht.«

Sie griff nach seiner Hand und drückte sie fest.

»Ich weiß nicht, wie ich heute dagestanden hätte, wenn du nicht da gewesen wärst. Wahrscheinlich wäre ich einfach zusammengeklappt.«

Sie sah ihn verliebt an. Nie hatte er sie so verwundbar gesehen.

»Mit dir könnte ich alt werden, Falko. Ich weiß, der Zeitpunkt für die Frage ist denkbar schlecht, aber«, sie schluckte einmal, holte Luft und fragte, »wollen wir nicht heiraten?«

Falkos letzter Schluck Wein wurde bitter. In ihm schrie jemand: *NEIN!* Aber sein Mund konnte es gerade noch zurückhalten. Er wurde wütend, nervös und genervt. Er zog seine Hand aus ihrem Griff, als würde sie schlafen und er sie nicht wecken wollen, und tat so, als wolle er mit ihr nur sein Glas abstellen. Er konnte ihren festen Griff gerade nicht mehr ertragen, für ihn war er symbolisch für ihre seelische Vereinnahmung.

Was sollte das? Sie wusste doch, dass gerade nicht alles perfekt lief. Wollte sie das jetzt mit einem Ring reparieren? Und warum überhaupt heiraten? Es war doch Unsinn, einer funktionierenden Sache einen anderen Namen zu geben. Warum sich an etwas klammern, das statistisch gesehen sowieso nicht halten konnte?

Er war sich plötzlich nicht mehr sicher, ob er wirklich in Melinda verliebt war, oder ob sie die ganze Zeit nur eine vernünftige Komplettlösung für seine Beziehungsfrage darstellte.

Melinda war definitiv eine Frau, mit der man alt werden konnte. Aber war er schon bereit dafür, dieses Kapitel einzuleiten? Außerdem kam er sich auch ein wenig vor, als wäre er nur ein Mittel zum Zweck. Ersatzvater,

Ersatzliebhaber. Einfach ein redundantes Surrogat, dessen Rolle es war, eine Lücke bestmöglich zu schließen, ohne jemals an das Original heranreichen zu können. Er fühlte sich fehlbesetzt. Wie ein Schauspieler, der eine Rolle spielen sollte, die er nicht gelernt hatte. Liebte diese Familie ihn oder brauchte sie ihn bloß? Und dann diese Bevormundung seitens Melinda. Wann er sich mit seinen Problemen auseinanderzusetzen hatte und wie. Sein Tattoo war sicher auch ein wenig Provokation, um die Stimmung auf ein Level zu bringen, wo solche Dinge einfach mal ausgesprochen werden konnten. Die Basis für das Heile-Welt-Spielen war eh nicht mehr gegeben.

Doch wären Gespräche dieser Art vielleicht der Weg gewesen, das Messer, das in den Rippen ihrer Beziehung steckte, herauszuziehen, rammte Melindas Frage es eher noch tiefer hinein. Direkt in Herzrichtung.

»Nein! Nein! Nein! Ich will dich ganz sicher nicht heiraten!« Er spürte, dass seine Worte zu hart waren, doch er konnte den Fluss nicht mehr kontrollieren und irgendwie befreite es auch.

»Ich weiß ja nicht einmal, ob ich weiterhin in dieser Wohnung wohnen will. Hier wohnt ein Geist, auf dessen Platz ich sitze.«

Melindas Augen schlossen sich und Tränen quollen aus den Augenwinkeln.

»… und dein ewiger Druck, du schnürst mir die Kehle zu. Plötzlich habe ich Kinder, hab das noch nicht mal angefangen zu verdauen und muss schon mit euch in den ›Heile Welt‹-Familienurlaub. Ich meine, hallo? Geht's vielleicht mal ein bisschen langsamer?«

Melinda wurde wütend über seinen Gefühlsausbruch. Vermutlich fand sie es gemein, einfach so lange Kleinigkeiten zu sammeln, bis genug angehäuft waren, um den

Partner damit zu erschlagen. Sie erhob jetzt auch ihre Stimme:

»Also, soweit ich weiß, wolltest du hier einziehen. Es kam ziemlich gelegen, dass ich aufgetaucht bin, als du aus deiner Wohnung musstest, oder?«

Es hakte plötzlich in ihrer Aussprache und keiner wusste mehr, wie er weitermachen sollte, ohne dass alles noch mehr eskalierte – versöhnende Worte waren weit und breit nicht in Sicht.

»Ich geh jetzt schlafen!«, sagte sie, ging hinein und ohne einen weiteren Blick zurück die Treppe hinauf an dem Zimmer der Zwillinge vorbei, die bestimmt hinter der Tür hockten und lauschten. Dann verschwand sie zutiefst enttäuscht im Schlafzimmer.

Falko stand immer noch auf der Terrasse und fluchte ein leises: »Mist!« Er trank drinnen noch ein Glas Whiskey und legte sich zum Schlafen auf die Couch.

Kapitel 13

Eva Disselmeyer wachte um zwei Uhr nachts auf, sah kurz nach Lukas, konnte aber wegen des Nachtsichtfilters nicht erkennen, dass er sich vollgekotzt hatte. Das hätte sie alarmiert. Sie ging auf die Toilette, um ihren Tampon zu wechseln und warf sich anschließend wieder ins Bett wie ein durch Kopfschuss Hingerichteter in den Dreck.

Um drei Uhr wachte sie erneut auf, irgendetwas bereitete ihr Unbehagen. Das grüne Licht ließ ihr Schlafzimmer unheimlich wirken und sie konnte manche Dinge nicht richtig identifizieren. Dann dachte sie an ihren Sohn und blickte auf den Bildschirm, der für das Grün verantwortlich war, und begann zu schreien.

»Mama?«, sagte ihr Sohn, der aufrecht im Bett saß und sie leer mit seinen schwarzen Augen anstarrte. Sein deformierter Kopf sah in diesem Licht gespenstisch aus. Eva wusste, dass dies absolut unmöglich war. Das Sprachzentrum ihres Sohnes existierte nicht mehr. Was war hier also los?

»Hilf mir Mama, jemand ist hier«, sprach er emotionslos.

»Wo ist jemand?«, rief die völlig fassungslose Mutter ihm zu.

»Hier«, sagte er und zeigte auf seinen Kopf.

»Er will, dass ich böse Dinge tue«, sagte er, erhob sich mit ungelenken Bewegungen, die einer Marionette ähnelten, und verließ das Zimmer.

»Warte! Mama ist gleich bei dir.«

Teil 4 – Die Seelenfresser

Kapitel 1

Mittwoch

Falko erwachte auf der Couch im Wohnzimmer, draußen wurde es schon hell. Es war sechs Uhr und er fühlte sich wie gerädert, da er erst vor ein paar Stunden eingeschlafen war. Davor hatte ihn der Gedankenjahrmarkt in seinem Kopf aus Beziehungsfragen, Horrorbildern und Alkohol am Schlafen gehindert. Außerdem fehlte ihm sein Seitenschläferkissen. Er griff nach der Fernbedienung auf dem Couchtisch, die danach zusammen mit seiner Hand auf den flauschigen Teppich stürzte, der die Sitzecke grundierte. Er drückte Power und senkte schnell die Lautstärke. Er wollte es vermeiden, die obere Etage zu wecken. Falko folgte eine Viertelstunde einer reißerischen Dokumentation über die Frage, ob ein Schaufelbagger oder ein T-Rex einen Zweikampf gewinnen würde, als ihn endlich die Nachrichten von dieser Zumutung erlösten.

»Guten Morgen, hier ist Ezra Denis und Sie sehen *Newsflash*. – Hamburg: Diese Stadt kommt nicht zur Ruhe. Nach dem Amoklauf von Ninja van Spreuwen kam es gestern Abend auf dem Hamburger DOM zu einem weiteren Anschlag. Ob es sich hierbei um Terrorismus oder das *Amok-Virus* handelt, ist bis jetzt unklar.«

Ein Bericht begann, bei dem wackelig die Schneise der Verwüstung gezeigt wurde, die das Auto hinterlassen hatte, das über den DOM in die Menschenmenge gerast war.

»Neunundvierzig Tote und etwa genauso viele Verletzte gab es zu beklagen. Falko Thurner war einer der ersten Polizisten am Ort des Geschehens.«

Falko wurde gezeigt. Ein Kamerascheinwerfer blendete ihn und ließ die Rettungsarbeiten im Hintergrund als bloßes Schattenspiel erkennen. Falko fiel jetzt erst wieder ein, dass er dieses Interview gegeben hatte und saß plötzlich kerzengerade auf der Couch. Mit gemischten Gefühlen, Stolz und Angst davor, etwas Blödes gesagt zu haben, folgte er seinen Aussagen mit kommissarischer Akribie.

»Es glich einem Meteoriten-Einschlag. Ein Pfeifen und ein Knallen und dann begann das Schreien. Und dann überall Tote und Verletzte.«

»Haben Sie die Täterin gesehen?«

»Ja, ein Kollege und ich haben versucht, sie zu stellen. Mein Kollege hat sie sogar angeschossen. Ein Treffer, der jeden anderen sofort ausgeschaltet hätte. Aber die war wie eine Furie. Ich weiß nicht, ob sie auf Crack oder Meth, oder ob sie geisteskrank war oder einen Virus hatte. Ich weiß nur, dass wir fünf Mann brauchten, um sie zu fesseln.«

Dann endete der Bericht. Falko konnte sich wieder entspannen und brauchte sich nicht mehr zu schämen, was sowieso unbegründet gewesen war. Aber er war einfach kein Mensch, der gern im Mittelpunkt stand. Die Sprecherin erschien wieder.

»Wir werden natürlich weiter über diese Sache berichten. – Satanismus und Okkultismus sind dieser Tage in aller Munde. So halten viele Vertreter religiöser Gruppierungen die Fälle des angeblichen Amok-Virus für eine Welle von dämonischer Besessenheit. Die, glaubt man diesen Thesen, vielleicht sogar das Ende der Welt ankündigen sollen. Die Vertreter der großen Weltreligionen gaben zu diesem Thema bis jetzt noch keine Stellungnahme ab. Weiter geschürt wird das Feuer dieser Spekulationen von einem Vorfall, der sich gestern im Hamburger Universitätsklinikum AFK ereignet hat. Hierzu haben wir noch gestern Nacht ein Interview mit der zuständigen Nachtschwester aufzeichnen können.«

Das Bild einer Krankenschwester erschien, die hinter ihrem hohen Stationstresen saß und auf eine wohl vorher gestellte Frage antwortete:

»Also, es war wie ein Wunder. Der Patient ist eigentlich physisch nicht in der Lage, sich autonom zu bewegen, da sein zerebraler Kortex durch eine Vorderhirnmetastase irreversibel geschädigt wurde, sodass die Areale des Hirns, die für die Motorik zuständig sind, vollends zerstört worden sind. Und doch lief der kleine Junge hier vor zwei Stunden quietschfidel durch den Flur. Ich konnte es kaum glauben. Das war ein echtes Wunder. Ich meine, das hier ist die Kinder-Palliativstation.«

Ezra Denis erschien wieder, die zu allen Tageszeiten exakt gleich perfekt geschminkt war und niemals müde wirkte.

»Das ist doch mal eine schöne Nachricht, bei den ganzen Horrormeldungen der vergangenen Tage. Der Hausmeister war so freundlich, uns das Video der Überwachungskamera zur Verfügung zu stellen.«

Unscharf und stark vergrößert konnte man sehen, wie ein Junge mit übergroßem Kopf durch den Flur in Richtung Tresen torkelte, bis die Nachtschwester ihn sah und sofort auf ihn zulief. Dann endete das Video auch schon wieder.

»Handelt es sich hierbei um ein Wunder? Oder einfach nur um einen medizinischen Sonderfall? Dies bleibt abzuwarten. Und jetzt weitere Nachrichten. – Insel Riems: Der neusten Veröffentlichung des Friedrich-Löffler-

Instituts zufolge, ergaben alle bisherigen Untersuchungen an den Leichnamen der Amokläufer der vergangenen Tage, dass es keine Spuren eines Virus gibt. Dennoch wird ein solcher nicht gänzlich ausgeschlossen. Weitere Untersuchungsergebnisse stehen noch aus. –

Und nun Nachrichten vom Sport …«

Kapitel 2

Das Vorstandsmitglied der WTO Trapmann saß fassungslos vor dem riesigen Flatscreen auf dem überdimensionalen Sofa aus cremefarbenem Leder, auf dem bestimmt zwanzig Gäste Platz gefunden hätten. Er hatte einen gespenstischen Screenshot von Lukas gemacht und das ohnehin vergrößerte Bild auf Kosten der Qualität noch weiter bis auf das Gesicht des Jungen herangezoomt. Er betastete mit der Zunge seine kaputten Lippen, die ihn wieder an die Insel Elysium erinnerten, wo alles angefangen hatte. Dann sah er nachdenklich auf die Zeitungsausschnitte hinab, die auf dem Tisch vor ihm ausgebreitet waren.

›Amoklauf in Hamburg. Junge Niederländerin feuert in Menschenmenge.‹

›Mann tötet gesamte Familie‹

›Hamburg im Ausnahmezustand? Ist es ein Virus?‹

›Amok-Virus‹

Mittendrin lag ein Tablet-PC, auf dem die aktuelle Ausgabe einer Tageszeitung leuchtete. Der Artikel: ›Geistig verwirrte Frau rast mit ihrem Auto und ihren Kindern auf der Rückbank an den Sicherheitspollern vorbei in nichtsahnende Besucher des Hamburger DOMs. Etliche Tote und Verletzte. Wie sicher sind wir noch bei öffentlichen Veranstaltungen?‹

Trapmann nahm eine edle, kleine silberne Dose mit Vaseline und schmierte sich gedankenverloren und ein wenig zwanghaft die vernarbten Lippen damit ein.

In dem Moment kam seine Frau im seidenen Morgenmantel aus dem Schlafzimmer.

»Warum bist du denn schon wach, Schatz? Komm doch noch mal ins Bett, ich will dir was zeigen.«

Er reagierte nicht auf sie.

»Hey, ist alles in Ordnung?«, fragte sie. Er drehte sich mit ernster Miene zu ihr um und blickte so ernst, wie sie ihn in den sechs Jahren Ehe noch nie gesehen hatte. Dann sprach er die Worte aus, die sie niemals hatte hören wollen. Die durch die jahrelange Verdrängung zur Urangst avanciert waren.

»Es ist soweit. Sie sind da!«

Sie versuchte zu atmen, aber es ging nicht. Das Haus schien zur Seite zu kippen, sie versuchte das Gleichgewicht zu halten, aber da das Gebäude sich in Wahrheit ruhig verhielt, führte das dazu, dass sie fiel. Und im selben Moment leitete ihr Schutzsystem eine Ohnmacht ein. Ihre zwei Kinder, zwei und drei Jahre alt, schliefen unbekümmert in ihrem Zimmer weiter.

***

Die Luxus-Sommerresidenz, die direkt an der Steilküste von Norwegen, hundert Kilometer von Oslo entfernt, gebaut worden war, wurde von Manfred Trapmann immer wieder genutzt, um den heißesten Tagen in Deutschland zu entfliehen. Er, seine Frau und die Kinder verbrachten hier die schönste Zeit des Jahres. Doch dieser Trip wurde nun überschattet.

Böen klatschten den Regen gegen die Panoramafenster, ein sommerliches Unwetter wühlte die See auf. Das Fenster gab den Blick auf die Terrasse und auf das offene Meer frei. Die Wellen peitschten dreißig Meter unter der überstehenden Terrasse an die Felsen. Die Sonne wirkte bei dem Versuch, sich durch die dunklen Wolken zu brennen, eher wie der Mond.

Trapmann hatte ein Frühstück bei dem Küchenpersonal bestellt, wie es die meisten Menschen in ihrem Leben nicht genießen durften. Dieses war im großen Esszimmer angerichtet worden, wo sonst nie gefrühstückt wurde. Russischer Kaviar, Fugu, Seeteufel, im Vakuum gegartes Filet vom Kobe-Rind. Geriebener Elchkuhkäse auf Safran-Rührei vom Strauß. Die verschiedenen, mundgerecht servierten Gerichte aus der Molekular-Küche blubberten und dampften auf einem kleinen Extratisch vor sich hin. Ein Buffet für Adlige.

Nachdem alles angerichtet worden war, hatte Trapmann das gesamte Personal mit der Erklärung, er würde heute mit seiner Familie wieder nach Frankfurt reisen, in den Urlaub geschickt. Er bat darum, den Hubschrauber für den Nachmittag bereitzustellen.

Erst als das gesamte Personal verschwunden war, traf sich die Familie zum Essen. Seine Frau war wieder auf den Beinen, aber ihre Seele war an Ort und Stelle liegen geblieben, wo ihre Beine ihr den Dienst versagt hatten. Trotzdem aß sie, und aß und aß. Sie schaufelte die delizi-ösen Dinge in ihren tauben Mund. Zwischendurch half sie ihren Kindern dabei, die Köstlichkeiten zu verspeisen, die extra für sie angerichtet worden waren. Diese konnten aber für das hohe Niveau keine Begeisterung aufbringen. Trapmanns Frau schien den Versuch zu wagen, aufzuessen, was hier kredenzt worden war. Wo ihr doch klar sein musste, dass dies unmöglich war. Trapmann speiste verhaltener.

Während des gesamten Essens sprach keiner ein Wort. Kein: Oh, das schmeckt aber gut, was ist das bloß, was ich hier gerade esse?

Nachdem alle Kapazitäten ihrer Körper gefüllt worden waren, beendeten sie die Nahrungsaufnahme und saßen noch eine Viertelstunde schweigend am Tisch. Dann sah Trapmann seine Frau fragend an und sie nickte ihm zu. Also erhob sich Trapmann, der wie für ein

Geschäftsessen der oberen Zehntausend gekleidet war, und schritt zu einer barocken Kommode, die mit einem Sicherheitsschloss verriegelt war. Er holte einen kleinen Schlüssel heraus, schloss die Kommode auf und entnahm ihr eine flache kleine Kiste, die mit dunklem Leder bezogen war. Er schloss sie mit demselben Schlüssel auf. Vier kleine silberne Schalen kamen zum Vorschein, in denen sich jeweils drei große Tabletten befanden, die mit ihren knalligen Farben an Legosteine erinnerten. Er trug die Schachtel bedacht zu seiner Familie an den Tisch und servierte seiner Frau die Tabletten wie eine Nachspeise. Ihr kamen die Tränen. Die Kinder waren still geworden.

Die Frau verabreichte die Tabletten erst ihren Kindern, die dabei anfingen zu weinen, und schluckte schlussendlich die drei, die für sie bestimmt waren. Während sie ihre Tabletten mit dem teuersten Champagner runterspülte, sah sie ihren Mann die ganze Zeit wehmütig an, als hoffte sie bis zum letzten Moment, er würde seine Entscheidung noch ändern.

Vergeblich.

Kapitel 3

Nachdem Falko die penetrant miauende Katze versorgt hatte, duschte er im unteren Bad, was sich irgendwie befremdlich anfühlte, da es eigentlich für Gäste bestimmt war. Als er sich fertig gemacht hatte, verschwand er, ohne sich zu verabschieden.

Müller wartete draußen schon in seinem Pick-up auf ihn. Auf dem Weg ins Dezernat schilderte Falko Müller die Geschehnisse vom Hamburger DOM.

»Alter, was ist hier bloß los? Das ist doch alles nicht mehr rational zu erklären.«

»Ich habe gestern mit einer Frau gerungen, die war eindeutig krank. Die hat sich das Gleiche eingefangen wie die kleine van Spreuwen.«

Falkos Rede beunruhigte ihn selbst, da er sich zu dem Kreis der möglichen Befallenen zählte, wenn er von Ansteckung sprach. Immerhin hatte ihm die wahnsinnige Frau vom DOM ihre ekligen Finger in den Mund gesteckt. Falko schluckte.

»Du siehst ganz schön scheiße aus. Willst du nicht lieber einen Tag Auszeit nehmen?«, fragte Müller aufrichtig fürsorglich.

»Nee, passt schon. Ich hab bloß auf der Couch geschlafen. Melinda und ich haben uns gestern gestritten.«

Auf dem Revier angekommen, schrieb Falko erst einmal zwei Stunden lang die Berichte über die Ereignisse in der Wohnung in der Fuhlsbüttler-Heerstraße und die auf dem Hamburger DOM. Sein Kopf brummte und der Kaffee half nicht mehr. Irgendwann kam Nobinski rein: »Was macht ihr denn noch hier? Die Sitzung wurde vorverlegt, haben die euch das nicht gesagt?«

»Ich weiß von nichts«, entgegnete Falko erschrocken, aber erfreut über einen Grund, die schleppende Formulierungsfindung abzubrechen. Er speicherte die Datei, stand auf und machte sich mit Müller und Nobinski auf den Weg.

»Ach ja, Falko. Irgendein Typ namens Trapmann hat für dich angerufen. Du sollst ihn zurückrufen, es sei wichtig. Die Nummer hab ich dir an den Monitor gepinnt.«

»Komm schon!«, sagte Müller und schob Falko zur Tür raus.

***

»Die Gewalttaten der letzten Tage haben dazu geführt, dass das öffentliche Leben in Hamburg gegenwärtig stark beeinträchtigt ist.« Keisler nahm zufrieden zur Kenntnis, dass sich Müller und Falko auch zur Besprechung eingefunden hatten. Die beiden setzten sich auf die zwei letzten freien Plätze in dem randvollen Versammlungsraum.

»Die Menschen haben Angst um Freunde und Familie. Und sie misstrauen einander, jeder befürchtet Opfer eines mit dem – wie die Presse es nennt – *Amok-Virus* befallenen Attentäters zu werden. Wir sind dabei, Pläne für den Ausnahmezustand auf kurzfristige Umsetzbarkeit zu prüfen.«

In der Folge brachte Keisler die Anwesenden auf den aktuellen Stand.

Dann trat Herr Reinhold, Leiter der Sonderkommission, nach vorn. »Ich danke Ihnen, Herr Keisler.« Er knöpfte sich das Jackett zu. »Guten Morgen, meine Damen und Herren. Zuerst mal bin ich froh, Ihnen von einem Ermittlungserfolg berichten zu können, den wir Herrn Thurner … wo ist er?«

Er sah einmal durch die Menge, bis Falko sich leicht verschämt meldete.

»Ah ja, … zu verdanken haben. Der Drahtzieher des Berliner Anschlags konnte identifiziert werden und wurde zur Fahndung ausgeschrieben. Wir müssen jetzt alle freien Kapazitäten daransetzen, diesen Mann, Friedrich Schröder, ausfindig zu machen. Sie leisten überdurchschnittlich gute Arbeit.«

Müller lehnte sich zu Falko rüber und flüsterte ihm ins Ohr: »Lange Rede, kurzer Schwanz, was?«

Falko tat das ab, als würde er eine Fliege verscheuchen, aber der Kollege vor Müller hatte das auch gehört, drehte sich um und warf Falko einen verständnislosen Blick zu. Falko machte ein ›Das habe ich nicht gesagt‹-Gesicht und zeigte schuldzuweisend auf Müller, der das mit einem Unschuldsblick abblockte.

»So, meine Herren, dann machen Sie sich mal wieder ans Werk, Ihre Abteilungsleiter werden in Kürze an Sie herantreten.« Mit diesen Worten beendete Keisler die Sitzung. Alles stand auf und verließ den Raum. SEK, GSG9, Bundesgrenzschutz, Feuerwehr und Leute vom THW wackelten wie die Pinguine zur Tür hinaus.

»Ach ja, Thurner und Müller? Hätten Sie noch mal eine Minute?«, rief Keisler und winkte die beiden zu sich. Sie brauchten eine Weile, um sich den Weg durch das Getümmel zu bahnen. Dann stellte Keisler die beiden den drei neuen Gesichtern vor, die während Keislers Rede schweigend neben ihm gestanden hatten.

»Kommissar Thurner und Müller, das hier sind Dahlke vom SEK, Henschel von der GSG9 und Professor Liebeskind vom Seuchenschutz.«

Ein wildes Händeschütteln begann. »Die Herren werden mit Ihnen eine Soko unter meiner Führung bilden, die sich speziell mit dem Amok-Phänomen befassen wird.« Keisler versuchte seine Manschettenknöpfe zu richten, obwohl es da nichts zu richten gab.

»Wir wollen Sie als Ermittler dabeihaben, da Sie, Herr Thurner, schon Kontakt mit einer Betroffenen hatten. Und …«

In dem Moment sprang die Tür wieder auf, die der letzte Beamte beim Verlassen des Raumes gerade geschlossen hatte. Vier Männer traten ein. Offensichtlich waren zwei davon Geistliche, denn sie trugen die Roben katholischer Priester. *Ach du Scheiße. Was kommt denn jetzt?*, ging es Falko durch den Kopf.

Der Mann mit dem dicken Bauch, der die Truppe anführte und forsch auf Keisler zukam, griff sich dessen Hand, bevor dieser sie reichen konnte, schüttelte sie und zog ihn zu sich heran. Dann flüsterte er Keisler irgendwas ins Ohr. Dies führte dazu, dass die beiden sich in eine Ecke verzogen und eine hitzige, aber geräuscharme Diskussion begannen. Die anderen standen wie Kinder, die am ersten Schultag bei ihrer neuen Lehrerin abgegeben wurden, vor Falko und den Männern von den Spezialeinheiten. Henschel von der GSG9 kommentierte, an Keislers Gegenspieler gerichtet:

»Den kenn ich doch. Das ist so ein hoher Politiker aus Berlin.«

Dann kamen die beiden wieder und Keisler wirkte, als hätte er gerade eine Runde im Schach gegen einen würdigen Gegner verloren.

»Meine Herren, darf ich Ihnen Doktor Novak aus dem Kanzleramt vorstellen? Er wird von nun an die Kanzlerin in diesem Fall vertreten und übernimmt die volle Verantwortung.«

»Danke, Herr …?«

»Keisler!«, sagte Keisler.

»Keisler. Wie Sie sich sicher vorstellen können, ist die Kanzlerin sehr besorgt wegen der jüngsten Ereignisse in Ihrer schönen Stadt. Und da es nicht gänzlich auszuschließen ist, dass dieses Phänomen sich national oder sogar global ausbreiten könnte, wurde ich geschickt, um Ihnen bei der Aufklärung und Eindämmung dieser Angelegenheit so gut wie möglich zur Seite zu stehen.«

»Dann wird ja alles gut werden«, nuschelte Müller, der schon jetzt eine brennende Aversion gegen den dicken schnaufenden Politiker verspürte.

»Des Weiteren ist die katholische Kirche auf die Geschehnisse aufmerksam geworden und befürchtet eine Hysterie unter ihren Anhängern. Daher wurde ich von höchster Stelle des Vatikans gebeten, den Patern Penrose und Marciano sowie dem Kardinals-Sekretär Fossati vollste Unterstützung zu gewährleisten. Sie haben den Auftrag, eigene Ermittlungen anzustellen und so schnell als nur irgendwie möglich eine Besessenheit der Befallenen auszuschließen, bevor Hamburg zum Wallfahrtsort für selbst ernannte Exorzisten und – oder – Satanisten wird.«

Man spürte Keislers Widerwillen, aber er stimmte dem natürlich fügsam zu: »Selbstverständlich werden wir die Kirche unterstützen, wo wir können. Müller und Thurner? Wären Sie so freundlich, sich den Herren anzunehmen?«

So weit hatten die beiden gar nicht gedacht und erschraken bei der Frage, die eigentlich gar keine war. Sie kannten solche Babysitter-Jobs und sie waren ihnen zuwider.

»Aber, Chef …«, begann Falko, ohne genau zu wissen, wie er weiter vorgehen sollte, »… wir, äh, wollten doch gerade zu der kleinen van Spreuwen, um zu sehen, ob sich ihr Zustand soweit verbessert hat, dass wir ihr ein paar Fragen stellen können.«

Müller nickte ein: Ja, genauso ist es.

»Perfekt!«, besiegelte Fossati. »Genau da wollen die Pater mit ihrer Arbeit beginnen. Ich kann mich währenddessen der Bürokratie widmen und mich mit dem Hamburger Erzbischof besprechen.«

»Dann wäre ja alles geklärt. Wir treffen uns heute Abend um achtzehn Uhr wieder, um den Ermittlungsfortschritt zu beurteilen.« Damit war die Debatte für Keisler beendet.

Zehn Minuten später saßen die beiden Priester auf der Rückbank des Dienstwagens, einer schwarzen Mercedes E-Klasse. Müller und Falko waren sichtbar angepisst.

»Ich hoffe, Sie sind auf alles gefasst, euer *Hochwürgen*«, sagte Müller provozierend. Die Geistlichen ignorierten die Beleidigung.

»Wir kommen gerade aus Nigeria. Völkermord, Massenvergewaltigungen und so weiter, glauben Sie mir, wir sind einiges gewohnt«, antworte Marciano trocken.

»Und Ihr Kollege?« Müller war aufgefallen, dass der überhaupt nicht reagiert hatte.

»Sprechen Sie Pater Penrose bitte nicht an. Er ist ein bisschen speziell. Sie können alles mit mir besprechen.«

Falko, der den Wagen fuhr, blickte in den Rückspiegel und bemerkte etwas in Penroses dunklen Augen. Als sein Großvater an Demenz erkrankt war, hatte er das bei ihm auch gesehen. Eine gewisse starre Leere.

»Ist er nicht ganz …?«, Falko drehte an einer imaginären Schraube in seinem Kopf.

»Pater Penrose ist einer der talentiertesten Menschen, die ich kenne. Vielleicht nehmen seine Begabungen etwas viel Raum in seinem Gehirn ein, das ist alles!«

»Halten Sie denn eine Besessenheit für ausgeschlossen?«, erkundigte sich Müller, der sich zu der Frage zwingen musste, da sie ihm peinlich war.

»Eigentlich ja. Es gab schon ewig keinen Fall von Besessenheit mehr. Aber wir sind hier, um dies zu verifizieren.«

Falko, der sich in seiner Pragmatik plötzlich in der Unterzahl sah, konnte sich einen Lacher durch die Nase nicht verkneifen.

Kapitel 4

Ninja sah furchtbar aus. Ihre Wangen waren eingefallen und Falten überzogen die angegraute, nasse Gesichtshaut. Seltsame Beulen hatten sich überall auf ihrem Körper ausgebreitet. Ihre Lippen waren völlig zerbissen und blutverkrustet. Kaum etwas ließ erahnen, dass dieses Elend gestern noch ein hübsches Mädchen gewesen war.

Sie schien des kontinuierlichen Tobens müde geworden zu sein und wand sich bloß noch wie in Zeitlupe in ihren Fesseln.

Doktor Jepkemoi und ihre Freundin Doktor Monika Sollander standen hilflos vor dem aufgezogenen Quarantänezelt und die blonde Doktor Sollander versuchte sich an ein paar Untersuchungen, die immer wieder durch spontane Zuckungen der Patientin unterbrochen wurden.

»Also, ich weiß nicht. Du könntest recht haben. Ihre Augenbewegungen geben Anzeichen einer Art LIS.«

Dann beugte sich Doktor Sollander über Ninja und sah in ihre verharzten Augen. Ninja wirkte, als würde sie der Ärztin gleich ins Gesicht beißen.

»Frau van Spreuwen, können Sie mich hören? Dann blinzeln Sie bitte zweimal.«

Die beiden Ärztinnen warteten gespannt.

»Bitte zweimal blinzeln, wenn Sie mich hören können!«

Und dann passierte es: Ninja blinzelte – zweimal.

»Sehr gut«, sagte Doktor Jepkemoi.

»Wahnsinn, so etwas habe ich noch nicht gesehen. Als wäre ihr Bewusstsein abgetaucht und ihre animalische Seite hätte die Kontrolle übernommen. Vielleicht ist das eine Art Persönlichkeitsspaltung«, spekulierte Doktor Jepkemoi.

Doktor Sollander dachte nach und sagte dann: »Vielleicht können wir sie da rausholen. Wir experimentieren gerade mit einem Mittel, mit dem wir schon mehrere LIS-Patienten temporär zurück an die Oberfläche holen konnten. Wenn du einverstanden bist, hole ich eine Dosis und wir testen sie an ihr.«

Doktor Jepkemoi war begeistert. »Hol du das Mittel, ich kläre das mit der Leitung ab.«

***

Falko und Müller betraten mit ihrem unerwünschten Anhang die Station der Psychiatrie. Hektik herrschte im Flur. Krankenschwestern flitzten aus den Zimmern und verschwanden in anderen. Eine Patientin, die offensichtlich unter dem angeblichen *Amok-Virus* litt, war an einen Rollstuhl gefesselt und tobte darin herum, sodass er von einem Rad auf das andere sprang.

Marciano konnte eine dunkle Verfärbung auf der Brust der Patientin erkennen, da ihre Bluse aufgeknöpft war. Ein *normaler* Patient kauerte vor dieser in einer Ecke und schien zu Tode verängstigt. Durch eine offenstehende Tür sahen die vier, wie mehrere bullige Krankenpfleger mit der Amokläuferin vom Hamburger DOM rangen, die sich offenbar losgerissen hatte und sich mit allen Kräften gegen sie wehrte.

»Fuck«, raunte Falko. Schreie klangen durch den Gang, als würden Schweine geschlachtet werden. Da der Empfang nicht besetzt war, gingen sie direkt in das Zimmer von Ninja van Spreuwen.

Als sie das Zimmer betraten, unterbrach Doktor Jepkemoi ihr Fachgespräch mit dem Anästhesisten und kam sofort auf Falko zu.

»Hallo, Herr Thurner, hier ist die Hölle los. Immer mehr Patienten mit Verdacht auf dieses *Amok-Virus* werden hier eingeliefert.«

»Hallo, Frau Doktor. Ja, wir haben das Chaos auf dem Flur erlebt.«

»Die sind unberechenbar, ab und zu sind sie kurz ruhig, aber dann geht es wieder los. Und wir haben immer noch nichts gefunden, mit dem wir sie ruhigstellen können. Es ist, als würden ihre Körper alle Anästhetika wie durch einen leichten allergischen Schock abstoßen. Das ist verrückt.«

»Vielleicht hilft es Ihnen die Information dabei, dass eine Sonderkommission gegründet wurde, die sich dem Phänomen widmet. Wir vertreten diese von nun an«, antwortete Falko. Das beruhigte Jepkemoi überhaupt nicht.

»Wenn das so weitergeht, können wir bald keine neuen Patienten mehr aufnehmen. Geben Sie das bitte weiter. Wir sind völlig überfordert.«

Marciano trat einen Schritt vor.

»Vielleicht kann die Kirche Ihnen ja behilflich sein.«

»Wer sind *Sie* denn?«, fragte Jepkemoi, irritiert von den Outfits der Geistlichen.

»Das sind Pater Penrose und Pater Marciano. Sie werden uns bei dieser Angelegenheit unterstützen«, erklärte Falko nicht ganz überzeugt von dem, was er da von sich gab. »Wie geht es der Patientin van Spreuwen überhaupt? Kam es schon zu einer Form der Kommunikation?«

Marciano wurde ungeduldig und unterbrach: »Entschuldigen Sie, aber dürften wir uns die Patientin einmal näher anschauen?«

Doktor Jepkemoi sah die beiden Priester skeptisch an, bejahte aber die Bitte. Während Marciano sich einen Mundschutz umband und Gummihandschuhe überzog, um Ninja zu untersuchen, widmete sie sich wieder Falko.

»Seit gestern ist ihr Zustand eigentlich unverändert, sie ist nur etwas ruhiger geworden. Doch eben gerade, vor etwa zehn Minuten, hat eine Kollegin Kontakt zu ihr via Blinzeln aufnehmen können.«

Ninja schrie: »Verpiss dich, du Schweinepriester!«

Marciano hatte sie mit etwas Weihwasser bespritzt. Dann sprach Ninja plötzlich in einer fremden Sprache. Eine Sprache, die außer Pater Penrose niemand im Raum je gehört hatte, geschweige denn verstand. Er antwortete Ninja mit den gleichen gespenstischen Lauten, die klangen, als würde man hebräische Worte mit tiefen gesungenen Vokalen mischen. Ein kurzer Dialog folgte. Dann wendete Penrose sich Marciano zu und tuschelte etwas mit ihm.

»Was ist denn? Was haben Sie miteinander geredet?«, fragte Müller, dem das alles zu viel wurde. Marciano brach seine Unterhaltung ab und kam zu den anderen herüber.

»Sie ist besessen! Ihr Körper wird von einem dämonischen Parasiten bewohnt.«

Ninja begann im Hintergrund wieder zu toben und zu fluchen. Marciano redete weiter: »Ich hatte gehofft, das Gegenteil sei der Fall, aber es ist ganz klar. Sie spricht in der Sprache der Dämonen, eine Sprache, die nicht von unserer Welt stammt. Und sie hat verschiedene Merkmale, die eine *Anwesenheit* ganz klar belegen.«

»So ein Bullshit!«, fluchte Falko, dem die Galle überkochte.

»Wir müssen einen Exorzismus durchführen. Das ist das Einzige, was dieser Person helfen kann. Sie sagen es doch, Ihre Medikamente zeigen keine Wirkung, oder?«

»Das stimmt«, sagte Jepkemoi, »aber das heißt noch lange nicht, dass sie besessen ist. Das ist völliger Unsinn. Und ich werde nicht dulden, dass meine Patientin hier von zwei Scharlatanen wie Ihnen für so einen Hokuspokus missbraucht wird.«

Kapitel 5

Freddy saß auf seinem prunkvollen Bett in dem barocken Schlafzimmer der Villa, die er besetzt hatte. Ein großer massiver Schrank war geöffnet und der überdimensionale Flatscreen darin generierte Bilder, die Freddy nun auf dem türkischen Teppich niederknien ließen, der vor dem Schrank lag. Freddy drückte auf Freeze, als in den Nachrichten das Video vom kleinen Lukas auf dem Krankenhausflur gezeigt wurde.

»Willkommen«, flüsterte Freddy ergriffen.

Kapitel 6

Eine Stunde später

Aladin, der Sohn von Francesca, die via Chat in Kontakt mit den Jungfrauen stand, führte Freddy einen langen Flur entlang, in dem wertvolle, aber für Laien unverständliche Gemälde an den Wänden hingen. Am Ende öffnete er eine Tür und vier Maden wanden sich auf dem Fischgrätparkett dahinter. Sie hatten die Größe von Menschen. Die Maden erwiesen sich als vier Mädchen, die mit Bondage mäßiger Akribie gefesselt worden waren. Sie wimmerten und schluchzten in ihre Knebel. Freddys Augen funkelten.

»Sehr gut, Aladin. Du bist mein Mann. Auf dich ist wirklich Verlass.«

Aladin sonnte sich in Freddys Worten. Er lebte dafür, Lob von dem Mann, den er anbetete, zu erhalten.

»Sag doch bitte der lieben Bella, sie möge alles Nötige für die Zeremonie vorbereiten.«

»Soll ich das nicht machen?«, fragte Aladin. Sein Schädel war glattrasiert und das Tattoo auf seinem Hinterkopf glänzte. Es war ein real wirkendes Auge von unglaublicher Tiefe.

»Nein, für dich habe ich eine viel anspruchsvollere Aufgabe. Wie du vielleicht in den Nachrichten gesehen hast, ist heute Nacht ein Junge aus dem Koma erwacht. In den Nachrichten sprechen sie von einem Wunder und tun es gleichzeitig so banal ab, als wären ein paar Grubenarbeiter aus einer verschütteten Mine gerettet worden. Ich denke, ihnen ist nicht klar, dass es sich hier um ein wahres Wunder handelt. Ein Ereignis, das ihre Spatzenhirne vollends überfordern wird.«

Freddy legte Aladin väterlich die Hände auf die breiten Schultern. Dann sah er ihm tief in die Augen.

»Du musst ihn zu uns holen. Befreie ihn von den Druiden, die ihn mit ihrer Alchemie verärgern. Bring ihn her, auf dass wir ihn würdig bewirten können.«

»Kein Problem, das ist mir eine Ehre.«

Freddy drehte sich zufrieden um und sah zum Fernseher. Dann erwähnte er beiläufig: »Ach ja, und bring doch bitte deine Mutter um. Wir brauchen sie nicht mehr.«

Kapitel 7

Falko, Marciano und Penrose standen um einen Kaffeeautomaten in einem kleinen Wartezimmer, das gerade nicht benötigt wurde. Müller lief auf und ab und schüttete einen schwarzen Kaffee in sich hinein. Falko hatte sich einen Latte macchiato gezogen, aber noch keinen Schluck davon genommen. Er brach das Schweigen: »So geht das nicht, meine Herren. Sie können hier nicht einfach herumlaufen und die Ärzte mit Ihren Thesen verrückt machen.«

»Es gibt sie. Diese Besessenheit. Böse Energien, die die Körper der Schwachen als Vehikel verwenden, ihre dunklen Ideen in diese Welt zu transportieren.« Alle waren erstaunt darüber, dass sich Penrose plötzlich zu Wort meldete.

Marciano ergänzte: »Vergessen Sie, was Sie aus den Medien über Besessenheit gelernt haben. Das alles waren Fälle, die von der Kirche als Fehldiagnosen entlarvt und freigegeben wurden. Von den wahren Fällen – wie diesem hier – haben Sie nie etwas mitbekommen, weil der Vatikan das so will.«

»Es ist mir scheißegal, was Sie glauben oder zu glauben wissen. Meine Toleranz und mein Respekt für Ihre Religion werden hier gerade auf eine harte Probe gestellt.« Falko nahm einen großen Schluck aus dem Becher.

Die Tür sprang auf und eine Schwester steckte den Kopf herein. »Die Herren Kommissare?«

»Ja, anwesend«, antwortete Müller.

»Dr. Jepkemoi schickt mich. Sie wollen jetzt die Medikation verabreichen. Sie lässt fragen, ob Sie dabei sein wollen. Allerdings ausdrücklich nur Sie beide.«

Zack, war die Tür wieder zu.

»Das tut uns leid …«

»Kein Problem«, beruhigte Marciano, »wir müssen sowieso telefonieren.«

***

Doktor Jepkemoi zog die Spritze aus Ninjas Arm, als Müller und Falko reinkamen.

Doktor Sollander und eine wuchtige Schwester hatten sich um Ninjas Arm geschlungen, um diesen für die Injektion zu fixieren. Ninja schrie wie von Sinnen durch ihre blutverschmierten Zahnstummel. Als die drei von ihr abließen, wurde sie ruhiger.

»Hey, Kleine. Sch …«, flüsterte Falko, als er auf sie zuging. Er merkte, dass sie sich, ihn fixierend, immer weiter beruhigte.

»Hilfe!«, schluchzte Ninja plötzlich benommen.

»Wobei sollen wir dir helfen?«, fragte Jepkemoi und sah rüber zu Moni, um anzuerkennen, dass ihr Mittel half.

»Wieso hast du das getan?«, fragte Müller aus der hintersten Ecke. Er traute sich nach ihrem Anfall vom Vortag noch immer nicht, sich ihr zu nähern.

»Wieso hast du auf die Menschen geschossen?«

»Ich weiß es nicht. Das wollte ich nicht. Ich habe alles versucht, konnte es aber nicht verhindern! Helft mir doch!« Ninja stöhnte unter den Schmerzen ihrer Blessuren.

»Wie können wir dir helfen?«, fragte Jepkemoi. Ninjas Gesichtszüge waren angsterfüllt und sie begann zu flüstern: »Jemand ist hier drinnen bei mir.« Sie schluckte schwer. »Er foltert mich und lässt mich Bilder sehen. Macht, dass diese Dinge weggehen!«

»Wer ist da bei dir, Ninja? Weißt du, wer da ist?«, fragte Jepkemoi empathisch.

»Das ist kein Mensch! Dieses Ding ist kein Mensch! Es ist ein Monster! Es quält mich! Macht, dass es weggeht! Macht doch bitte, dass es weggeht!«

»Das können wir nicht so einfach.«

»Es kommt zurück! Ich spüre es! Aahhh!« Ninjas Körper bebte. »Helft mir! AAAHHH. – TÖTET MICH! BITTE, SCHNELL! – DIE BILDER, AAHH! DIESE GRAUENHAFTEN BILDER!« Dann wurde Ninja ohnmächtig.

»Was für eine Scheiße …«, fluchte Müller. »Damit ist der Bedarf an Stoff für Albträume für heute Nacht gedeckt.«

»Schizophrenie?«, fragte Falko.

Jepkemoi antwortete: »Eher multiple Persönlichkeitsspaltung. Es scheint so, als dränge sich ein abgespaltener Charakter an die Oberfläche und schiebt den eigentlichen zurück ins Unterbewusstsein. Dieser bekommt jedoch alles mit. Meistens passiert so etwas, weil ein Mensch nicht imstande ist, etwas Grausames zu tun oder zu erdulden. Eine andere Persönlichkeit erscheint dann an deren Stelle, die dazu imstande ist. Aber selbst dafür ist das alles atypisch. Außerdem spricht gegen diese Theorie, dass es noch mehr dieser Fälle gibt. Außer es handelt sich um eine Art ansteckende Geisteskrankheit.«

»Also vielleicht doch ein Virus?«, fragte die wuchtige Schwester, als sie das Quarantänezelt verschloss und sich dann die Hände desinfizieren ging.

Kapitel 8

Falko kam ins Wohnzimmer. Larissa saß auf der Couch und wischte über ihr Smartphone, als würde sie Centstücke aus einem Haufen Kleingeld ziehen. Die Konsole lief und das Menü eines Spiels, das auch Falko gern spielte, war geladen.

»Darf ich?«, fragte er seinen Eifer unterdrückend und setzte sich neben Larissa aufs Sofa.

»Klar.«

»Dieser …?«

»Ego-Shooter«, sagte Larissa mit einem ungnädigen Blick.

»… ist ein perfektes Mittel zum Stressabbau.«

Während die Death-Match-Runde geladen wurde, fragte er Larissa: »Wo ist eure Mutter?«

»Bei Nancy auf der Parzelle. Die wollen da Ordnung schaffen oder so«, antwortete sie und fragte: »Ihr habt euch gestritten, oder?«

»Ja.«

Die Runde begann und die typische Geräuschkulisse aus Explosionen, Mündungsfeuer und gesprochenen Militärparolen setzte ein. Falko wurde sofort abgeschossen und dachte sich: *Wenn die wüssten, dass sie hier einen Kommissar abknallen, würden die bestimmt doppelt so viel Spaß an dem Spiel haben.*

»Tango Down!«, schallte aus der Bose-Surround-Anlage und er war wieder tot.

»So ein blöder Spas… Ups!« Er merkte, dass er fluchen wollte.

Larissa ignorierte das, während sie weiter grübelnd über ihr Handy wischte. Dann raffte sie sich auf, ihre Gedanken preiszugeben. »Ich würde mich echt freuen, wenn ihr das wieder hinbekommt.«

»Scheiße«, fluchte Falko völlig unverblümt nach einem weiteren Onlinetod. Larissa legte ihr Handy weg und widmete ihre Aufmerksamkeit dem Spiel.

»Nimm doch die Pumpgun! Mit dem M4 hast du gar keine Chance. Das ist doch 'ne kleine Map.« Und schon war er wieder tot.

»Falko, du bist echt ein Noob.«

»Was ist denn ein Noob?«

»Na, ein Anfänger. Ein Kann-noch-nicht.«

Falko nickte apathisch, der Controller knirschte in seinen Händen.

»Schieß!«, schrie Larissa. Falko wurde sich plötzlich der Situation bewusst und merkte, dass er noch nie so intim mit seiner quasi Stieftochter im Austausch gewesen war, wie in diesem Augenblick. Nun bemühte er sich mehr um das Gespräch, als um das Spiel.

»Wie läuft es eigentlich mit dem Koreaner?«

Sonst ein viel zu persönliches Thema für Larissa, war sie so vom Spiel gefangen, dass sie einfach antwortete: »Ich bin voll verknallt in Willow. Der ist so der Wahnsinn. Der macht Streetdance. Und verdient sogar ein bisschen Geld mit dem, was du hier gerade versuchst. Nicht viel aber … Treffer! Du wirst besser!«

»Damit kann man Geld verdienen? Wahnsinn.«

»In den meisten asiatischen Ländern ist das ganz normal. Wir lahmen Europäer hinken da voll hinterher.«

»Aber wie geht es denn voran, habt ihr euch schon getroffen?«

»Ja, aber nur so oberflächlich. In der Mall abhängen und so. Ich trau mich einfach nicht, nach 'nem Date zu fragen. Eigentlich wäre das doch seine Aufgabe. Aber von ihm kommt mal so gar nichts.«

»Du musst es dennoch versuchen! Geh einfach davon aus, dass es nicht klappt, dann kannst du nur positiv überrascht werden. Und wenn er tatsächlich ablehnt, sagst du ihm: Du weißt ja nicht, was du verpasst!«

Falko strotzte vor Stolz. Und Larissa war glücklich, da sie jetzt eine Grundlage hatte, die Entscheidung zu fällen, die sie ohnehin schon gefällt hatte. Sie würde ihn fragen.

»Danke, ich glaub, ich mach das einfach.«

»Ich muss dann auch wieder los. Sag deiner Mutter, dass ich da war. Ja?«

Kapitel 9

Um achtzehn Uhr saßen alle zusammen im Büro von Keisler. Fossati, die beiden Priester, Müller und Falko.

Fossati eröffnete das Gespräch: »Ich habe mit dem Hamburger Erzbischof gesprochen und ihm die Situation im AFK geschildert. Er möchte uns helfen. Dazu hat er alles in die Wege geleitet, dass ab morgen Früh die Vorbereitungen getroffen werden können, damit das ehemalige Sanatorium Barrenburg die gesamten Patienten, die an dem vermeintlichen Amok-Phänomen leiden, aufnehmen kann. Es liegt zwanzig Kilometer vor Hamburg und steht seit vierzig Jahren leer.«

»Eine Ruine?«, fragte Falko.

»Nein, Barrenburg wurde in den letzten Jahren für eine Neueröffnung saniert, die in der nächsten Zeit anstehen sollte. Dr. Jepkemoi wird die Verlegung überwachen. Und sie wird alles, was sie benötigt, von uns gestellt bekommen.«

»Das sind ja gute Nachrichten. Das THW und die Feuerwehr werden das Ganze voll unterstützen«, nuschelte Keisler, an seinem Kuli kauend. »Aber was musste ich hören? Sie haben bei van Spreuwen eine Besessenheit diagnostiziert? Ich hoffe, das soll ein Scherz sein.«

Fossati antwortete: »Wir wissen alle, dass sich das befremdlich anhört. Aber glauben Sie mir, wenn die beiden anwesenden Pater eine Besessenheit diagnostizieren, dann sollten wir das nicht beiläufig abtun.«

Keisler quetschte seine Stirnhaut mit Daumen und Zeigefinger zusammen und beugte sich vor: »Bei allem Respekt, meine Herren, ich kann es nicht zulassen, dass Sie hier eine Panik unter den Gläubigen schüren, indem Sie eine solche These veröffentlichen.«

»Das haben wir auch nicht vor. Uns geht es dabei ebenso um Geheimhaltung wie Ihnen. Allerdings müssen wir die nötigen Schritte unternehmen, um dieses Phänomen – wie soll ich sagen? – auszuleiten.«

Falko konnte sich einen Lacher nicht verkneifen.

»Einen Exorzismus? Meine Herren, bitte! Wir leben doch nicht mehr im Mittelalter. Ich muss Ihnen leider Gottes untersagen, irgendetwas Derartiges zu unternehmen. Die Stadt versinkt im Chaos und Sie wollen das Ganze noch mit Hexenverbrennungen anheizen.«

»Herr Keisler, der Erzbischof und ich …«, weiter kam Fossati nicht, da Keisler ihm ins Wort fiel.

»Das war es dann für heute, wir sehen uns morgen wieder. Herr Thurner, würden Sie die Herren bitte in ihr Hotel fahren?«

***

Fossati hatte einen Leihwagen gemietet und so musste Falko nur die beiden Priester in der Gegend herumkutschieren. Es war mittlerweile halb zwölf und Falko wollte nur noch eines: nach Hause.

»Das meinen Sie nicht wirklich ernst mit den Exorzismen, oder?«, fragte Falko etwas von oben herab.

Marciano antwortete mit seinem italienischen Akzent: »Mein lieber Herr Thurner. Mir ist bewusst, dass Sie in Ihrem Leben noch keinen Kontakt mit übernatürlichen Ereignissen hatten. Doch ist dieser Zustand ganz sicher kein Beweis dafür, dass es diese Phänomene nicht gibt. Und glauben Sie mir, wenn ich Ihnen sage, dass ich sie gesehen habe. Diese machen sich gerade über Ihre schöne Stadt her wie Heuschrecken über ein Maisfeld. Wenn Sie sich von uns nicht helfen lassen, werden Sie die Hölle noch im Leben erfahren.«

Da schallte es aus dem Funkgerät: »Achtung! An alle Einheiten. Notruf aus …«

Kapitel 10

Adrian lag mit weit aufgerissenen Augen in seinem Bett und starrte ins Dunkle. Der vierzehnjährige Junge konnte, wie so oft, wenn seine Mutter einen Mann von einem der Vereinsabende mit nach Hause brachte, nicht schlafen.

Während er vor seiner Xbox gesessen und eines dieser Online-Rollenspiele gespielt hatte, was ein paar Wutanfälle mit sich gebracht hatte, war Maria, seine Mutter, mit ihrem Date beschäftigt gewesen. Sie hatten gegessen und zwei Flaschen von ihrem Lieblings-Billigwein vernichtet. Im Anschluss war es wie immer ruhig im Wohnzimmer ihres kleinen Reihenhauses geworden. Die Stille trat meist zwischen elf und zwölf Uhr nachts ein und Adrian machte dann immer seine Konsole aus und warf sich mit Klamotten ins Bett. Manchmal schaffte er es, einzuschlafen, aber meistens klappte das nicht, bevor das Gerumse und Gejaule aus dem mütterlichen Schlafzimmer nebenan angestimmt wurde.

So auch an diesem Abend. Er zog sich die Decke über den Kopf, aber das Stöhnen seiner Mutter grub sich bis zu seinen Ohren durch und ließ Bilder in seinem Kopf aufblitzen, die ihm Übelkeit verursachten. Er ekelte sich vor diesen Geräuschen und Tränen der Scham füllten seine Augen. *Sie muss doch wissen, dass ich das höre*, dachte er und Wut überrannte die Enttäuschung. Wut auf sie, aber viel mehr noch auf ihren Lover. Diesen miesen Hurensohn, der gerade die Würde aus seiner Mutter bumste.
Vor fünf Jahren hatte sein Vater sie verlassen. Er musste also allein mit den Verfehlungen seiner Mutter klarkommen, die sich manchmal bis zu zweimal pro Woche summierten. Es schien das Einzige zu sein, was ihr

Selbstbewusstsein zu stärken vermochte. Die gierigen Blicke der Typen reichten aus, damit sie ihren Schoß für sie öffnete.

Maria ignorierte ihre Schwangerschaft, die schon den fünften Monat erreicht hatte. Adrian sah seine Mutter schon eine ganze Weile nicht mehr an und hatte deshalb nichts bemerkt. Wenn ihre Typen sie auf den Bauch ansprachen, hatte sie einfach ein Bier zu viel getrunken und war aufgebläht. Sie wusste ja nicht mal, wer der Vater war. Da kamen zu viele infrage. Alles war egal geworden, ihr Sohn und die Arbeit als Fußpflegerin. Es zählte nur noch der nächste Schuss, wie bei einem Junkie. Die Spritze musste eben nur aus Fleisch sein, die ihr die Droge direkt in den Körper injizierte.

Adrian wollte gerade die Kopfhörer seines Handys einstöpseln, da wurde das Jaulen seiner Mutter plötzlich anders. Sie fauchte. Ihr *Opfer* klang auf einmal auch anders. Er schrie: »Stopp, Stopp!« Es wurde immer lauter. »Nein! Stopp! STOPP! NEEIIN! AHHHH!«

Dann ein Knall. Als hätte jemand etwas gegen die Wand zu seinem Zimmer gerammt. Adrian saß wie gelähmt im Bett und hatte selbst das Atmen unterbrochen. Dann hörte er leise die Schlafzimmertür auf- und wieder zugehen. Adrian sah unter seiner Tür den Schatten von jemandem, der an der Tür vorbeiging. Dann hörte er, wie jemand den Kühlschrank aufmachte, um eine After-Sex-Fress-Session zu starten. Das beruhigte ihn. Als er sich gerade wieder hinlegte, hörte er plötzlich durch die Wand ein leises Wimmern und Stöhnen. Da litt jemand und trotz all des Hasses auf seine Mutter übermannte ihn die Angst, dass ihr etwas passiert sein könnte.

Er stand auf und schlich zur Tür, öffnete sie und blickte in den dunklen Flur, den seine Fantasie in beide Richtungen mit Mördern und Monstern füllte. Trotzdem durfte er das Licht nicht anmachen. Er wollte keinesfalls einem nackten Lover oder seiner verschwitzten Mutter begegnen. Adrian machte einen langen Schritt und vermied es so, die knarrende Bodendiele zu erwischen. Dann hörte er wieder ein Geräusch aus dem Raum nebenan. Diesmal ein tiefes Stöhnen. Er nahm seinen ganzen verbliebenen Mut zusammen und lugte um die Ecke in das beleuchtete Schlafzimmer. Auf dem Boden vor dem Bett war eine Blutlache, in deren Mitte lag ein kompletter menschlicher Unterkiefer. Adrians ganzer Körper zitterte wie nach einem Marathonlauf. Er konnte die Beine kaum durchgestreckt halten.

Er sah auf zum Bett, auf dem der Lover mit den Leopardenmuster-Handschellen gefesselt war. Haarbüschel mit samt Kopfhaut waren von seinem Schädel gerissen worden und lagen überall herum. In seinem aufgerissenen Kiefer zuckte die Zunge ziellos umher. Der Oberkörper war blutüberströmt. Adrian schluchzte und der Mann sah zu ihm herüber. Ein Blick, den er nie vergessen sollte. Die pure Hilflosigkeit stand in seine Augen geschrieben. Gepaart mit einem Schock. Die Kreatur wollte etwas sagen, doch es blubberte nur Blut aus dem Loch, in dem die Zunge wurzelte. Adrian stolperte zurück in den Flur.

»MAAAAMAAAAAA!«, schrie er, wie er seit den Tagen seiner frühen Kindheit nicht mehr geschrien hatte, ohne den Blick von dem Verletzten abzuwenden. Dann drehte er sich in Richtung Küche und eilte durch den Flur.

Die Küche war eine Baustelle, die einer der Lebensabschnittsgefährten seiner Mutter nach einem Streit halb fertig zurückgelassen hatte. Die Tapeten fehlten, die Kochinsel war bloß ein Skelett und die Verlegung des Laminats war vor Fertigstellung abgebrochen worden.

Adrian schlitterte auf Socken in die dunkle Küche, in der Hoffnung seine Mutter würde jetzt alles richten. Aber da lag er falsch.

Der Kühlschrank stand offen und seine nackte Mutter saß mit dem Rücken davor. Flüssigkeiten glänzten in ihrem ansonsten dunklen Gesicht und auf ihren Brüsten. In ihrem Schatten, den das Kühlschranklicht weit in die Küche hineintrug, lagen auf dem Boden angefangene Lebensmittel, aufgerissen und verstreut. Angebissen und weggeschmissen.

Während seine Augen sich langsam an die Dunkelheit gewöhnten, bemerkte Adrian etwas, das nichts war im Gegensatz zu dem, was zuvor geschehen war. Adrians Mutter knabberte mit soßenverschmiertem Mund an einem Hähnchen oder etwas Ähnlichem herum. Wie eine Bestie riss sie mit ihren Zähnen das Fleisch von den Knochen und würgte es hinunter. Nun wurde Adrian klar, dass das gar kein Hähnchen war, was da vertilgt wurde. Es war ein winziger toter Fötus. Seine Mutter hatte ihn sich selbst mit bloßen Händen aus dem Unterleib gerissen, aus dem immer noch der Mutterkuchen heraushing.

Adrian gab einen Todesschrei von sich. Maria sah durch ihre verharzten Augen zu ihm rüber.

»Zu dir komme ich gleich noch«, grinste sie schmatzend.

In Panik rannte Adrian in sein Zimmer zurück, das er verschloss und von wo er sofort über sein Handy die Polizei alarmierte.

Kapitel 11

Da sie ohnehin ganz in der Nähe des abgesetzten Notrufs waren, hatte Falko diesen übernommen. Er erklärte den Priestern, dass er sie danach sofort zum Hotel bringen würde.

»Sie beide bleiben bitte im Auto! Ich bin so schnell wie möglich wieder da!«

Marciano versicherte ihm Gehorsam.

Als Falko auf das heruntergekommene Haus zukam, sah er einen Jungen an einem der dunklen Fenster winken.

»Hallo«, rief Falko. »Ich bin Kommissar Thurner, hast du uns eben angerufen?«

»Ja! Mama ist verrückt geworden. Sie macht ganz schlimme Sachen. Können Sie hier durchs Fenster reinkommen? Ich weiß nicht, wo sie ist.«

Nicht ganz elegant zog sich Falko in das Hochparterre. Im Kinderzimmer angekommen, versicherte er sich erst einmal der Unversehrtheit des Jungen.

»Okay, du bleibst hier und ich gehe deine Mutter suchen. Ja?«, sagte Falko, keine Zeit verlierend, als er sich sofort aufmachte und sich durch die Zimmertür in den Flur begab. Er ging zum Schlafzimmer, aus dem Licht schien, die Hand an seiner Dienstwaffe.

»Kommissar Thurner hier. Ihr Sohn hat mich gerufen. Brauchen Sie Hilfe?«

Als er einen Blick ins Schlafzimmer warf, wurde ihm augenblicklich schlecht. Der gefesselte Mann mit dem fehlenden Unterkiefer war bewusstlos oder tot, das konnte er auf die Entfernung nicht so recht beurteilen. Eine Frau saß auf ihm und versuchte vergeblich mit ihren blutigen Fingern seinen schlaffen Schwanz in ihren verwüsteten Unterleib zu drücken. Sie drehte sich langsam zu Falko herum und ließ von ihrem ohnehin zum Scheitern verurteilten Vorhaben ab. Einmal knurrte sie kurz, sprang dann vom Bett und hastete auf Falko zu. Er erkannte sofort, dass sie unter dem Amok-Phänomen litt. Die verharzten Augen, die dunkle Kotze und ihr geistiger Zustand ließen keine andere Möglichkeit zu. Falko dachte: *Nur nicht noch ein Zweikampf mit so einer Furie!* Aber da hebelte die Frau ihn schon aus seinem festen Stand und schob ihn durch den Flur in die Küche, wo er quer über das Kücheninsel-Konstrukt geschleudert wurde. Er hatte seine Waffe aus dem Holster gezogen, doch beim Aufschlag auf dem Boden ließ er sie fallen und sie schlitterte unter einen Schrank. Die Irre rannte um die Insel und schnappte sich einen Karton vom Boden, der mit Tellern und Tassen gefüllt war. Bevor Falko hochkam, sauste dieser auf seinen Rücken herab. Der Karton brach auf und das ganze Porzellan zerschellte auf dem Boden. Falko blieb auf dem Boden liegen, drehte sich unter starken Schmerzen zur Seite, um den nächsten Zug der Furie sehen zu können, rammte sich dabei aber eine zerbrochene Tasse ins Schulterblatt.

»AHHH!«, stöhnte er, als er sah, dass die Mutter einen schweren steinernen Mörser mit Stößel hochhielt, um ihm damit ein Ende zu bereiten.

»NEIN!«, rief er und hielt die Hände vors Gesicht. Der Mörser knallte auf seine Finger und diese durch die Wucht des Aufpralls in sein Gesicht. Der Stößel flog aus der Schale und Falko auf die Stirn, ihm wurde schwarz vor Augen. Benommen drehte er sich wieder und versuchte, in Deckung zu krabbeln. Die Tasse steckte immer noch in seiner Schulter. Er hörte hinter sich, wie die Mutter ein Messer aus einem Messerblock zog. In dem Moment klingelte es an der Tür, die, wie Falko gerade bemerkte, direkt vor ihm war. Ihm war klar, dass die Mutter gleich bei ihm sein musste, und er stellte sich vor, wie es sich wohl anfühlen würde, das Messer in die Nieren gerammt zu bekommen. Bei dem Gedanken schoss ihm ein Schwall Energie in die Glieder. Er nutzte sie, um seine Hand hoch zum Türgriff zu strecken und ihn herunterzuziehen. Beim ersten Versuch reichte es noch nicht und er griff ins Leere. Da er noch kein Messer im Rücken spürte, versuchte er es noch mal und diesmal gelang es. Er blieb kurz an dem Griff hängen, bis die Tür aufging, dann rollte er sich zur Seite weg. Die beiden Geistlichen standen vor der offenen Tür.

»Geht es Ihnen gut?«, fragte Marciano, als er sich durch den Türspalt quetschte, die von einem völlig derangierten Falko blockiert wurde. Da sauste schon das Messer auf ihn zu. Falko nutzte die Gelegenheit, um der Mutter die Beine wegzutreten. Ihr nackter Körper klatschte auf den Boden.

»Helfen Sie mir! Wir müssen die Furie ruhigstellen!«

Und schon lagen ein Kommissar und zwei Geistliche auf einer nackten Nymphomanin. Das würde wie ein schlechter Witz klingen, wenn Falko den Bericht dazu schrieb.

Falko versuchte, ihr das Messer aus der Hand zu schütteln, aber sie hatte einfach zu viel Kraft. Penrose wurde heruntergeschleudert, dann Marciano. Falko hielt mit beiden Händen und aller Kraft ihr Handgelenk umklammert. Er wusste, dass weiteres Blut fließen würde, wenn sie die losbekam. Die freie Hand der Mutter begann an Falkos Haaren zu ziehen. Der Schmerz dröhnte in seinem Kopf, aber er ließ nicht locker.

Dann packte Marciano den Arm mit der Hand, die an Falkos Haaren riss, konnte diesen mit aller Kraft lösen und drückte ihn hinunter auf den Boden, wie ein Kind, das den Vater im Armdrücken besiegte, indem es sich mit dem ganzen Körper drauf stemmte. Penrose löste das Problem dann endgültig. Er hatte einen Akkuschrauber aus dem herumstehenden Werkzeugkasten genommen und eine dicke Spax-Schraube mit überbreitem Kopf. Er setzte sie auf der Handfläche von Maria an und drehte sie durch Haut, Fleisch und Muskeln ihrer Handfläche direkt in den Laminatboden hinein. Der Schrauber knatterte, als das maximale Drehmoment erreicht war, und die Schraube die Hand an den Boden spaxte.

Dann zerschlug Marciano den festen Griff der Mutter um das Messer, legte es so frei und half Falko, die andere Hand der Frau gegen die Kücheninsel zu drücken, wo Penrose auch diese festschraubte. Maria schienen die Schmerzen zu amüsieren, da sie plötzlich zu lachen begann.

Falko stolperte erschöpft zurück und sackte an der Wand zusammen.

Penrose holte den Koffer, den er vor der Tür stehen gelassen hatte und öffnete ihn. Er entnahm ein metallenes Kreuz, an dessen horizontalen Enden Riemen mit Schnallen befestigt waren. An der Längsachse war es mit Scharnieren versehen und die vier Streben waren nach hinten gebogen, als könne es sich einer großen Kugel anpassen. Falko beobachtete alles, konnte sich aber nicht einmischen, da er von den Schmerzen wie benebelt war.

»Eure Zeit ist vorbei!«, sagte die Mutter und fixierte Falko. Ihre Stimme klang wie die von jemandem, dem der Kehlkopf entfernt worden war.

»Eure Zeit ist vorbei!«

Penrose legte das Kreuz auf das Gesicht der Mutter und Falko wurde klar, dass die Biegungen der vier Streben genau dafür gedacht waren: sich einem Gesicht anzupassen. Penrose schnallte es über die ledernen Verlängerungen der Querachsen hinter ihrem Kopf zusammen.

Es war genau so geschmiedet worden, dass es quer von den Ohren aus über die Augen verlief und längs über Nase und Mund. Eine austauschbare Kunststoff-Beißschiene war an der unteren Strebe befestigt. Sie passte überhaupt nicht zu dem antiken Kreuz und war offensichtlich nachträglich montiert worden. Die Beißschiene verschwand in ihrem Mund. Die Mutter fing jetzt an zu schreien und an ihren verschraubten Händen zu reißen.

»Was macht ihr da?«, flüsterte Falko hilflos.

Penrose erklärte es pragmatisch: »Wir treiben ihr das Ungeheuer aus, welches sie in Besitz genommen hat. Das Kreuz soll die Sinne verschließen, durch die der Dämon an uns gelangen kann. Das ist der Ritus nach dem Markus-Evangelium. Nur wenige kennen ihn und können ihn durchführen.«

Währenddessen hatte Penrose schon eine Art Tropf aufgestellt, an dem er einen schwarzen Kunststoffbeutel mit einem goldenen eingestanzten Kreuz aufhängte. Dann nahm er ein Kruzifix, das nur aus einem komplett schwarzen Jesus in gekreuzigter Pose bestand und segnete damit den Beutelinhalt.

»Herr, segne dieses Wasser, damit es reinwasche die Seele dieser armen Kreatur.«

Penrose schaltete ein kleines stroboskopartiges Blitzlicht ein, das er an eine Steckdose angeschlossen hatte. Falko kniff die Augen zusammen, da dies seine Kopfschmerzen exponentiell verstärkte.

»Hören Sie auf mit diesem Hokuspokus!«, lallte er. Penrose begann auf Aramäisch, Hebräisch, Lateinisch und der seltsamen Sprache, die auch die Niederländerin gesprochen hatte, Verse aufzusagen. Marciano positionierte den Tropf über Maria und justierte ihn so, dass er direkt in das Zentrum des Kreuzes zielte. Dann öffnete er den Regler am unteren Ende und das Tropfen begann.

Das Kreuz verteilte die Flüssigkeit direkt auf die Sinnesorgane. Maria schrie, als würde ihr Salzsäure in die Augen laufen. Ihre Blase entleerte sich. Marciano, der sich hinter dem Kruzifix versteckte, und Penrose positionierten sich jeweils am linken und rechten Ohr ihrer Patientin und beteten abwechselnd Verse. Sie antwortete in der Sprache der Dämonen und mit blankem Geschrei.

»Schluss damit!«, befahl Falko, der damit weiteren Schaden vermeiden wollte, und versuchte sich aufzurappeln, knickte aber wieder weg. Penrose holte ein Tuch aus einer kleinen Schatulle, die in dem Koffer war. Es sah aus wie ein uralter Waschlappen. Als Penrose das Tuch über das zuckende Gesicht von Maria legte und es mit seiner gelähmten Hand glattstrich, glaubte Falko kurz ein langes gespenstisches Gesicht darauf zu erkennen. Ein Trugbild? Er traute seinen Augen nicht, kniff sie einmal zusammen und als er wieder hinsah war, was auch immer es gewesen war, verschwunden.

Marciano erhöhte die Tropffrequenz, sodass schon fast ein dünner Weihwasserstrahl auf das Tuch niederging. Das Geschrei erstickte in dem nassen Textil. Bilder von Waterboarding kamen Falko in den Sinn und er wusste, dass er diese Tortur hier und jetzt beenden musste, da es sonst ernste Konsequenzen für ihn haben würde.

Dann sah er plötzlich, dass Adrian in der Küchentür stand. Er bekam das ganze Geschehen mit.

Scheiße!, dachte Falko. Und dann merkte er, dass Adrian den Albtraum filmte, der hier auf dem Boden der Küche stattfand. Falko blieb die Luft weg.

»Verschwinde, Junge!«

Falko zog ein Knie nach oben und bekam den dazugehörigen Fuß auf den Boden. Nun drückte er seinen erschöpften Körper in die Höhe, wo er eine Weile brauchte, um das Gleichgewicht wiederzuerlangen. Gerade, als er zu dem kreidebleichen Jungen rennen wollte, um ihm das Handy aus der Hand zu reißen, wurde ihm bewusst, dass es schlagartig ruhig geworden war.

Maria lag still auf dem Boden, ihr Schreien war verstummt. *Atmet sie noch?*, fragte sich Falko. *Oh Gott, lass sie bitte nicht tot sein.*

Dann zog Penrose das nasse Tuch weg, das sich gespenstisch anmutend an das Gesicht mit dem umgeschnallten Kreuz gesaugt hatte. Keine Reaktion. Sie hatten sie erstickt.

Schlagzeile: Oberkommissar vor Gericht. F. Thurner wird verdächtigt, an einem ominösen Folter-Exorzismus teilgenommen zu haben, den die vermeintlich besessene Person nicht überlebt hat.

Falkos dunkle Zukunftsvision platzte, als plötzlich eine schwarze Flüssigkeit aus Marias Mund an der Beißschiene vorbeispritzte. Sofort entfernte Marciano das Kreuz und schob den Tropf beiseite. Penrose setzte sich in eine Ecke und murmelte ein Gebet.

»Es ist weg! Es ist weg!«, freute sich Maria, Unmengen einer schwarzen Substanz spuckend. Es war vorbei. Falko sah es in ihren Augen, aus denen nun kleine Flüsse aus Tränen rannen.

»Aber …«, sie verschluckte ein Schluchzen, »… aber ich habe mein Baby …« Sie konnte es nicht aussprechen also schrie sie: »MEIN BABY!«

In dem Moment trat die Spezialeinheit die Tür ein.

Falko verstand die Welt nicht mehr. *Was ist hier soeben passiert? Haben die beiden Männer, die von der Spezialeinheit beiseitegeschoben wurden, gerade einen Dämon zurück in die Hölle geschickt? Ist das möglich?* Alles lief wie in Zeitlupe ab. Sanitäter eilten an Falko vorbei, als wäre er gar nicht da, sie bedeckten Marias Blöße und widmeten sich dann der Verschraubung ihrer Hände. Ein SEK-Beamte kümmerte sich um den Jungen, der sein Handy wieder weggesteckt hatte, als ein anderer aus dem Flur zurückkam und rief: »Hier hinten ist noch einer! Der braucht Hilfe. Schnell!«

»Mein Baby! Wo ist mein Baby?«, keifte Maria und drehte ihren Kopf nach hinten. Ein Sanitäter fand es gerade in diesem Moment. Es lag zwischen den Essensresten vor dem Kühlschrank. Völlig still, als wäre nie Leben in ihm gewesen. Alle im Raum sahen in das entsetzte Gesicht des Sanitäters oder auf das, was er gefunden hatte.

Falkos Wahrnehmung war so getrübt, dass er selbst diesen grausigen Fund nicht wirklich wahrnahm. Er hatte gerade das erlebt, was Gläubige wohl eine Erleuchtung nannten. Eine übersinnliche Erfahrung. Auch wenn er alles, was hier gerade passiert war, immer noch hätte rational erklären können, so hatte er nun gar nicht mehr das Verlangen danach.

Gibt es also wirklich Dämonen? Bis eben gab es für Falko nicht einmal einen Gott. Und jetzt, jetzt war alles möglich.

Teil 5 - Barrenburg

Kapitel 1

Ohne Aussprache hatten sich Melinda und Falko einander wieder genähert. Im Vergleich zu Falkos Erlebnissen in der Vorstadtwohnung, bei der ein Baby von seiner Mutter aufgefressen worden war, wirkte ihr Konflikt wie eine Bagatelle. Das Thema Heirat wurde von beiden gemieden, doch lag es wie ein totes Vieh im Brunnen ihrer Beziehung.

Kapitel 2

Donnerstag

Rhythmische Bewegungen schaukelten Falko aus einem tiefen Schlaf an die Oberfläche seines Bewusstseins. Es fühlte sich an, als hätte er stundenlang während einer monotonen Autofahrt auf einer Autobahn geschlafen und würde jetzt durch die Unruhe des Stadtverkehrs geweckt werden.

Falko bemerkte, dass sein erigierter Penis in einer Frau steckte. Seine Augen schlugen auf und er spürte, wie sich aus eben diesen eine Flüssigkeit wie verdünnter Honig abseilte, auf das Gesicht der Person, deren Hals er in den Händen hielt und offenbar würgte. Das Gesicht von Melinda. Er hatte sie mit dem Griff seiner Hände um ihren Hals getötet. Ihre weit aufgerissenen Augen blickten ihn in erstarrter Todesangst an.

Er war besessen. Das wurde ihm klar, als sein Körper in die Leiche unter ihm ejakulierte. Er ließ die Leiche von Melinda, der von ihm am meisten auf der Welt geliebten Person, links liegen und stand auf. Sein Körper bewegte sich gegen seinen Willen und er verließ das Schlafzimmer in Richtung Kinderzimmer. Er musste bremsen, sich am Geländer festhalten, den Körper irgendwie zum Stehen bringen. Sein Geist hätte am liebsten einen Anker geworfen, aber es gab nichts Vergleichbares. Er tobte wie ein hysterischer Affe in dem Gefängnis seines Geistes.

Falko wehrte sich gegen die Schritte, er versuchte sich zu konzentrieren, aber das half nichts, sein Gang wurde nur zombiehaft ungelenk. Dann ein Blackout und er stand plötzlich im Zimmer der Zwillinge. Sina lag im rechten Bett, hatte die Bettdecke halb von der Matratze gestrampelt und kuschelte mit einem zusammengerollten Kissen unter ihrem Bauch.

Falko spürte, wie sein Körper den Hintern seiner Ziehtochter anvisierte, er flehte irgendwelche nicht näher definierten Mächte an, das hier zu stoppen. Als das nichts half, versuchte er seinen Körper ins Wanken zu bringen, als säße er in einem Boot, das er zum Kentern bringen wolle. Es führte nur dazu, dass dieser begann, auf das Bett zuzutorkeln, die Hand auszustrecken und nach dem Hintern in der Unterhose mit den aufgedruckten Katzengesichtern zu greifen. In dem Moment schnellte Sina herum, von Falkos Schnaufen geweckt. Doch statt des vertrauten Gesichts blickte Falko das von der ramponierten Ninja van Spreuwen entgegen, mit abgebrochenen scharfkantigen Zähnen nach ihm schnappend. Falko wachte auf. Er wollte schreien, aber er musste erst mal den Mangel an Sauerstoff ausgleichen. Es schien, als hätte er minutenlang nicht geatmet. Alles um ihn herum war leise geworden, da in seinem Kopf eine fallengelassene Flex wütete.

»Ein Albtraum?«, fragte Melinda, die völlig verängstigt neben ihm saß. »Nur ein Albtraum«, versuchte sie, ihn zu beruhigen.

Nach einer Weile Ruhe, schleppte Falko sich ins Bad, wo er etwas pausierte. Sein Gesicht lag in den wie ein Buch aufgeschlagenen Händen. Sein Gehör verfolgte dabei die Nachrichten auf dem Tablet neben dem Spiegel, auf dem man verrauschte Schwarzweißbilder der irdischen Atmosphäre sah.

»... der Astronom Professor Bernard vom Karl-Eschers-Observatorium meint, eine Verbindung zu erkennen. In diesem Video will er seltsame Blitze in der Stratosphäre gesehen haben, die von der ISS aus gefilmt und europaweit von den Sternwarten aus beobachtet wurden, genau mit den Fällen des Amok-Phänomens zusammenfielen. – Hamburg: Gestern noch als ein Wunder gefeiert, musste das Universitätsklinikum AFK heute bekannt geben, dass Lukas Disselmeyer gestern Nacht aus seinem Zimmer entführt worden ist. Eine Krankenschwester wurde bei der Aktion von dem oder den Tätern niedergeschlagen, und erlitt schwere Verletzungen.«

Falko nahm mit den hohlen Händen Wasser aus dem Hahn auf, schlürfte einen Schluck und spritzte sich den Rest ins Gesicht. Dieses Ritual sollte die Bilder aus seinem Kopf verbannen.

Kapitel 3

Das Kloster Barrenburg war eine Ansammlung von kargen Backsteingebäuden, die sich inmitten von kleinen Auen, Gräben, Äckern und Wäldchen zu einer kleinen Insel menschlicher Baukunst zusammenschlossen. Von oben gesehen wie Dominosteine willkürlich aneinandergestellt, endete eines der Gebäude an einer stattlichen aber schlichten Kapelle, deren Kirchturm alle anderen Dächer überragte.

Doktor Jepkemoi war erst weit nach Mitternacht ins Bett gekommen und dann nach einer sehr kurzen, von Albträumen durchsetzen Nacht wieder früh aufgestanden. Dann hatte sie sich mit dem Zug aufgemacht, hier heraus aufs Land zu fahren.

Die Objektverwalterin holte sie mit einem Auto am Bahnhof ab. Sie fuhren noch zehn Minuten über Land, um dann eine lange breite, stark verwitterte Allee zu passieren, die bis zum Haupteingang der Heilanstalt führte.

Der Gebäudekomplex wirkte, wenn man davorstand, ungleich monströser. Etliche Autos parkten auf dem Kreisel, der sich vor dem Hauptgebäude befand. THW, Feuerwehr, Krankenwagen und noch weitere. Tischler und Dachdecker waren im Begriff, eilig ihre Arbeiten abzuschließen.

Die Verwalterin, die sich als Margret Mazur vorgestellt hatte, führte sie durch die Eingangshalle und dann in einen der Flure, die gerade für die Aufnahme der *Infizierten* präpariert wurde. Die Männer vom THW und von der Feuerwehr waren gerade dabei, Betten in die Flure zu schieben und sie mit den Kopfenden an den Seitenwänden aufzustellen. Die Flure waren alt und im gotischen Stil gehalten. Gewölbt, spitz nach oben bis zu fünf Meter zulaufend, nur von schmalen Fenstern mit bunten Gläsern erhellt.

Nach mehreren Gängen kamen sie ans Ende der sanierten Sektion. Hier standen allerlei Vitrinen, in denen sich eine Sammlung von Gegenständen aus der langen und düsteren Geschichte dieses Bauwerks befanden. Jepkemoi sah sich die Dinge an, während ihre Begleitung einen Anruf auf ihrem Handy annahm. In den Vitrinen waren Trichter zur Zwangsernährung, alte Zwangsjacken, Zangen, Stöcke mit Schlaufen, Knüppel und vieles mehr ausgestellt.

Am Ende kam sie bei den ältesten Exponaten an. Die Vitrinen waren chronologisch angeordnet. Jepkemois Interesse weckte eine Vitrine, in der sich nur ein seltsamer Handschuh befand. Er bestand aus zähem Leder und die Finger waren zusammengenäht. Zwischen Daumen und Zeigefinger war ein Lederstück wie eine Schwimmhaut eingebracht. Es wirkte ein bisschen so, als handle es sich um einen mittelalterlichen Baseballhandschuh.

»Der Todeshandschuh.«

»Bitte?«, fragte Jepkemoi. Frau Mazur stand wieder hinter ihr, sie hatte gar nicht bemerkt, dass diese ihr Telefonat beendet hatte.

»Das ist der Todeshandschuh. Mitte des achtzehnten Jahrhunderts wurde Barrenburg als Lazarett für Pestkranke genutzt.« Bei diesem Thema legte Frau Mazur Euphorie an den Tag. »Es war hoffnungslos überfüllt, tausende Patienten reihten sich in den Gängen. Die hygienischen Zustände müssen grauenhaft gewesen sein. Als immer mehr Patienten darum baten, dass man sie von ihrem Leiden erlösen solle, gab es nur einen, der diesem Wunsch nachkam – entgegen der Vorgaben seiner Religion. Sie nannten ihn ›Pater Tod‹. Er kam nachts, seine Kapuze tief ins Gesicht gezogen, und schlich über die

Flure. Hob einer der Patienten die Hand, kam der Pater zu ihm ans Bett und sprach leise ein Gebet, während er den Befallenen, diesen sogenannten Todeshandschuh, in das von Pestwarzen übersäte Gesicht drückte.« Frau Mazur musste vor Ekel schlucken. »Er presste so lange, bis dieser erstickt war. Der Handschuh passte sich Mund und Nase genau an. Pater Tod verwendete ihn vermutlich, damit er sich nicht ansteckte.«

Jepkemoi lauschte gespannt und fragte: »Wie viele? Wie viele hat er …?«

»Genau weiß man das natürlich nicht, aber man sagt, dass über Tausend ihren Tod in diesem Handschuh gefunden haben.«

Eine eisige Gänsehaut kroch Jepkemoi die Wirbelsäule entlang in den Nacken hoch, als sie sich, den Handschuh anstarrend, das Geschilderte vorstellte. Sie schüttelte sich.

»Da sind Sie ja«, sagte Fossati, als er die beiden Frauen vor der Vitrine erblickte.

»Ich habe Sie schon überall gesucht. Wie sieht es denn aus?«

»Also, ein, zwei Tage noch, würde ich sagen. Wir haben leider noch kein fließendes Wasser«, antwortete die Verwalterin.

»Reicht Ihnen das, Frau Doktor?«

»Es wird wohl reichen müssen.«

Kapitel 4

Als Müller Falko an diesem Morgen abholte, bat dieser ihn, noch nicht loszufahren. Sie mussten reden.

Falko erzählte ihm die Horrorstory vom Vorabend. Müller hörte aufmerksam zu. Als Atheist hatte er die Wohnung betreten, aber als er sie wieder verlassen hatte, glaubte er zumindest an den Tatbestand der Besessenheit.

»Ich weiß ehrlich nicht, was ich gesehen habe, aber die haben da irgendetwas aus der Frau herausgeholt und vertrieben. Und ich habe total beschissen geschlafen.«

Müller glaubte ihm, er war sowieso schon davon überzeugt gewesen, wie Falko klar wurde. Hier waren Mächte am Werk, von denen niemand eine Vorstellung gehabt hatte.

***

Eine halbe Stunde später saßen die beiden Priester auf der Rückbank und Müller fuhr sie ins Dezernat.

»Meine Herren, Sie haben mich mit Ihrer Show gestern überzeugt. Und mein Kollege war schon vorher auf Ihrer Seite. Also, was schlagen Sie vor? Wie sollen wir vorgehen?«

Marciano antwortete: »Wir müssen sie alle exorzieren, einen nach dem anderen. Und die werden sicher nicht alle so einfach zu befreien sein, wie die Frau von gestern.«

Falko drehte sich um und sah den Pater verwirrt an.

»Einfach?«, fragte er.

»Ja, der Dämon war noch nicht sehr tief in die Dame eingedrungen, wir konnten ihn schnell wieder verjagen. Aber wenn sie sich erst mal in ihre Seelen verbissen haben, kann es Tage oder Wochen dauern, bis man sie wieder von ihnen ablösen kann. Es kann sogar sein, dass sie gar nicht mehr herauszubekommen sind.«

Als Marciano das sagte, sah er besorgt zu Penrose hinüber, welcher einen ähnlichen Ausdruck im Gesicht zeigte. Falko merkte, dass die beiden eine böse Erfahrung teilten. Dann sprach Marciano weiter, um die Gedanken zu vertreiben:

»Wir haben den Vatikan bereits informiert, dass es sich bei den Fällen um echte Besessenheit handelt und er hat uns vollste Unterstützung zugesichert. Allerdings benötigen wir die Zustimmung der örtlichen Justiz, um mit den Exorzismen zu beginnen.«

»Das können wir, denke ich, vergessen«, spekulierte Falko. »Wäre ich gestern nicht live dabei gewesen, hätten Sie auch mich niemals davon überzeugen können, dass es sich hierbei um Dämonen handelt. Ich will es eigentlich immer noch nicht glauben.«

»In dem Fall würden die Betroffenen den Rest ihres Lebens in ihren ganz persönlichen Höllen verbringen.«

»Okay, was soll's. Versuchen wir den Boss zu überzeugen«, posaunte Falko enthusiastisch.

***

Eine Stunde später kamen alle aus Keislers Büro. Als sie wieder auf dem Flur standen, überlegte Falko kurz und offerierte dann seinen Plan: »Ich habe noch eine andere Idee. Wir schleichen uns heute Nacht in die Klinik und befreien die junge Niederländerin von ihrem Parasiten. Damit können wir Frau Doktor Jepkemoi möglicherweise überzeugen. Und mit ihr zusammen können wir vielleicht auch Keisler auf unsere Seite bringen.« Die beiden Geistlichen nickten stumm. In dem Moment kam Nobinski um die Ecke.

»Hey, ich hab euch schon gesucht. Wir haben einen anonymen Anruf bekommen, dass in einer Fixerstube am Transenstrich irgendein satanischer Scheiß ablaufen soll. Ist das nicht was für euch und die beiden Teufelsaustreiber hier?«

»Dafür ist leider keine Zeit, wir haben eine Verabredung mit dem Kardinalstaatssekretär Fossati«, entschuldigte sich Marciano.

»Gib schon her«, Müller riss Nobinski den Notizzettel mit der Adresse aus der Hand, »wir kümmern uns drum.«

Kapitel 5

»Liebe Freunde«, begann Freddy die Rede vor seinen Jüngern, die in ihren weißen Gewändern gespannt auf allem hockten, was die besetzte Villa zum Sitzen hergab, »alle Religionen sind falsch! Es gibt keinen Gott! Vielleicht gab es mal einen, aber dann hat dieser sich, von der Abartigkeit seines Werkes erschrocken, schon vor Ewigkeiten abgewandt.«

Freddy packte den provisorischen Altar und drückte ihn so hart, dass er knarrte: »Meine treuen Freunde. Unsere Existenz ist wie eine lange qualvolle Vergewaltigung, die die Realität an uns verübt. Die Buddhisten predigen: Wehrt euch nicht, dann tut es nicht so weh. Aber ich sage: Genießen wir das Leiden, denn es ist die einzig denkbare spirituelle Erfahrung, die wir machen können. Laben wir uns an der einzig wahren Delikatesse: dem süßen Leiden. Unterwerft euch dieser Kunst und lasset uns folgen den Dämonen. Sie sind die einzigen Engel, die wir brauchen.«

Aladin brachte einen Jungen im Rollstuhl auf die Bühne. Es war der kleine Lukas. Er war mit Lederschnallen am Rollstuhl fixiert. Seine harzigen gelben Augen scannten das Publikum mit verstörender Finsternis. Bernsteinfarbenes Gelee purzelte aus den Mundwinkeln seiner zerbissenen blutverkrusteten Lippen des schräg aufstehenden Mundes.

»Der Prophet der Qualen.« So stellte Freddy ihn stolz den Anhängern vor, die laut anfingen zu jubeln und nach und nach auf die Knie fielen.

»Übergeben wir ihm unser Gastgeschenk.«

Freddy ging voraus und Aladin schob Lukas hinter ihm her. Dabei teilte dieser die beiden hölzernen Schiebetüren, die in den großen Bankett-Saal im Nebenraum führten. Hier waren Stühle und Tische beiseitegeschoben worden. Auf einigen von ihnen saßen noch Mitglieder der Familie mit Panzerband stabilisiert, die Kehlen durchschnitten, die hier vor der Besetzung gewohnt hatte. Die Mutter von Aladin begann ebenfalls in dieser Reihe zu verwesen. Aladin hatte sie mit seinen eigenen Händen erwürgt, in der Hoffnung, Freddy damit Genüge zu tun.

Leider war das noch das Harmloseste, was sich in diesem Raum befand. Die fünf Jungfrauen waren ebenfalls dort. Aladin und seine Helfer hatten sie entführt. Die Mädchen waren nackt und so übereinandergelegt worden, dass ihre ausgestreckten Extremitäten ein Pentagramm ergaben. Mit Nägeln in der Länge von chinesischen Essstäbchen hatte man sie auf dem Parkettboden festgenagelt. Sie wimmerten einstimmig und realisierten nicht, was ihnen widerfuhr. Neben diesem abscheulichen Kunstwerk befand sich ein kleiner, voll bestückter Werkzeugwagen, wie man sie aus Autowerkstätten kannte. Die Schubladen waren aufgezogen, Zangen, Messer und Sägen darbietend. Als Lukas dies sah, wurde er unruhig.

»Dies alles ist für dich. Auf dass du uns den rechten Weg weisend führen möchtest«, sprach Freddy und Aladin öffnete die Fesseln des Dämonen. Dieser stürzte sich in den Saal und griff sich ein Teppichmesser aus dem Werkzeugwagen.

Zufrieden wie ein Vater, der sein Kind zum Spielen rausließ, schloss Freddy die Türen hinter den beginnenden Schreien der Agonie, die nun laut wurden.

Kapitel 6

Der Transenstrich war übel. Nicht so sympathisch und voller Touristen wie die Rotlichtszene an der Reeperbahn. Dies war der Fleischmarkt der Perversionen. Hier gab es Freaks, Ladyboys, Fixer und Sadomaso-Figuren, die in ihren Latexanzügen von Dominas auf und ab geführt wurden. Jeder denkbare Fetisch wurde hier bedient. Wollte man sich einen Nagel durch die Eichel schlagen lassen, dann fand man hier jemanden, der das für einen erledigte. Die menschlichen Kunstwerke, Projektionen der Gelüste anderer, tummelten sich die alte Backsteinstraße entlang und suchten Schatten in den Eingängen längst insolventer Ladengeschäfte.

Die Mittagssonne knallte, ließ das Leder knirschen und die Sklaven in ihren Latexmonturen schwitzen. Falko und Müller saßen in der E-Klasse und beobachteten die Meile. Die Klimaanlage brummte.

Zehn Minuten des Schweigens vergingen.

»Wo sind eigentlich die ganzen Mösenmakler?«, fragte Müller.

»Wer?«, hakte Falko nach.

»Na, die Zuhälter.«

»Ach, die. Die sitzen zu Hause am PC und kontrollieren ihre Schwalben per GPS in den Handys der Prostituierten. Wenn die hier zu lange rumstehen, dann gibt es ’ne Ermahnung per SMS. Nur um sie zu verprügeln, müssen sie noch persönlich herkommen. Das ist die Zukunft, so machen das bald …«

Falko unterbrach seine Spekulationen, da jemand aus dem dunklen Eingang, den sie beobachteten, ins Licht des Bürgersteigs trat. Der Mann hatte keine Augen mehr.

»Scheiße, was ist da denn los?«, fluchte Falko, als er sich abschnallte, ausstieg und, ohne auf Müller zu warten, zu dem abgemagerten Mann in Unterwäsche rannte.

»Was ist mit Ihnen passiert?«, fragte Falko, als er ihn erreichte. Müller kam ihm hinterher und drängte eine von Crystal Meth zerstörte Dragqueen zurück, die zu neugierig war.

»Polizei! Bleiben Sie zurück!«

»Sie wollen sie essen! Sie wollen meine Augen essen! Das sind keine Menschen!«

»Sind da noch mehr Leute drin?«, fragte Falko den Mann, der ihn anhand der Stimme lokalisierte. Der legte ihm die Hände auf die Schultern und neigte seinen Kopf, dass es wirkte, als würde er Falko mit der blutigen Leere hinter den spannungsfreien Augenlidern ansehen. Dann keuchte er ein »Jaaaa!« und brach zusammen. Müller hatte schon per Funk die Dienststelle informiert.

»Das SEK und der Notarzt sind unterwegs«, sagte er, während Falko den Verletzten aus dem Ausgang unter das vernagelte Ladenfenster zog und dort in die stabile Seitenlage brachte.

»Wollen wir reingehen?«

Falko nickte, der Blick leicht besorgt. Dann holte er die Dragqueen heran und wies sie an, auf den Mann mit den ausgerissenen Augen achtzugeben, bis der Notarzt da war, zog seine Waffe und ging voran in den dunklen Eingang.

Ihre Augen gewöhnten sich nur langsam an die Dunkelheit des Hausflurs. Aufgebrochene Briefkästen, der Boden mit Werbeprospekten, Mahnungen und Rechnungen bedeckt, ein schrottreifer Kinderwagen ohne Räder, dann eine alte knarrende Holztreppe, die sie vergeblich versuchten, geräuschlos zu erklimmen. Die Fenster waren alle vernagelt und durch die vielen Ritzen schnitt sich das grelle Sonnenlicht durch die schwüle staubig-muffige Luft. Sie erreichten eine Wohnungstür, die lediglich angelehnt war. Müller kniete sich hin und legte seine Waffe an, während sich Falko links der Tür positionierte und stumm mit der Hand von drei herunterzählte. Als er alle Finger eingezogen hatte, stieß er mit einem ordentlichen Ruck die Tür auf. Sie knallte gegen die Wand und gab den Blick auf einen dunklen Flur frei, aus dem ihnen ein warmer Gestank wie von zu salziger Brühe entgegenströmte. Müller bestätigte die Sicherheit des Flures durch ein Nicken und Falko stürmte hinein. Müller folgte ihm, drehte sich um, als er die Tür passierte, und gab Falko Rückendeckung. Dieser zielte auf den Weg zum Ende des Flurs seitlich in eine schmale Küche, in der irgendetwas in einem riesigen Topf kochte, hielt sich damit aber nicht auf und trat die Tür auf, die nun das Wohnzimmer begehbar machte. Die Intensität des Gestanks verdreifachte sich und wurde durch eine brennende saure Komponente ergänzt. Falko musste würgen. Die Übelkeit verstärkend addierte sich ein Bild wie aus einem Horrorfilm dazu. Der Raum war gefüllt mit Sofas und Matratzen vom Sperrmüll. Besessene hatten sich auf diesen versammelt und feierten eine blutige Folterorgie mit menschlichen Gästen und Opfern. Falko musste kotzen. Sein System für innere Sicherheit musste irgendetwas tun, um mit der Bildgewalt fertig zu werden, die sich seiner Wahrnehmung hier darbot. Kotzen ging schnell, lenkte ab und befreite. Müller kam dazu und erstarrte.

Zwei Besessene lagen auf einem Sofa und kopulierten in Missionarsstellung. Sie hatten sich offensichtlich vor einiger Zeit dabei mit Säure übergießen lassen. Ihre Bewegungen waren nur noch schwach und sie fickten, während das Leben langsam aus ihnen wich. Die Wirbelsäule des Mannes war komplett freigelegt und es sah aus, als hätte sich seine Haut verflüssigt und wäre beim Herunterkleckern auf die Frau unter ihm mit deren Haut verschmolzen. Man konnte nicht klar sagen, wo der eine anfing und der andere aufhörte. Es war ein wächsernes Kunstwerk, das sich menschlichen Idealen versagte und einer außerweltlichen Mathematik folgte.

Auf einer zerschundenen Couch saß ein weiterer nackter Besessener, der sich von einer Frau einen blasen ließ, die sich, wie es alle Besessenen taten, die Zähne kaputtgebissen hatte. Sie schädigte damit irreversibel das Genital des Mannes. Währenddessen nagte dieser sich das Fleisch von den eigenen Fingern, als wäre es ein Fremdkörper, den er beseitigen musste. Zwei hatte er schon völlig vom Fleisch befreit. Ein anderer kratzte die Frau, die den blutigen Blowjob vollzog, so vehement, dass diese überall offene Stellen hatte, in denen die blutigen Muskeln glänzten.

Ein monotones Stöhnen waberte durch den Raum. Falko, der sich den Mund mit dem Handrücken abwischte, bemerkte noch eine weitere Frau hinten im Raum. Sie hatte sich selbst das Bein mit einem Messer geöffnet, um nun mit verschiedenen Fixerwerkzeugen in der aufgeklappten Wunde herumzudoktern. Traf sie einen Nerv, verzerrte sich ihr Gesicht vor Schmerzen und verzog sich fließend in ein perverses Grinsen.

Als der Kratzende durch Falkos Würgen aufmerksam auf ihn wurde, griff dieser sich ein Messer vom Tisch und rannte in stumpfer Raserei auf ihn zu. Falko hatte genug, er wollte keine Ringkämpfe oder ekligen Finger in seinem Mund spüren. Also legte er an und drückte ab. Sein frisches Tattoo pochte. Viermal feuerte er. Alles Kopftreffer. Der Besessene knallte der Länge nach hin, wie ein kleiner Junge bei seinen ersten Versuchen, zu laufen.

Das SEK traf ein und übernahm dieses höllische Geschehen. Die Männer in ihren Kampfanzügen, noch nicht müde von den Rangeleien mit den Besessenen, lieferten sich sofort einen heftigen Kampf mit den Dämonen. Sie konnten diese zwar überwältigen, aber ein Beamter wurde durch einen Biss ins Handgelenk verletzt.

Kapitel 7

Eine Stunde später trafen Falko und Müller mit den sechs gut verzurrten Besessenen auf der Station von Doktor Jepkemoi ein. Diese schien gerade das Chaos in der Psychiatrischen gebannt zu haben und sah sich nun einer weiteren Ladung Wahnsinn gegenüber.

»Unmöglich!«, sagte sie empört. »Wir können hier niemanden mehr aufnehmen! Rufen sie Fossati an, der soll Barrenburg freigeben. Dann können wir die Neuzugänge sofort dorthin weiterleiten. Hier geht nichts mehr.«

Den ganzen Flur entlang lagen die Besessenen auf Bahren geschnallt und wanden sich unermüdlich jammernd und ächzend in ihren Fesseln. Also bremste Falko mit ausgebreiteten Armen die Karawane aus SEK, Rettungssanitätern und den Bahren, schnappte sich sein Handy und rief seinen Chef an.

***

Nachdem der Abtransport in das ehemalige Kloster Barrenburg arrangiert worden war, winkte Doktor Jepkemoi die beiden Kommissare zu sich und fragte sie, ob sie kurz Zeit hätten.

»Betabraphocen, das experimentelle Mittel, mit dem wir gestern eine temporäre Stabilisierung von Frau van Spreuwens Geisteszustand erreichen konnten, erzielte bei der erneuten Verabreichung in gleicher Dosierung leider keine Wirkung mehr. Als wir das Präparat bei Frau Sorgenfrei, die mit ihrem Auto auf den DOM raste, anwendeten, konnten wir wiederum einen Moment der Klarheit erreichen, aber auch bei ihr war der Zustand nicht reproduzierbar. Das bedeutet, dass wir kein Mittel gegen diese Krankheit haben.«

»Frau, äh, Doktor Jepkemoi, wir hätten da vielleicht einen anderen Ansatz. Die Frau, die gestern Abend eingeliefert wurde. Maria …?«

»Frau Vollmer.«

»Ja, genau. Hat diese noch irgendwelche Anzeichen dieses *Amok-Virus*?«

»Nein, sie leidet unter einem schweren Schock und ist nicht ansprechbar, aber sie zeigt sonst keine passende Symptomatik.«

»Ich weiß, dass das absolut bescheuert klingt, aber ich habe gestern mit eigenen Augen gesehen, wie die beiden, Pater Penrose und Marciano, einen rituellen Exorzismus an Frau …«, Falko stotterte, weil ihm das Thema höchst peinlich war.

»Vollmer«, warf Müller ein und hoffte, dass er damit seinen Teil zu diesem Gespräch beigetragen hatte.

»… Vollmer vollzogen. Und sie war hinterher, wie soll ich sagen? Geheilt?«

Doktor Jepkemoi schloss die Augen zu und kippte ihren Kopf in den Nacken.

»Bitte, meine Herren, bitte nicht! Ich stamme aus einem Land, in dem Exorzismen an der Tagesordnung sind. Und diese Exorzismen bringen den Betroffenen gar nichts. Im Gegenteil, sie führen lediglich zu weiterem Kummer und Leid. Jeder, der ein bisschen anders ist, wird sofort unter den Generalverdacht der Besessenheit gestellt und muss sich den barbarischsten Ritualen unterziehen. Ich weiß nicht, was Sie da gesehen haben, Herr Thurner, aber das war allenfalls eine Zauber-Show.«

»Vor vierundzwanzig Stunden habe ich genauso gedacht wie Sie. Ich bin bei der Polizei. Glauben Sie, man kann mir so einfach etwas vormachen? Diese Frau …?«

»Vollmer«, half Müller wieder aus und grinste zufrieden.

»… hat sich ihr eigenes Baby aus dem Unterleib gegraben und es gegessen, nachdem sie einem erwachsenen Mann den Unterkiefer abgerissen hatte. Sie hatte auch alle anderen Anzeichen dieses Syndroms. Und nach der Behandlung der Geistlichen, danach …? Sie war geheilt. Ich weiß nicht was die beiden Priester da veranstaltet haben. Ich weiß nur eines: Es hat funktioniert.«

»Was soll schon groß passieren?« Jetzt schaltete sich Müller ein. Er sah Cecilia tief in ihre braunen Augen, was sie nicht unberührt ließ. »Sie bleiben die ganze Zeit dabei und brechen es ab, wenn irgendetwas gegen Ihre Grundsätze verstößt.«

Das Argumentationskreuzfeuer wirkte und ihre Müdigkeit tat den Rest. Ihr Widerstand knickte ein.

»Okay, aber das darf niemand erfahren. Sonst verliere ich meinen Job.«

Kapitel 8

9. August 1945, 11:02 Uhr
Ein Dröhnen, ein Schlag – dann nichts …

Er war eben noch auf dem Wochenmarkt gewesen und jetzt war alles schwarz. Pater Kasparek erinnerte sich daran, einen hellen Blitz gesehen zu haben. Vielleicht eine Manifestation des Schöpfers?

Seine Augen öffneten sich, die Realität kam zurück aus dem Schatten, in den sie abgetaucht war. Vergleiche des Szenarios vor ihm mit seinen Vorstellungen vom jüngsten Tag, waren nicht weit hergeholt. Der Wochenmarkt war verschwunden. Alles war platt, bis auf das zinnoberrote Torii, einem traditionellen asiatischen Tor mit doppelten Querbalken am oberen Ende, das noch stand und erahnen ließ, wo der Markt einst seinen Zugang gehabt hatte. Es schneite Asche und es war still, als ob frischer Schnee fiel. Aber es war Sommer.

Eine kopflose Ziege rannte zielstrebig an Pater Kasparek vorbei, als wolle der Körper dem vorangeeilten Kopf ins Jenseits folgen. Es war surreal. Was war hier bloß passiert?

Er torkelte benommen über die Trümmer und die zu schwarzen Ästen verkohlten Extremitäten der Menschen, die hier noch vor Sekunden über die Preise von Ingwer und hundertjährigen Eiern gefeilscht hatten.

Eine Frau kam auf ihn zu. Sie war völlig verbrannt. Keine Haare, keine Kleidung, selbst ihre Augenlider waren weggebrannt. Nur ein verschmorter Schal oder etwas Ähnliches hing noch um den Hals der erblindeten Frau, auf deren Körper das Feuer das Blumenmuster ihres ehemaligen Kleids verewigt hatte. Auf Japanisch fragte sie immer wieder, ob der Bus heute später komme. Ob der

Bus heute später komme? Der Schock hatte ihr Gehirn im abgesicherten Modus gestartet.

Dann drehte sie sich um und verschwand in die andere Richtung. Pater Kasparek sah, dass der Schal gar kein Schal war, sondern dass es die verschränkten Arme ihres kleinen Sohnes waren, der sich an ihren fast unversehrten Rücken drückte. Bis auf seine verbrannten Arme, die vor dem Hals der Mutter miteinander verschmolzen waren, schien ihm nichts passiert zu sein. Doch seine schwarzen Haare brannten. Sie schwelten vor sich hin. Pater Kasparek war nicht fähig dazu, irgendetwas zu tun. Dieses Bild des Grauens und der Anblick der Gesichter der blinden Mutter und ihres verzweifelten Sohns hatten ihn völlig gelähmt. In dem Augenblick kam ein unverletzter Mann aus dem Nichts und schlug beherzt seine Jacke um den Kopf des Kindes, um den Brand zu ersticken.

Pater Kasparek war einfach weitergegangen, er wusste nicht wie lange, aber sein Bewusstsein stabilisierte sich erst wieder, als ihm klar wurde, was hier passiert war. Der sich lichtende Nebel gab den Blick auf etwas frei, das er in ein paar Kilometern Entfernung in den Himmel steigen sah, etwas, das aussah wie eine Wolke in einem Kinderbuch. Doch hier bewohnten sie Trümmer, Blitze und Feuer. Es war eine weitere Atombombe, die gezündet worden war. Wie bereits drei Tage zuvor in Hiroshima.

Stolpernd ging Pater Kasparek weiter und immer weiter – etwas in ihm wollte einfach nur weg von hier. Die ganze Stadt war so platt wie der Markt, auf dem er Besorgungen getätigt hatte. Als schmeiße sich alle Materie in Ehrfurcht vor dem Pilz in den Dreck, der sich im Zentrum in den Himmel rollte und dabei die Wolken verdrängte, die zuvor den Abwurf der Bombe erschwert hatten. Kasparek schluckte, denn der Krieg hatte ihn an diesem entlegenen Winkel der Welt eingeholt, an einem Ort, an dem er sich sicher geglaubt hatte, nachdem er der Hölle Europas entflohen war.

Die Amerikaner hatten es tatsächlich getan. Viel wusste er nicht über diese Höllenmaschine, nur dass sie etwas Unsichtbares brachte, was ihn krank machen und schließlich töten würde.

Ein dünner ionisierter Bodennebel überzog die Straßen und knisterte, wenn er mit Metall in Berührung kam. Eine dröhnende Stille beherrschte alles.

Der junge Pater mit den kurzen hellblonden Haaren hatte hier vor einer von Krieg gepflügten Welt Frieden finden wollen. Er hatte eine kleine Gemeinde aufbauen und den Japanern den christlichen Glauben näherbringen wollen. Aber jetzt fand er sich inmitten des lodernden, brennenden Herzens der Vernichtung wieder, welche das Lebenswerk der menschlichen Kriegskunst über diese ruhige Hafenstadt gebracht hatte.

Die *Fat Man*, so hatte man die Nagasaki-Bombe genannt, tötete an diesem dunklen Tag der Menschheit circa siebzigtausend Menschen.

In einer Seitenstraße, die nur noch durch eingestürzte Gebäudezüge auszumachen war, die sie säumten, fiel Kasparek schließlich auf seinen Hintern. Er stürzte fast so ein, wie die Gebäude um ihn herum eingestürzt waren. Dann verharrte er und drehte sich anschließend auf seinem Hinterteil um seine eigene Achse. Er versuchte den Pilz, der von der Sonne gelb gefärbt wurde, zu erfassen und ihn als Teil von Gottes Schöpfung zu verstehen, aber das Bild war zu gigantisch, um es zu realisieren. Die Menschheit hatte begonnen, mit Kräften zu hantieren, die für sie nicht beherrschbar waren. War sie doch jetzt fähig, Gottes Werk in der Geschwindigkeit zu zerstören, in der dieser es geschaffen hatte. *Ist Gott ein schlafender Riese, dann haben wir ihn jetzt sicherlich geweckt. Und kann er uns das hier noch durchgehen lassen?*, überlegte Kasparek. Man konnte einen Ameisenhaufen im Garten solange tolerieren, bis die Ameisen anfingen, das Fundament des Hauses zu untergraben. Und wenn sie lästig wurden, was tat man dann? Man übergoss sie mit kochendem Wasser.

Noch während dieses Gedankens hörte der Pater ein Wimmern in der Stille. Er sah nach rechts und bemerkte eine ältere Frau, die unter einem Haufen Schutt begraben lag. Seine psychische Lähmung war im Antlitz des Pilzes wie Eis in der Sonne geschmolzen und so sprang er auf, um der Frau zu helfen.

Als er sie befreit hatte, bedankte diese sich immer wieder, bat ihn dann aber, ihr nochmals behilflich zu sein. Ihr Sohn war noch im Keller. Kasparek verstand sie ganz gut, er lebte bereits seit mehreren Jahren hier und hatte die Sprache relativ gut übernommen. Trotzdem war es hilfreich, dass sie alles immer noch mal in gebrochenem Englisch wiederholte.

Nachdem sie noch etwas Geröll aus dem Weg geräumt hatten, tat sich eine dunkle Kellertreppe vor ihm auf. Er stieg sie nichtsahnend hinab. Die Frau folgte ihm vorsichtig. Sie wirkte irgendwie, als hätte sie etwas zu verbergen.

»Hier entlang?«, fragte er, obwohl es nur eine Richtung gab.

»Jaja«, sagte sie auf Japanisch und schob ihn weiter. Sie gingen durch einen kleinen selbst gegrabenen Tunnel, in dem es nach Kloake roch. Er trat immer wieder in Pfützen von Grundwasser. Am Ende des Tunnels war eine stabile Tür mit gusseisernen Beschlägen eingelassen, auf der ein ein Meter hohes Holzkreuz montiert worden war.

»Weiter, bitte weiter.« Die Frau überholte Kasparek, um die beiden groben Verriegelungen zu lösen. Im selben Moment begann im Inneren etwas, das wie eine rollige

Katze klang, zu jaulen. Pater Kasparek kam sich vor, als wäre er in einem obskuren Traum gefangen, der immer skurriler wurde. Hatte sich doch vor einer halben Stunde die Hölle vor ihm aufgetan, war er jetzt dabei, in den Keller darunter hinabzusteigen. Was würde sich ihm hinter dieser Tür offenbaren? Der Teufel persönlich?

»Katsumi, mein Sohn. Pater müssen helfen!«, sagte die Frau, während sie gegen die Lehmwand im Tunnel fiel und an ihr, eine Schmierspur hinterlassend, hinabrutschte. Sie hielt sich die Brust, bis die Maschine darin ihren Dienst versagte. Das Letzte, was sie zur Schau trug, war ein erleichtertes Grinsen, hatte sie doch die schwere Verantwortung, die sie seit dreißig Jahren mit sich getragen hatte, in geeignete Hände übergeben.

Der Geistliche bekam nichts vom Ableben seiner Begleiterin mit. Eine neugeborene perfide Neugierde trieb ihn immer weiter in die Dunkelheit der Kammer. Würde sich ihm hier vielleicht doch noch der Sinn hinter dieser Katastrophe erschließen? Würde seine Prüfung hier ihren Abschluss finden?

Seine Augen gewöhnten sich an das Dämmerlicht, das in der Dunkelheit des Tunnels von Petroleumlampen ausgestrahlt wurde und bis hier hineinreichte.

In einer dunklen Ecke der vier mal vier Meter großen Höhle kauerte ein menschliches Wesen auf dem Boden. Es knurrte und gab jaulende Geräusche von sich. Der Boden war knöchelhoch mit Exkrementen bedeckt. Skelette von Ratten, über die noch lebende Artgenossen krabbelten, lagen herum und ein paar Eimer mit Essensabfällen standen in einer Ecke.

Die Intensität des Gestanks nahm exponentiell zu. Während der Pater sich umgesehen hatte, war Katsumi, ohne dass er es gemerkt hatte, wie ein Puma auf ihn zugeschlichen. Das dünne Etwas wollte den letzten Meter springen, doch die Ketten an Armen und Beinen bremsten dieses Vorhaben aus. Katsumi stand direkt vor dem Pater und fletschte die abgebrochenen Zähne. Die gelb unterlaufenen Augen von getrocknetem Matsch gerahmt, fixierten ihn durchdringend. Noch einmal wich die Kreatur ein Stück zurück, um Schwung für einen neuerlichen Angriff zu holen. Es klang, als kugelten seine Arme nach hinten aus, während er wieder vorschoss und dieses Mal nur einen Zentimeter vor Kaspareks Nase zum Stehen kam. Jetzt wich der Pater zurück.

Er fragte sich, was hier los war. Dieses Etwas musste sein ganzes Leben in dieser Höhle verbracht haben. Die Haut an den Stellen, die nicht verdreckt waren, war weiß vor Ekzemen und kleiner Warzen. Die Ketten schienen schon immer an den Extremitäten befestigt gewesen zu sein, denn sie waren mit den Gelenken verwachsen und teils in der vernarbten Haut verschwunden und von dieser überwachsen. Ein seltsamer Buckel hatte sich gebildet und die Schultern wiesen eine Fehlstellung auf, da sie sich seltsam vor der Brust zusammengezogen hatten, von wo aus sie von den Ketten nach hinten gezogen wurden.

Das Wesen, das sich nach seinem erfolglosen Angriff wieder in die dunkle Ecke zurückgezogen hatte, kauerte da und sah ein bisschen aus wie ein haarloser großer Verwandter der Viecher, die hier über die Gebeine ihrer Artgenossen auf dem Boden herumwanderten. Für den Pater war es offensichtlich, dass sich Beelzebub die menschliche Hülle dieses bedauernswerten Geschöpfes übergestülpt hatte, den es jetzt zu vertreiben galt. Am Grunde dieser Katastrophe hatte sich eine neue Bestimmung für Kasparek aufgetan.

Kapitel 9

Kardinal Massimiliano de Santis saß fünfundsechzig Jahre später in einer Ecke seines edlen Arbeitsraumes auf einem edel verarbeiteten Holzstuhl, der gerade vielleicht zum ersten Mal überhaupt genutzt wurde. Sein schweres Kreuz mit der goldenen Kette hatte er auf dem Tisch abgelegt, der zu dem Stuhl gehörte. Wehmütig betrachtete er eine gerahmte Schwarz-Weiß-Fotografie, die den jungen de Santis zeigte, wie er gerade dem etwas älteren Pater Kasparek die Hand schüttelte. Trotz der diplomatischen Freundlichkeit sah man den beiden Männern an, dass sie tagelang nicht geschlafen hatten. Eine tiefe Verstörtheit hauste in ihren blassen Augen.

Der hagere Pinelli servierte dem Kardinal seinen koffeinfreien Malzkaffee und erhaschte dabei einen Blick auf das, was er in Händen hielt. Auch bei ihm entbrannte eine negative Nostalgie, die er sich aber nicht anmerken ließ, als er, vom Kardinal unbemerkt, verschwand. Die drei Männer teilten ein dunkles Kapitel miteinander, welches mit den Geschehnissen in Nagasaki seinen Anfang genommen hatte.

Der Duft des frischen Malzkaffees weckte de Santis aus seinen Erinnerungen und er wischte sich mit einem Stofftaschentuch, über seine Tränensäcke. Dann nahm er einen winzigen Schluck aus der noch dampfenden Tasse und seine Gesichtszüge stürzten noch weiter ein, als sein Blick auf die schwere, tresorartige Holztür fiel, welche ein Relikt aus diesem dunklen Kapitel verschlossen halten sollte.

Kapitel 10

Am Abend fuhren Müller und Falko zusammen mit den Geistlichen ins Universitätsklinikum AFK, wo sie sich durch eine Horde von Presseleuten kämpfen mussten, um den Eingang zu erreichen, den sie nur nach dem Vorzeigen ihrer Dienstausweise passieren durften.

In der psychiatrischen Abteilung war erneut das Chaos ausgebrochen. Ein Streifenpolizist und eine wuchtige Krankenschwester rangen mit einer Patientin, die sich von ihrem Rollstuhl losgerissen hatte. Eine Hand war noch an dem Rollstuhl gefesselt, den sie hinter sich herschleppte. Der Beamte verdrehte der Patientin den Arm und diese knallte mit dem Gesicht auf den PVC-Boden. Die Schwester versuchte, ihre Beine zu greifen, mit denen die Frau wild um sich trat.

Als Doktor Jepkemoi die beiden Kommissare mit ihrem katholischen Anhang erblickte, fiel ihr das erfolgreich Verdrängte wieder ein. Sie konnte kaum glauben, dass sie in ihrem Zustand der Überforderung tatsächlich einem Exorzismus zugestimmt hatte. So sympathisch ihr die beiden Polizisten und so sexy die blauen Augen von Müller auch waren. Sie musste das revidieren. Sie hatte keine Zeit für so etwas, das obendrein noch ihren Job bedrohte.

Ein Pfleger mit einer dicken Kratzspur im Gesicht tippte sie an.

»Entschuldigung, aber bei Frau Sorgenfrei ist gerade der Kreislauf kollabiert. Können Sie sich das kurz ansehen?«

»Ja, ich komme gleich. Einen Moment«, vertröstete sie den Pfleger, der wirkte, als hätte er einen Schock und handle nur noch automatisiert. Dann wendete sie sich wieder den Kommissaren zu: »Gehen Sie schon mal rein, ich komme auch gleich. Aber fangen Sie noch nicht an mit Sie-wissen-schon-was!«

***

Die vier traten in das muffige Zimmer, in dem sich ihnen das Bild der noch weiter desintegrierten Ninja van Spreuwen darbot. Die Beulen, die ihren Körper übersäten, eiterten stark, als wollten sie etwas aus ihr herausschwemmen.

Müller wurde übel.

Ihr Bild war verstörender als zuvor. Sie war dabei, sämtliche Menschlichkeit abzulegen. Ihre Wangenknochen traten immer weiter heraus und spannten die Gesichtshaut so stark, dass es ihre kaputten Lippen auseinanderzog. Diese waren jetzt so über ihr völlig zerstörtes Gebiss gedehnt, dass sie dieses permanent freilegten. Ihre Haut war fahl und faltig geworden. Nur die knallgelb verharzten Augen strahlten aus ihrem farblosen Gesicht. Mittlerweile sah sie wie eine alte Greisin und nicht mehr wie ein Teenager aus. Den Kopfverband hatte sie abgestrampelt, er klebte lose an dem Wundschorf ihrer Schläfenverletzung.

Müller schluckte schwer.

»Ich glaube, ich schaffe das nicht.«

Falko sah, wie blass Müller geworden war, und überlegte kurz.

»Dann warte du draußen und halt uns die Ärztin vom Leib. Die hat sich die Sache, glaub ich, noch mal überlegt.«

Das ließ Müller sich nicht zweimal sagen und stahl sich aus der Tür, während die Exorzisten ihre Utensilien aufbauten.

»Fangen Sie an Pater, ich weiß nicht, wie viel Zeit wir hierfür haben.«

Die Geistlichen ignorierten Falko, der sich auf den Stuhl neben der Tür setzte, um die Prozedur zu überwachen, und fuhren mit ihren sakralen Riten fort. Sie bekreuzigten sich, weihten das Wasser in der Lederblase und hängten sich ihre Kruzifixe um. Als sie den Stroboskop-Blitzer eingeschaltet hatten, baten sie Falko, das Licht zu löschen, und traten, nachdem er dies ausgeführt hatte, von beiden Seiten an Ninja heran. Sie begannen ihr Gebet. Ein Schauer kroch Falko über den Rücken, als er merkte, dass die gelb unterlaufenen Augen ihn anvisierten und zu sagen schienen: »Dafür wirst du büßen!«

Müller stand angespannt an die Tür gelehnt und versuchte, durch das Anhalten seiner Luft die Schreie von Ninja zu verdrängen, die durch die Tür zu hören waren. Allerdings herrschte ein solcher Tumult auf dem Gang, dass die Schreie weniger auffielen als Müllers dämlicher Blick.

Ninja kreischte und fluchte die abscheulichsten Beleidigungen. Marciano merkte nicht, wie nah er dem zappelnden Monstrum gekommen war, als Ninja es plötzlich schaffte, ihre rechte Hand aus der Fixierung zu drehen. Eine Fähigkeit, die ihr vergönnt war, da sie ein außerordentlich flaches Daumengelenk besaß. Ein Fesseln ihrer Hand war fast unmöglich. Es gelang ihr, Marciano am Nacken zu packen. Sie zog den Sizilianer mit unmenschlicher Kraft immer näher an ihr offen stehendes zerstörtes Gebiss heran.

»Hilfe! Hilfe!«, presste er so laut hervor, wie es die Anstrengung seines Widerstands erlaubte. Penrose betete in allen nötigen Sprachen wie in Trance weiter, die Gefahr ignorierend. Aber Falko sprang auf und stürzte durch das Zimmer auf den Clinch zu. Er kam jedoch zu spät.

Marcianos Arme, die sich gegen Ninjas Griff stemmten, knickten ein und ihre scharfkantigen Zahnstummel bohrten sich bereits in Marcianos Kehlkopf. Sie rissen einen großen Teil seines Adamsapfels heraus. Während sie kaute, knackte und knirschte es, als ob jemand ein Stück Knorpel aus einer Scheibe Bauchspeck zerbiss. Marciano schien schreien zu wollen, als er zusammenbrach und sich mit den Füßen in Todesangst vom Bett wegdrückte, aber es folgten keine weiteren Laute mehr. Er presste seine Hände auf die Wunde, die das Blut aber nicht halten konnten. Der Druck in der verletzten Halsschlagader ließ das Blut durch die Finger spritzen wie Wasser aus einem gerade brechenden Staudamm. Gedanken flackerten in Marciano auf: *Wie soll Penrose ohne mich in dieser für den Autisten so lebensfeindlichen Welt klarkommen?* Er durfte nicht sterben.

Falko schmiss sich auf die befreite Hand von Ninja und drückte sein linkes Knie auf das Handgelenk. Dann zog er die Handschellen aus einer Tasche an seinem Gürtel und fesselte die Hand erneut. Ninja stemmte sich dagegen und schaffte es, Falko einmal komplett in die Luft zu heben, aber unter Einsatz seines ganzen Gewichts konnte er die Hand erneut in die weiche Bettwäsche drücken.

Jetzt wollte van Spreuwen nach ihm schnappen, aber in dem Moment schlug Penrose ihr die Kreuzmaske ins Gesicht und ihre Zähne rammten sich bloß in die montierte Beißschiene. So schnell es seine gelähmte Hand zuließ, verschloss Penrose die antiken Schnallen hinter ihrem Kopf, wobei ihn ihr loser Kopfverband behinderte. Dann hängte er den Beutel mit dem Weihwasser an die Infusionsstange des Quarantänezelts und ließ einen dünnen Strahl auf die Maske niederrieseln. Ein tiefer brummender und ohrenbetäubender Schrei donnerte in die

Maske. Dieser war so laut, dass Falko, nachdem er die Handschellen am Bettgestell befestigt hatte, durch die Blutlache an die Wand neben Marciano stolperte. Noch ein Schrei folgte, der so metallisch klang, als wäre er in ein großes Rohr geschrien worden. Er wurde von einem leichten Erdbeben begleitet. Dann schoss Ninja in die Luft. Wäre sie nicht von den Fesseln gehalten worden, wäre sie vermutlich an die Decke geknallt. Penrose schrie gegen das Getöse an und umklammerte sein Kruzifix mit der gesunden Hand. Er verwendete jetzt ausschließlich die Sprache der Dämonen.

Falko konnte nicht glauben, was sich vor seinen Augen abspielte. Insgeheim hatte er gehofft, dass hier heute nichts passieren würde. Er wollte wegrennen, aber die Angst presste ihn an die Wand. Er konnte nur nach unten zu Marciano flüchten, was seinen weich werdenden Knien ganz recht kam. Und so rutschte er an der Wand herunter, den Blick auf die schwebende Ninja gerichtet. In dem Moment, in dem Falko neben dem teils abhebenden Krankenbett in die Blutpfütze sackte, fiel der kreidebleiche, verblutete Marciano mit dem Kopf in Falkos Schoß.

»Aaaaahhhhhh!«, schrie Falko, die Stimme von Ekel und Horror geschwängert.

Jetzt öffnete sich die überbreite Zimmertür und Doktor Jepkemoi und ein Pfleger schoben Müller in den Raum. Der beendete seine Bemühungen, sie aufzuhalten. Das unregelmäßige Blitzen ließ Doktor Jepkemoi nach und nach das Bild des Grauens komplettieren, das sie hier vorfanden. Die von einer unsichtbaren Hand in der Luft gehaltene Ninja van Spreuwen, der Pastor, der seine Zaubersprüche schrie und ein Falko, der über die Leiche von Marciano hinweg in Todesangst auf Jepkemoi zukrabbelte.

Müller zog instinktiv seine Waffe und zielte auf die Besessene. Doch auf einmal wurden ihre Schreie leiser. Was der Priester auch tat, es schien Wirkung zu zeigen. Seine ununterbrochenen Verse erstickten ihre Schreie wie Sauerstoffentzug ein Feuer, bis sie auf einen Schlag zurück in das Bett stürzte, als sei das Band, das sie in der Luft gehalten hatte, gekappt worden. Doktor Jepkemoi schaltete das Licht an, was die verstörende Wirkung des Blitzlichts stark reduzierte. Alle verharrten an Ort und Stelle. Penrose wechselte ins Deutsch:

»Im Namen des Vaters und des Sohnes und des Heiligen Geistes befehle ich dich zurück in die Hölle! Denn deine Art, das Wandeln hier, ist längst noch nicht geduldet, vom Schöpfer deiner, meiner und aller anderen Arten. Wisse dich befohlen in die Sphären, wo gute Taten Unding sind. Wo Liebe eine Seuche und Güte eine Schande heißt.«

Stille. Das Atmen im Raum wurde auf ein Minimum reduziert. Lediglich das Ticken des Stroboskops gab der Szene den Takt vor.

Dann ertönte plötzlich ein leises Wimmern hinter der Kreuzmaske. Doktor Jepkemoi durchbrach ihre Starre, eilte zu Ninja und befreite sie von der Maske, während sich Penrose erschöpft auf einen Stuhl links vom Bett fallen ließ. Er schloss die Augen und murmelte weitere Gebete. Diesmal auf Latein.

»Frau van Spreuwen? Können Sie mich hören?«, fragte Jepkemoi laut und bestimmt in das Gesicht von Ninja, in das wieder etwas Farbe gekehrt war. Ihre Augen waren geschlossen.

Falko war aufgestanden und Müller und er standen jetzt misstrauisch am Fußende des Bettes. Plötzlich öffneten sich Ninjas Augen wie eine Blüte im Zeitraffer und ein paar Atemzüge füllten ihren Körper wieder mit Leben.

»Danke, danke, danke«, murmelte Ninja, was sofort in Tränen erstickte. Der Pfleger begann im Hintergrund die Reanimierungs-Versuche an dem Körper von Pater Marciano, doch sie sollten erfolglos bleiben. Die Herzmassage presste nur noch weiteres Blut aus der klaffenden Wunde.

»Aua, aua«, jammerte Ninja, als sie die Schmerzen ihrer zahlreichen Blessuren übermannten. Allen wurde klar, dass der Exorzismus geglückt war, jedoch auch, dass sie Marciano verloren hatten.

Penrose erblickte, als er seine Gebete abgeschlossen hatte, den aus Mund und Hals blutenden toten Marciano. Der Pfleger hatte seine Bemühungen abgebrochen und wischte sich das Rot seiner Hände an einem Handtuch ab.

Alle Blicke richteten sich auf Penrose, der seinen Lebensbegleiter verloren hatte. Dieser war die Brücke gewesen, die das kleine, einzigartig-skurrile Universum Penroses geistiger Welt, mit seinen, nur für ihn und Marciano verständlichen Naturgesetzen, mit der rationalen Welt der Vernunft verband. Marciano war für ihn eine Protokoll-Prothese. Ohne diese fiel der Savant in die Quarantäne zurück, auf die Insel seines Verstandes.

Der Priester wirkte wie ein Welpe, dessen Mutter gerade verstorben war. Er schlurfte mit kleinen Schritten auf seinen toten Mentor zu, als könnte er die Tatsache am Ende des Weges damit hinauszögern.

Falko schluckte. Er stellte sich vor, wie sich der Geistliche neben Marciano hinhockte und wie ein Kind darauf wartete, dass *Mama* wieder aufwachte. Und dann müsste er hingehen, um ihm zu sagen, dass *Mama* gegangen war.

Da verließ eine einzelne Träne den dafür zuständigen Kanal in seinem Auge.

Doch es kam anders. Penrose bückte sich über seinen langjährigen Gefährten und zog ein Notizbuch aus der Tasche des Toten.

»Das ist meins!«, sagte er, nahm es an sich und verließ ohne ein weiteres Wort den Raum. Verwirrt dreinblickende Gesichter blieben zurück.

Teil 6 - Puppen

Kapitel 1

Freitag

Falko wachte auf der Couch auf. Albträume hatten ihn durch die Nacht gejagt und zuletzt hatten sich wieder die bitteren feuchten Finger der Besessenen vom Hamburger DOM in seinen Hals geschoben, bis er kurz vorm Ersticken aufwachte. Die Morgenröte erleuchtete das Innere des Wohnzimmers mit einem orange-lila Schleier und angestrahlter Staub trieb wie Plankton in der aufgewärmten Luft.

Melinda hatte ihn nicht wie sonst, wenn er über seiner Arbeit im Wohnzimmer eingeschlafen war, nachts ins Bett geholt. Dies zeugte davon, dass ihre Diskrepanzen noch immer nicht ganz aus der Welt geschafft waren. Allerdings verkamen diese Gedanken zu Belanglosigkeit in Anbetracht der Geschehnisse der vergangenen Tage, denen er beigewohnt hatte und die ihm die Gedärme verknoteten. Eine Tasse Kaffee sollte dieses Gefühl beheben, brachte aber Übelkeit. Körper und Seele fühlten sich krank an. Ein unsichtbares Etwas schien an seinem Geist zu nagen und ihn damit immer weiter zu schwächen. Er war kaum noch in der Lage, Gedanken zu Ende zu denken. Immer wieder wurden sie durch grauenhafte Flashbacks unterbrochen und abgelenkt. Und so vergaß er sich im Kauen an trockenen Hautstellen seiner Finger, bis sein Handy klingelte.

Müller holte ihn ab, bevor der morgendliche Wahnsinn auf den Straßen startete, und die Gespräche mit ihm ließen ihn das Familiäre schnell verdrängen.

Penrose saß auf der Rückbank. Müller erklärte, dass er ihn mit nach Hause genommen hatte, da er den Priester nicht einfach in seinem Hotel hatte abliefern wollen. Doch habe er die halbe Nacht gebraucht, diesem ein adäquates Nachtquartier zu bereiten. Vom Frühstück ganz zu schweigen.

»Pater? Ist alles okay bei Ihnen?«, fragte Falko, sich beinahe den Hals verrenkend.

»Sicher«, antwortete dieser teilnahmslos. *Wow!*, dachte Falko und überlegte, ob es nicht für alle besser wäre, die Dinge so pragmatisch zu sehen, wie der Mann auf der Rücksitzbank.

»Was meinen Sie, Pater? Wenn das hier die Vorboten der Apokalypse sind, wie wird die dann aussehen? Wird die Erde aufbrechen und die Toten sich erheben und der ganze Kram?«

Während er sich wieder nach vorn drehte, nutzte er die Zeit, die er vergeblich auf eine Antwort wartete und warf dabei einen Blick auf die Menschen auf der Straße. Ein Deckenlager stach ihm ins Auge, in dem ein Dutzend heruntergekommener Obdachloser erwachte und sich erst einmal reihum einen Schluck aus einer Flasche billigen Korns gönnten. Zwei stark adipöse Kinder, die aus einem Fastfood-Restaurant kamen, bildeten den traurigen Kontrast dazu. Sie drückten sich stolpernd ihr fettes, überzuckertes Frühstück in den Schlund.

»Oder sind das nur Gleichnisse und die Apokalypse ist bereits in vollem Gange?« Um sich abzulenken und um die Stimmung im Wagen nicht weiter zu drücken, schaltete er sein Smartphone an und ließ den Nachrichten-Stream laufen: »… die Nachrichten. Im Anschluss folgt die Bekanntmachung des Katastrophenschutzes. – Hamburg: Sind Dämonen unter uns? Ein Handy-Video, dessen dramatischen Inhalt wir nicht in voller Länge zeigen können, wurde gestern von der Internetseite *›Hack-da-Police.of‹* geleaked. Angeblich soll es sich dabei um ein Video handeln, welches von der Polizei vorgestern sichergestellt worden war. Es zeigt zwei Priester, die einen Exorzismus an einer Frau vornehmen, die unter dem Amok-Phänomen zu leiden schien. In der Boulevardpresse immer öfter als *Puppen* bezeichnet, da sie so wirkten, als würden sie wie solche von jemandem an Strippen gespielt werden. Seltsamerweise scheint in dem Video der Exorzismus anzuschlagen und die Frau, von was auch immer, zu heilen. Die Echtheit der Aufnahme ist allerdings nicht bestätigt. – Norwegen: Vergangene Nacht wurde die gesamte Familie des Milliardärs Manfred Trapmann tot aufgefunden. Die Umstände ihres Todes sind noch ungeklärt. Trapmann ist momentan unauffindbar und wird von den Behörden gesucht. Hier ein Archivfoto.«

»Trapmann? Irgendwas klingelt da bei mir«, kommentierte Falko nachdenklich.

»Hier nun die Sondermeldung: Ab heute Abend achtzehn Uhr gilt der Ausnahmezustand. Zivilisten, die nicht explizit beruflich oder mit einer Sondergenehmigung in Hamburg unterwegs sind, werden gebeten, in ihren Wohnungen zu bleiben. Mehr dazu in der anschließenden Sondersendung.«

***

Ein zotteliger Hund, dem an einigen Stellen mit unbehandelten Ekzemen die Haare ausgefallen waren, trottete mit gesenktem Haupt durch das Deckenlager, in dem der Korn die Runde machte. Langsilbige unverständliche und vokalschwere Wortfetzen wurden zusammen mit der Flasche ausgetauscht. Einer der grauhaarigen Zahnlosen, ein wie Talg aus dem Körper des Systems geplopptes Individuum, mit der typisch aufgedunsenen wettergegerbten Haut, wollte den Katzenschluck an den Letzten in der Reihe weiterreichen. Doch der schien noch zu schlafen.

»Jo, Ede! Frühstück!« Er hustete ab. Dann schüttelte er seinen Kumpanen und beugte sich hinüber, um dessen Gesicht zu sehen. Ein Schwall Kotze war aus ihm geschossen und breitete sich in Richtung Fahrradweg aus.

»Ede!?«

Der Mann mit dem Korn drehte Ede auf den Rücken. Dessen Gesicht wurde von einer grauenhaft schlechten Tätowierung bedeckt, die wie das Gekritzel eines Vierjährigen aussah. Und aus diesem verunstalteten Gesicht glotzten zwei gelb verkrustete Augen in die seines Leidensgenossen. Die Unterlippe hatte Ede tief in den Mund gezogen und war gerade im Begriff, die komplette Unterlippensektion unter Aufbietung aller Kraft und einer leichten Sägebewegung seiner verbliebenen Zähne, abzutrennen.

»Was machste da? Hör uff.«

Ede schnappte sich die Flasche Korn aus der Hand des anderen und schlug sie diesem ins Gesicht. Ein hohles Geräusch erklang. Zwei weitere Schläge folgten, bis Edes Kumpel bewusstlos war. Dann stand Ede auf, warf sich die Kapuze seines Regenponchos über und verschwand in der Nebenstraße. Der Hund verfolgte ihn ein Stück, brach aber auf den Pfiff seines Herrchens hin ab. Die leeren Drohungen und Beschimpfungen der anderen aus dem Bettenlager verfolgten ihn noch etwas weiter.

Kapitel 2

Falko, Müller und der Priester, der ihnen wie eine streunende Katze hinterherstakste, fanden sich in einem Sitzungssaal im Polizeirevier wieder, wo sie sich mit einem erbosten Keisler und den anderen Schlipsträgern der Sonderkommission konfrontiert sahen.

»Können Sie mir sagen«, begann Keisler mit erzwungener Ruhe, »was das für ein Bockmist war, den Sie gestern im AFK abgezogen haben? Sagen Sie mal, wollen Sie mich eigentlich verarschen?« Falten bildeten sich an seinen Augen durch das Zusammenkneifen derselben. »Und dann dieses Video, das in den Nachrichten kursiert! Was ist das für eine Zaubervorstellung? Soll ich Sie vom Dienst suspendieren? Ist es das, was Sie wollen?«

»Boss«, gab Müller kleinlaut bei, »wir wollten nur …«

Keisler platzte der Kragen. »Boss? Boss? Am Arsch, Mann! Marciano ist tot!«

In dem Moment kam Doktor Jepkemoi mit dem Kardinalstaatssekretär Fossati herein. Sie erfasste sofort die Lage und hielt sich nicht lange auf.

»Meine Herren, ich stand diesem ganzen Exorzismus genauso wie Sie gegenüber. Aber glauben Sie den Fakten und die liegen nun mal so, dass sich Ninja van Spreuwen seit gestern Abend in einem stabilen geistigen Zustand befindet.«

»Ich habe selten so einen Mist gehört! Das ist doch bloßer Zufall!«, ereiferte sich Keisler.

»Sehen Sie es doch mal rational. Wir haben hier eine schreckliche Krankheit, die wir mit unserer Schulmedizin nicht behandeln können. Wäre dies unheilbarer Krebs, dann würden Sie doch auch die Naturheilkunde ausprobieren, selbst wenn die Chancen auf Heilung noch so gering stünden. Und würde sie ihn lindern, dann wäre doch alles gut. Analysieren können wir das Phänomen später noch. Jetzt habe ich dreiunddreißig Patienten auf meiner Station und dies ist der erste Ansatz, mit dem wir das Problem angehen können. Das dürfen Sie nicht ignorieren. Esoterik hin oder her.«

»Frau Doktor, das nennen Sie Erfolg? Das können Sie ja mal versuchen, den Angehörigen von Pater Marciano zu verklickern«, antwortete Keisler etwas gefasster.

Fossati erkannte, dass diese Diskussion zu nichts führte, nutzte die Pause und ergriff das Wort:

»Meine Herren, darf ich Sie bitten, an einer Videokonferenz mit Kardinal de Santis im Nebenzimmer teilzunehmen, die ich im Vorfeld eingerichtet habe? Ich glaube, das wird Ihnen die Entscheidungsfindung vereinfachen.«

***

Zehn Minuten später saßen die Schlipsträger in dem Nebenraum und starrten auf einen großen Flatscreen an der Wand, der Kardinal de Santis in seiner roten Robe an seinem Schreibtisch zeigte. Das Wackeln der Kamera ließ darauf schließen, dass diese von jemandem in der Hand geführt wurde. Falko, Müller und Doktor Jepkemoi mussten draußen warten, konnten aber durch das Fenster in der Tür alles beobachten. Was auf dem Fernseher zu sehen war, konnten sie nicht erkennen.

Keisler bemühte sich redlich, die nötige Geduld für dieses Intermezzo aufzubringen. Nach einer Begrüßung in unerträglich langgezogenen Silben in holprigem Deutsch stand de Santis auf, ging auf die große Holztür hinter sich zu und ließ sie von seinem Assistenten Pinelli öffnen. Der drehte hierfür mehrere Male unter großem Kraftaufwand das gusseiserne Kreuz daran. Ein großer

Torbogen aus antiken Backsteinen wurde knarrend freigelegt und das Kamerabild folgte dem Kardinal in einen circa fünf Meter langen Tunnel, an dessen Ende Pinelli eine Gittertür aufschloss, die sich aus unterschiedlich großen stählernen Kreuzen zusammensetzte.

Hinter der Tür befand sich eine dunkle Kammer, in der ein Mönch saß und lateinische Verse murmelte. Er befand sich in einem Zustand tiefster Meditation und bemerkte seine Besucher nicht. In einer Ecke standen an die zweihundert unterschiedliche Kreuze auf einem Altar. Dahinter brannten einige eimergroße Kerzen, deren Flammen sich schon tief in ihre Körper gefressen hatten. Die einzige wirkliche Lichtquelle war ein Lichtstrahl, der durch ein kreuzförmiges Fenster an der Decke quer durch den Raum auf ein Bett strahlte, auf dem eine stark deformierte Kreatur gefesselt lag. Mit dicken Ketten aus Stahl war die Bewegungsfreiheit dieser stark eingeschränkt.

Die Videoqualität wurde schlechter und durch Störungen verzerrt. Der Kardinal blickte in die Kamera und sagte mit traurigem Unterton: »Darf ich Ihnen Katsumi vorstellen? Wir nennen ihn auch den Nagasaki-Jungen. Einer unserer Missionare fand ihn 1945 im Keller seines Wohnhauses angekettet, an dem Tag, an dem die Atombombe abgeworfen wurde. Seine Familie hatte ihn jahrzehntelang in einem Verlies eingeschlossen. Sie hielten ihn für körperlich und geistig behindert und hatten ihn versteckt gehalten, um die Ehre der Familie zu schützen. Pater Kasparek nahm den Jungen bei sich auf und verbrachte den Rest seines Lebens mit den Versuchen, ihn zu exorzieren. Vergeblich. Der Dämon, der diese arme Seele immer noch besetzt hält, war schon zu tief in diese eingedrungen. Pater Kasparek war 1970 an den Folgen der damaligen Verstrahlung verstorben und hat seine

Bürde auf mich übertragen. Wir können Katsumi, dessen Name übrigens passender Weise *Selbstbeherrschung* bedeutet, durch die permanente Konfrontation mit den sakralen Geräten der Kirche in einem beruhigten Zustand halten.«

Die Kamera schwenkte zum ersten Mal richtig auf Katsumi, auf den das Kreuz aus Licht brannte.

Keisler war verstört, denn es handelte sich nicht um eine alltägliche Behinderung, die das Wesen dort aufwies. Die Arme waren vor den nach vorn stehenden Schultern an den Ellenbogen zusammengewachsen und fuchtelten, so weit es die Ketten zuließen, wie die Fühler einer Kakerlake in der Luft herum. Sein Gesicht wurde von einer ähnlichen Kreuzmaske verschlossen, wie Penrose sie mit sich führte, auf die ein Bächlein von Weihwasser plätscherte, das aus einem Wasserspeier an der Wand strömte. Unter der Maske war der Kiefer Katsumis zwischen den Schlüsselbeinen mit der Brust verwachsen. Es sah aus, als würden ihm Zähne und seine Zunge aus der Brust wachsen. Katsumis Haut war gelb-grau und unbehaart, Narben von Kreuzen, die vor Jahrzehnten in die Haut gekerbt worden waren, übersäten sie. Die Beine waren wie angezogen und mit den Knien im Bauch verwachsen.

Reinhold, der Leiter der Sonderkommission, tobte los: »Wo ist denn hier bitte der Beweis einer Besessenheit? Das ist doch einfach nur ein armer schwerstbehinderter Mensch. Was spielen Sie da für ein Spiel in Ihrer gesetzlosen Vatikanstadt?«

»Sie brauchen immer noch einen Beweis? Das hier reicht Ihnen noch nicht?«, fragte de Santis in seiner Ehre gekränkt, während er Katsumi die Maske abnahm. »Hier haben Sie Ihren Beweis!«

Falko, Müller und Jepkemoi belauschten das alles durch die Tür und beobachteten neugierig, wie plötzlich das Publikum durch das starke Aufleuchten des TVs geblendet wurden. Es musste verstörend sein, was sie auf diesem erblickten, denn die Gesichter von Keisler und den anderen erstarrten schockiert. Reinhold musste seinen Blick abwenden, angesichts des Grauens, das sich ihm darbot. Keisler wurde offensichtlich schlecht. Die anderen Gesichter waren von ähnlichen Symptomen gezeichnet.

»Er ist jetzt circa einhundertfünf Jahre alt. Es gibt keine Rettung mehr für ihn. Wenn Sie also nicht bald handeln, werden alle Ihre *Patienten* in diesen irreversiblen Zustand geraten. Und glauben Sie mir, wir haben Katsumi hier einigermaßen unter Kontrolle. Ohne unsere kontinuierliche Behandlung würde dieses Wesen allerdings unkontrollierbar werden und Kräfte und Fähigkeiten entwickeln, die für Sie und uns nicht mehr beherrschbar wären.«

»Danke, Eure Eminenz. Ich werde nun alles Weitere regeln«, sagte Fossati und schaltete ab. Dann winkte er die drei vor der Tür herein.

Keisler fokussierte weiterhin den Fernseher, als würde er das Unfassbare, das ihm eben dargeboten worden war, immer noch sehen. Aber sein lösungsorientierter Verstand begann, sich neu zu formieren: »Schaffen Sie Ihre Patienten nach Barrenburg, alle! Auch die, die geheilt sind. Höchste Sicherheitsstufe! Wir verhängen eine Quarantäne. Fossati, Sie haben freie Hand, kümmern Sie sich um das Problem, wie Sie es für angemessen halten.«

»Wir haben bereits die qualifiziertesten Exorzisten zusammengerufen. Sie sitzen in einem Flugzeug des Vatikans und sind auf dem Weg nach Hamburg.«

Nachdem Keisler Müller und Falko den Auftrag gegeben hatte, Pater Penrose nach Barrenburg zu bringen, machten die drei sich sofort aus dem Staub.

Frau Horoshko, die übergewichtige Empfangsdame, bremste die Flucht der Kollegen.

»Falko!«, rief sie, als die beiden gerade versuchten, durch den Ausgang zu gelangen.

»Was los? Keine Zeit!«, sagte Falko, seinen Zeitdruck durch Einsilbigkeit unterstreichend. Horoshko antwortete, leicht eingeschnappt von Falkos Reserviertheit: »Hier ist ein Brief für dich abgegeben worden, mit der Bitte, ich möge ihn unbedingt persönlich übergeben.« Sie hielt ihn Falko hin, der ihn annahm, das Schriftstück aber nicht aus dem starken Griff der Wuchtbrumme befreien konnte.

»Wo willst du denn so schnell hin? Du hast mir doch noch gar nichts von deinem Urlaub erzählt.«

Falko befreite den Brief mit einem Ruck und hatte Angst, ihn zu zerreißen. Er öffnete ihn umgehend und spielte seinem Gegenüber die sofortige Vertiefung in das Geschriebene vor. Während er sich wegdrehte, nuschelte er: »Ich komm die Tage mal mit ’nem Cappuccino vorbei.«

»Der Zug ist abgefahren, Mäuschen. Spar dir deine Freizügigkeit!«

Das bekam Falko schon gar nicht mehr mit, dessen Aufmerksamkeit der Brief jetzt wirklich erlangt hatte.

Kapitel 3

Herr Thurner,

ich habe schon mehrfach versucht, Sie zu erreichen. Ich muss unbedingt mit Ihnen sprechen.

Leider scheinen Sie nicht zu wissen, worauf Sie sich bei dieser Sache einlassen. Und wenn Sie weiterhin auf diese Gottesmänner hören, werden Sie ein Unheil anrichten, welches Sie nie wiedergutmachen können.

Mehr kann ich Ihnen hier nicht mitteilen. Rufen Sie mich bitte unter unten stehender Nummer an.

Manfred Trapmann

In dem Moment überholte ihn der Streifenbeamte Yilmaz, der ihnen im Wohnheim mit dem Computer geholfen hatte, auf dem Weg zum Ausgang. Falko kannte Yilmaz ganz gut, war aber nie ganz warm mit ihm geworden. Yilmaz steckte sich eine Zigarette in den Mund, die er erst draußen anzünden wollte.

»Hey, Venkman, Kommissar und Geisterjäger. Alle Achtung, du hast es geschafft«, amüsierte sich Yilmaz über seine Anspielung auf *Ghostbusters.* »Was soll denn das werden? Bekommen wir jetzt alle Kreuze, Weihwasser und Protonenbeschleuniger?«

Sie gingen durch die Drehtür raus und Yilmaz zündete seine Kippe an. Er sog den Rauch tief ein, um seine nach Nikotin lechzende Lunge zu beruhigen.

»Quatsch mich bloß nicht dumm von der Seite an, sonst trete ich dir deine Zigarette in der Fresse aus«, brummte Falko.

Yilmaz bemerkte, dass heute noch weniger mit Falko zu spaßen war als sonst, also nahm er sich etwas zurück.

Er zog noch mal tief Qualm in seinen Brustkorb und sprach nun wieder ernst beim Ausatmen: »Quarantäne, Ausgangssperre … ehrlich, das ganze Programm? Aber da ist doch nicht wirklich was dran, oder?«

Müller hupte in seinem dicken Ami-Pick-up.

»Nee, nee. Das ist alles nur … Ach, ich weiß ehrlich gesagt auch nicht, was hier los ist. Die ganze Stadt ist verrückt geworden!«

Mit diesen Worten verschwand Falko im Pick-up und ließ Yilmaz grübelnd zurück. Der sah sich um und bemerkte, dass an Falkos Worten etwas dran war. Nichts Physisches, nichts Offensichtliches, aber irgendetwas steckte tief in den Knochen dieser Stadt. Als wäre ein Geräusch verschwunden, an das man sich gewöhnt hatte und es einem jetzt nur dadurch bewusst wurde, weil es fehlte.

Obwohl es immer noch extrem warm war, fröstelte es Yilmaz. Selbst die Zigarette hatte ihren Geschmack verloren und er schnippte sie weg.

»Yilmaz? Die Pause ist vorbei. Sie wurden eingeteilt, einen Krankenwagen in die Quarantänestation Barrenburg zu eskortieren. Es geht um …«, rief Yilmaz' Vorgesetzter, während er aus dem Polizeigebäude kam und auf ihn zueilte.

Kapitel 4

»Ich spüre die Gegenwart des Jenseits, die nach mir ruft, seit ich geboren bin«, begann Aladin laut in seinen Chai Latte Grande zu brummeln, was die anderen Gäste des Cafés verunsicherte.

»Wie heißes Wasser wärmt es mich, das in die lauwarm gefüllte Wanne meine Lebens strömt und mir die Richtigkeit dessen deutet, was ich nun tun werde.« Aladin betonte seine Worte wie einen Shakespeare-Text, während er immer lauter und der Platz um ihn herum im Café immer leerer wurde. Dann schob er die Kapuze seiner Regenjacke vom Kopf, sodass die Gäste des Cafés, die hinter ihm saßen und gelangweilt vom tristen Alltag ihrer Existenzen aufmerksam diesen kleinen Ausbruch aus der Norm beäugten, ihn zu sehen bekamen. Sie sahen das faustgroße tätowierte Auge, das sein Hinterkopf auf sie richtete. Auch wenn ihnen klar war, dass er mit diesem Spiel der Farben keinesfalls sehen konnte, fühlten sie sich in ihrer perfiden Neugierde enttarnt und verstreuten ihre verschämten Blicke im Raum.

Dann stand Aladin auf und drehte sich vom Fenster weg in das Café. Nicht wenige rechneten in diesem Augenblick mit einem Amoklauf oder Ähnlichem und verkrochen sich in die Ecken des Ladens. Für ihre Befürchtungen war dies unangemessen langsam.

»Ich werde euch Fleischpuppen die Kinoleinwände eures Lebens wegsprengen, auf denen der bunte Quatsch läuft, den ihr euer Leben nennt. Ich werde euch die bodenlose Finsternis dahinter offenbaren, auf die sie einst gespannt wurden. So sollt ihr in unendlicher Angst und Depression erstarren.«

Dann eilte er, irgendetwas durch die großen Scheiben fixierend, auf die Straße vor dem Laden hinaus. Hier bahnten sich gerade zwei Streifenwagen mit einem Krankenwagen im Schlepptau den Weg durch den zähen morgendlichen Berufsverkehr. Der dezente Einsatz des Blaulichts verschaffte ihnen den nötigen Platz.

»Mein Menschenhass soll physisch werden!«, rief Aladin. »›Die Söhne des Faust‹ bringen euch die neue Order. Schmerz und Angst sollen von jetzt an das Maß der Dinge sein und Liebe und Zuneigung ein Märchen, das zu fürchten ist.«

Er stoppte den Gegenverkehr durch Nichtbeachtung. Dann nahm er das Pentagramm auf, das an einer Kette um seinen Hals hing, und leckte mit seiner viel zu dicken Zunge darüber. Daraufhin griff er in seine Jackentaschen und zückte zwei Handgranaten. Mit den Zähnen riss er die beiden Sicherungsstifte heraus und stellte sich breitbeinig und mit weit ausgebreiteten Armen, von den Polizeiwagen unbemerkt, vor den Krankenwagen. Der musste voll in die Eisen gehen, um Aladin nicht zu überfahren. Dieser fixierte die Augen des Fahrers, ließ die Sicherungen der Granaten wegschnellen und ging die letzten paar Schritte auf den Krankenwagen zu, bis er direkt an der Windschutzscheibe stand und finster hineinstarrte.

»Und die Welt soll br…«, schrie er, als er wie ein Luftballon platzte und die gesamte Fahrerkabine mit den zwei Insassen ebenfalls zerfetzt wurde. Dabei bäumte sich der Krankenwagen auf wie ein Pferd und spuckte seinen verschrotteten Inhalt beim Aufschlagen auf den Asphalt aus. Eine Mischung aus Konsolen-Teilen und medizinischen Instrumenten sowie die blutigen Überreste von Fahrer und Beifahrer schwappten auf die Straße.

Der Verkehr kam sofort zum Erliegen, die Leute stürzten kreischend aus ihren Fahrzeugen und an die vermeintlich sicheren Ufer der Bürgersteige. Ein überfüllter

Linienbus kam zum Stehen und flutete mit seiner menschlichen Ladung den Gehweg. Menschen fielen und andere krabbelten hysterisch über sie, als würden sie auf allen vieren Sanddünen erklimmen.

Von Aladin war nichts außer seinen zwei Beinen übrig geblieben, die völlig verdreht übereinander lagen. Und irgendwo lag ein Stück blutige Schädeldecke, auf dem ein gespenstisches tätowiertes Auge gen Himmel starrte.

Plötzlich kletterte aus der gesprengten Schnauze des Krankenwagens die Besessene vom Hamburger DOM heraus, die in diesem Konvoi nach Barrenburg transportiert werden sollte. Sie war voller Blut, da ihr irgendetwas die Haut der linken Schulter bis zum Bizeps herunter geschält hatte, wo nun ein dicker Hautlappen herunterhing. Sie hatte verharzte Augen und zerbissene Lippen. Wie ein wildes Tier, das man in die Freiheit entlassen hatte, tastete sie sich vorsichtig im Tumult der Hauptstraße vorwärts. Als sie den Bus sah und den Haufen Menschen, der wie eine zähe Substanz aus ihm quoll, rannte sie sofort darauf zu. Wie ein Berserker hastete sie zwischen den Autos hindurch und verjagte alles Menschliche auf ihrem Weg.

Die Leute, die noch im Bus festsaßen, sahen die Kreatur, die sich auf die wehrlos ineinander verkeilten Personen zubewegte. Sie lagen vor der Bustür und sahen ebenfalls das heraneilende Verderben.

Plötzlich fiel ein Schuss. Yilmaz hockte, wie er es bei unzähligen Übungen auf dem Schießplatz gelernt hatte, mit einem Knie auf dem Boden und stabilisierte seine Dienstwaffe mit der zweiten Hand am Magazin, um auf die zwanzig Meter Entfernung auch zu treffen, die ihn von der Kreatur trennten.

Er hatte seinen Streifenwagen direkt nach der Explosion gestoppt, war ausgestiegen und hatte die Bestie entdeckt, die auf die Eingeklemmten zueilte. Der Schuss traf diese in die linke Hüfte. Sofort war der *Puppe* das Laufen nicht mehr möglich und sie knallte auf den Boden. Nach einer Sekunde der Bewegungslosigkeit begann sie sofort, auf die ihr am nächsten liegende Person – einer jungen bis zur Brust unter einem Haufen Menschen eingeklemmten Frau im Einstiegsbereich des Busses – zuzukrabbeln. Die Frau schrie um ihr Leben. Ein weiterer verkeilter Fahrgast stimmte in die Horror-Arie mit ein.

Yilmaz hatte kein freies Schussfeld mehr, ohne zu überlegen, stand er auf und wetzte so schnell er konnte in Richtung Bus. Während des Schlusssprints bemerkte er den Übergang der Schreie in einen höheren Frequenzbereich und sah, dass die *Puppe* der jungen Frau wahllos ins Gesicht biss. Yilmaz schoss der Kreatur, während er rannte, in den Rücken. Die verdrehte ihren Oberkörper unmenschlich nach hinten und starrte Yilmaz in die Augen. Der Anblick dieses Monsters ließ sein Herz zu Eis gefrieren. Die Frau sah aus wie eine aufgedunsene Wasserleiche. Das Maul und die Zahnstümpfe mit frischem Blut beschmiert.

»Liebst du mich?«, krächzte das Scheusal. Diese unerwartete Frage verwirrte Yilmaz gänzlich und er beantwortete diese mit dem Inhalt des Magazins seiner Waffe. Sieben Schuss zerschlugen den Schädel des verdrehten Biestes und gelbe Flüssigkeit floss daraufhin aus all ihren natürlichen und unnatürlichen Körperöffnungen.

Kapitel 5

Als Müller, Falko und Penrose in Barrenburg eintrafen, trudelten auch die Krankenwagen mit den verzurrten *Puppen* ein. Über Funk hatten sie erfahren, dass der letzte Wagen nicht mehr kommen würde, da es einen Anschlag gegeben hatte.

Sie halfen Doktor Jepkemoi bei der Koordination der Bettenverteilung und blickten danach in den breiten Flur, in dem über dreißig *Puppen*, fixiert in den Betten, zappelten und jaulten. Dann brachten sie den Priester und seine Koffer in einen Aufenthaltsraum, den dieser für seine Kollegen vorbereiten sollte, die am Abend eintreffen würden.

Falko stellte den Koffer mit der Kreuzmaske ab, da klingelte sein Handy.

»Ich bin's, Melinda! Kannst du bitte in die Uni kommen, jetzt? Ich muss mit dir reden! Es ist wichtig!«

***

Falko empfand Respekt für Melinda, nachdem er die hundert Kilometer bis zur Bremer Uni durch den Mittagsverkehr bezwungen hatte. Melinda musste diese Strecke an ihren Arbeitstagen zweimal zurücklegen. Der Himmel färbte sich in typischen Farben und kündigte ein baldiges Unwetter an. Sichtbare Wärmegewitter grummelten am Horizont, als würde der Magen der Erde knurren.

Gedankenexperimente über mögliche Gesprächsverläufe hatten wie eine Zeitmaschine gewirkt und so erreichte er sein Ziel, bevor sein Geist angekommen war.

Geschlaucht irrte er wie ein Trottel durch die unnötig komplizierte Architektur des Universitätsgebäudes, um sich letztendlich die Blöße zu geben und eine der jungen Studentinnen, die wegen des schwülen Wetters nur leicht bekleidet war, nach dem Weg zu fragen. Mit Blicken strafte sie ihn – seiner Interpretation nach – einen Perversen und machte ihm verbal abwertend klar, dass er sich im falschen Gebäude befand.

Als er eine Viertelstunde später den Hörsaal gefunden hatte, in dem Melinda gerade unterrichtete, setzte er sich in die letzte Reihe und lauschte ihrem Unterricht.

»Gut und Böse sind Betrachtungswinkel, objektiv gesehen jedoch neutrale Zustände. Shakespeare sagte: *›An sich ist nichts weder gut noch böse. Das Denken macht es erst dazu‹*«, predigte Melinda ihren Jüngern mit einem Stück Kreide in der Hand, mit der sie ›gut‹ und ›böse‹ an die überdimensionale Tafel geschrieben hatte.

»Es ist durchaus denkbar, dass, wenn eine andere Spezies auf diesem Planeten das Selbstbewusstsein erlangen und ein höheres evolutionäres Level erreichen würde, diese gänzlich andere Moralvorstellungen entwickeln könnte als wir. Mord, Vergewaltigung, Folter … und so weiter. Alles Handlungen, die schon in anderen Kulturen nicht zwingend verwerflich sind, könnten dann selbstverständlich anmuten. Unser Menschenverstand lässt uns glauben, zu wissen, was richtig und was falsch ist. Doch sind moralische Fragestellungen die kompliziertesten Matheaufgaben, die ich mir denken kann, deren Ergebnismöglichkeiten mit der Anzahl der Faktoren ins Unermessliche steigen. Zu diesem Thema werdet ihr euch bitte bis zum nächsten Mal den Dialog *Euthyphron* von Platon durchlesen. Hier geht es um frommes Handeln, was wir dann in der nächsten Stunde behandeln werden.«

In dem Moment gongte es, was in Falko nostalgische Erinnerungen an seine eigene Studienzeit aufkommen ließ.

Die Studenten zückten die Handys aus ihren Taschen, aus Angst, sie hätten was verpasst. Was früher das Rauchen in der Pause war, wurde in der heutigen Zeit vom Datenverzehr abgelöst. Etwa dreißig Zombies torkelten an Falko vorbei, die Gesichter in die blau-weißen Lichter ihrer Displays getaucht. Eines der Mädchen machte ein Selfie in einer etwas seltsam anmutenden Pose. Dazu verzog sie den Mund und lichtete sich aus der Vogelperspektive ab. Falko war das alles zu künstlich. Er schüttelte den Kopf und sah zu Melinda in ihrem hüftbetonten, ärmellosen Einteiler und ihm wurde klar, dass sie die Richtige für ihn war. Ihr Anblick fühlte sich echt an, sie trug keine Maske.

Er stieg die Treppe zu ihr hinab, setzte sich in die erste Reihe und wartete brav, bis die Dozentin ihre Sachen zusammengepackt hatte und neben ihm auf dem Stuhl Platz nahm.

»Danke, dass du hergekommen bist. Ich konnte nicht bis heute Abend warten. Ich muss das hier und jetzt loswerden.«

Falko machte es Angst, als er merkte, dass sie ihren Text auswendig gelernt hatte.

»Falko, ich weiß, dass ich dich überfahren habe mit meinen ganzen Altlasten. Und ich weiß auch, dass ich dich eingeengt habe. Doch ich glaube, dass du recht hast und ich immer noch von einem *Gespenst* – wie du es nennst – begleitet werde. Und vielleicht habe ich dich wirklich nur gebraucht, um dieses *Gespenst* zu verdrängen.«

Sie schluchzte und sprach ohne Rücksicht auf ihre Atmung weiter: »Das tut mir leid. Und ich glaube, dass es besser wäre, wenn wir unsere Beziehung an dieser Stelle beenden. Bevor ich weiterhin mit so wirrem Kram wie Heiratsanträgen um mich werfe.«

Jetzt erstickten ihre Worte, was Falko eigentlich den Raum gelassen hätte, Melinda zu trösten, zu beschwichtigen, sich vielleicht sogar zu entschuldigen. Aber er schwieg.

Jetzt brachen bei ihr die Tränen aus. Sie hatte wohl gehofft, eine Gefühlsregung bei ihm zu bewirken, einen kleinen verbalen Eroberungsstreifzug als Reaktion. Aber er saß einfach nur wie erstarrt da. Plötzlich lachte sie.

»Nun gut. Dann war's das jetzt wohl. Oder?«

Noch einmal gab sie ihm etwas Zeit, das Ruder herumzureißen. Aber er war völlig blockiert. Melinda hatte es eigentlich gar nicht so weit kommen lassen wollen, aber sein Schweigen regte sie so auf, dass es ihren Bluff zu einer realen Entscheidung verhärtete. Die Worte schmerzten in ihrem Hals und es fühlte sich an, als würde eine Melancholie freigelassen werden, die schon seit geraumer Zeit in ihr schlummerte, als sie sagte: »Es wäre gut, wenn du zum nächstbesten Zeitpunkt ausziehen würdest.«

Mit den Worten schnappte sie ihre Tasche und verschwand die Treppe hinauf. Sie ließ Falko in seiner Paralyse der Verwirrtheit zurück. Sein Verstand war immer noch dabei, Antwortsätze zu puzzeln, für die es zu spät war.

Kapitel 6

Mit dicken Wassertropfen setzte der Regen ein. Sie fielen auf den trockenen heißen Asphalt und schienen zu explodieren wie auf einer heißen Herdplatte. Ein Reisebus, zwei Streifenwagen und der Pick-up von Müller standen auf der abgelegenen Rollbahn des Hamburger Flughafens. Die vier Beamten trugen nur Regencapes über ihren kurzärmeligen Hemden. Der immer stärker werdende Regen wirkte wie ein Aufguss in einer Sauna und brachte keinerlei Abkühlung. Der Boden dampfte und die Luft wirkte, als inhalierte man warme Suppe.

Die Boeing 747 schloss gerade ihren Landevorgang ab und wurde von der grellen Sonne unter einen Regenbogen gestellt. Sie machte sich gerade auf, den Horizont zu erreichen. Die dunklen Wolken folgten der Sonne in der Absicht, den ganzen Himmel zu verdunkeln und wie eine gigantische Bettdecke zuzudecken.

Die Sonne spiegelte sich auf der nassen Landebahn und blendete Müller und Fossati, die beobachteten, wie die fahrbare Treppe an das vordere Schott der Maschine andockte. In diesem Moment wurde diese auch schon von einer Stewardess entriegelt und die religiöse Fracht verließ die Röhre. Dreizehn Geistliche traten aus dem Flugzeug und stiegen die Treppe herunter. Man sah den von der Zeit gegerbten Gesichtern an, dass sie alt waren und konnte in ihnen Spuren des Leids sehen, das sie bereits erblickt haben mussten.

Verschiedenste Charaktere und Nationalitäten kamen da herunter. Sie wirkten, als wären sie einer längst vergangenen Epoche entsprungen. Sie trugen alle Uniformen der katholischen Kirche. Die Soutanen, dazu Mozetten und Zingula um die Hüften. Manche völlig aus der Mode gekommen, stark verziert und mit hohen Hüten gekrönt, andere modern und schlicht.

Bei genauerem Hinsehen bemerkte Müller, dass viele von ihnen Verstümmelungen aufwiesen. Einem fehlte ein Ohr, einem anderen der ganze Unterarm, ein weiterer humpelte so stark, dass ein Kollege ihn während des Abstiegs stützen musste. Alle hatten sie irgendeinen Koffer, eine Kiste oder ein dickes Buch bei sich. Das waren wohl ihre individuell erprobten Zauberwaffen gegen das Böse. Man spürte, dass ihr ganzes Vertrauen auf diesen Talismanen ruhte, da ihre knochigen Finger sie so verkrampft festhielten, als wären ihre flüchtigen Seelen darin verwahrt.

Fossati begrüßte diese obskure Reisegruppe demütig und brachte sie, so zügig es ihre Gebrechen zuließen, in den Bus und somit vor dem Regen in Sicherheit.

Kapitel 7

Freddy nahm eines der zig G3-Sturmgewehre aus der Metallkiste mit Rollen, die man sonst für den Transport von Konzert-Sound-Anlagen nutzte und die für das Schmuggeln zweckentfremdet worden war. Geschult testete er die Funktionstüchtigkeit und erfreute sich an der guten Qualität, der in die Jahre gekommenen Waffe.

»Ganze Arbeit!«, quittierte er.

»Hat das Gemälde von der von-Lautersheim-Jacht also als Bezahlung gereicht?«, fragte Bella durch ihre gespaltene Zunge lispelnd. »Ein wirklich genialer Coup übrigens.«

»Sieht ganz so aus. Das Gemälde hatte mich damals schon genervt, als ich noch für Trapmann gearbeitet habe. Auch, dass er es nie richtig aufgehängt hatte. Das wird niemand je vermissen.«

»Geniale Idee, es von der Jacht zu stehlen, um unser Unternehmen hier zu finanzieren.«

Freddy öffnete eine weitere Kiste, in der sich Sprengsätze in handlichen kleinen Portionstaschen befanden. Aufgerollte Kabel hingen daraus, an denen sich wiederum Totmannschaltungen zum Zünden befanden.

Maik, einer von Freddys treuesten Anhängern, tastete sich in dessen Blickfeld. Er passte durch sein banales Aussehen überhaupt nicht in diese Gesellschaft. Er war noch sehr jung, um die zwanzig erst und trug sehr modische Kleidung.

»Was ist denn, Maik?«

»Ich habe gerade von meiner Quelle erfahren, dass ein Bus voller Exorzisten auf dem Weg nach Barrenburg ist. Das wollte ich melden.«

Er neigte ergeben seinen Kopf mit dem zu hohen Scheitel und erwartete Anweisungen.

»Diese Ketzer!«, rief Freddy erzürnt. »Diese erbärmlichen Ketzer! Wollen sich doch tatsächlich mit uns anlegen.« Er griff sich eines der G3s und drückte es Maik in die Hand.

»Du musst etwas für mich tun, Maik.«

Kapitel 8

Die nächtliche Ausgangssperre war in Kraft getreten. Streifenwagen fuhren durch die Straßen und erinnerten die Einwohner per Megafon daran. Der warme Regen hatte sich bei mittlerer Stärke eingependelt und teilte sich den Himmel mit einem scheinbar blitzfreien, kontinuierlich donnernden Gewitter.

Melinda, die Mädchen und Falko saßen beim Essen und experimentierten auf ihren Tellern mit dem reichen Angebot, das Melinda aufgetischt hatte. Falko merkte, dass es sinnvoll gewesen wäre, die Wohnung zu verlassen, aber er sorgte sich um die drei wegen der Situation in der Stadt und wollte sie nicht allein lassen.

Keiner hatte wirklich Hunger und alle aßen mit langen Zähnen. Unerträgliches Schweigen brodelte am Tisch. Die auf die Teller fixierten Blicke trauten sich nur manchmal in die Runde und senkten sich sofort wieder, wenn sie auf andere trafen. Die Mädchen spürten den Bruch zwischen Melinda und Falko, der beinahe physisch im Raum stand. Falko hielt das nicht mehr aus, er musste irgendetwas sagen.

»Vielleicht wäre es besser, wenn ihr morgen die Stadt verlassen würdet, bevor sie ganz dicht gemacht wird. Das sehe ich schon kommen. Fahrt doch zu deinem Vater nach Soltau.«

»Ja, zu Opa!«, freute sich Sina.

»Was meinst du? Da können die Mädchen reiten. Und ihr wärt in Sicherheit, bis hier wieder so etwas wie Normalität eingekehrt ist.«

Melinda machte ein Geräusch, das nur unter Zuhilfenahme seiner ganzen Fantasie als Zustimmung zu deuten war. Dieser Ton der Melancholie wischte die Freude aus Sinas Gesicht, da er sie an die vorherrschende

Grundstimmung erinnerte. Larissa war sowieso nicht begeistert von dem Gedanken, sich von ihrem Schwarm zu entfernen. Und so schwebte das Trübsal bis zum Ende der Mahlzeit weiter über dem Tisch.

***

Zwei Stunden später lagen die Zwillinge im Bett und Falko hatte ihnen eine gute Nacht gewünscht. Danach ging er ins Schlafzimmer. Der Fernseher lief auf leisester Stufe und zeigte endlose Wiederholungen der Sensationsnachrichten der vergangenen Tage, deren Überdramatisierung schon fast als angebracht erschien. Falko sah kurz hin und begann sich auszuziehen. *Vor einer Woche war noch alles in Ordnung und jetzt herrscht auf einmal das totale Chaos. Wie schnell doch Wahnsinn und Normalität die Plätze tauschen können*, ging es ihm durch den Kopf.

Melinda schaltete den Fernseher ab. Wie ein Häufchen Elend saß sie auf der Bettkante.

»Ich kann das nicht mehr sehen«, sagte sie in Richtung des Schranks. »Das wird doch alles nichts mehr.«

Sie schluckte den Kloß in ihrem Hals mit aller Kraft hinunter. Hätte er es an die Oberfläche geschafft, wäre sie in einem Monsun aus Tränen ertrunken.

Falkos offene Hand schwebte instinktiv auf Melindas Rücken zu, er wollte sie trösten. Sie implodierte aber kurz vor dem Erreichen und sein Arm wurde von seinem Verstand zurückgerissen. Er war am Ende. Er fühlte sich wie damals während seiner Ausbildung, als er sich mit einer Grippe vierundzwanzig Stunden lang bei einem Kastor-Transport die Beine in den Bauch gestanden hatte.

Nur noch ins Bett, dieser weiche Kurzzeitsarg, an dem man allabendlich die Wonne der Selbstauflösung kosten durfte. Keine Diskussionen mehr, keine Aussprache. Alles konnte, nein, alles musste warten.

»Kann ich hier schlafen?«, fragte er unterwürfig.

»Mir egal«, nuschelte sie, als sie sich zur Seite fallen ließ, das Licht ausschaltete und an diesem Abend kein weiteres Lebenszeichen mehr von sich gab.

Kapitel 9

»Schläfst du schon?«, fragte Sina.

»Nö!«

»Du sag mal, hast du Willow schon geküsst?«

Das war die richtige Frage, um ihre Gesprächsfreude zu aktivieren.

»Ja«, lachte Larissa.

»Echt jetzt? Wie war das?«

»Das kannst du dir nicht vorstellen. So weich und so … ich weiß auch nicht. Es ist, als wäre dein Herz eine Katze, die man streichelt und sie dadurch zum Schnurren bringt. Ein Kuss macht, dass man sich fühlt, als steige man frierend in eine heiße Badewanne. Erst ist es heiß und dann lange warm. Aber du musst das selbst erf…« Sie brach abrupt ab und machte plötzlich komische würgende Laute.

»Hast du gerade gekotzt?«, fragte Sina.

Stille.

Sina sah angestrengt hinüber und versuchte, Larissa durch das Zusammenkneifen ihrer Augen zu erkennen. Langsam schärften sich deren Konturen im diffusen Licht, das von der Straße hereinkam.

»Ist alles okay, Larissa?«

Ein Zähneknirschen setzte ein. Jetzt bemerkte Sina, dass Larissas Augen irgendwie gelb wirkten. Als leuchteten sie leicht.

»Hey, was soll das? Das ist nicht witzig! Was ist mit deinen Augen?«

Sina war wie gelähmt. Die gelben Augen in dem blassen Gesicht starrten ihr bis in die Seele. Sie wollte das Licht einschalten, aber sie traute sich nicht unter ihrer Bettdecke hervor. Ihr fiel ihr Handy ein, das sie in der Hand hielt und so schaltete sie das Display an, welches den Raum erhellte. Erst jetzt sah sie, wie Larissa sie die ganze Zeit fixierend, langsam aus ihrem Bett aufstand. Sina wollte schreien, aber ein dicker Brocken Beton lag auf ihrer Lunge und hinderte sie am Atmen.

»Du brauchst keine Angst zu haben. Wir tun euch nichts!«

Kapitel 10

Müller kam nach Hause. Es war spät geworden. Auch er fühlte sich down, war völlig gerädert, als hätte er den ganzen Tag für eine verlorene Sache geschuftet. Er goss sich ein halbes Glas mit vor Kälte dampfendem Kräuterschnaps aus dem Eisfach ein und kippte ihn in zwei Zügen hinunter. Dann schenkte er nach und ging in das winzige Wohnzimmer seiner kleinen kargen Mietwohnung. Hier saß er nun über den traurigen Restbeständen seines Besitzes, die ihm die häufigen Trennungen gelassen hatten.

Er schmiss die Flimmerkiste an und versank in Bildern von der Erde. Aus dem All gefilmt, wurden sie mit klassischer Musik untermalt und liefen in Endlosschleife als Nachtprogramm. Dann begann er die Fetzen eines halben Gyros-Burgers aus dem Knäuel Alufolie zu pulen, den er noch im Kühlschrank gefunden hatte, und versuchte, die Augen beim Kauen offen zu behalten, wobei er mehrmals einnickte.

Zwei Stunden später wachte er auf. Etwas hatte hinter ihm im Zimmer geknackt. Vermutlich das Parkett. Seine Zunge fand noch etwas Krautsalat vor den unteren Schneidezähnen und beförderte es Richtung Speiseröhre. Ein lauter Schmatzer folgte dem Schlucken. Er drehte sich um, nur um sicherzugehen, dass dort nichts war. Leider wurde seine Vermutung von der Realität enttäuscht. Es stand jemand im grellen Licht des Fernsehers. Müllers Augen wurden groß, als ihm klar wurde, wer hier vor ihm stand und ihn mit einem Gewehr bedrohte.

Kapitel 11

Falko wurde wach. Er fühlte sich, als hätte er einen Fiebertraum hinter sich. Irgendetwas pochte in regelmäßigen Abständen im Nebenzimmer. *So ein Mist*, dachte er. *Hat sich der Rollladen schon wieder gelöst?* Er hätte wohl weiterschlafen können, aber ihm war klar, dass das Geräusch im Zimmer der Zwillinge viel zu laut war, als dass diese noch lange warten würden, ihn zu Hilfe zu holen. Also stand er auf, um ihnen zuvorzukommen.

»Was ist denn los?«, fragte Melinda benommen.

»Ach, nur wieder der Rollladen.«

Falko zog sich seine Jogginghose an und betrat den Flur. Dann öffnete er leise die Tür zum Zimmer der Zwillinge und blickte hinein. Eine Bombe explodierte, die sein Leben war. Schwindel, Kopfschmerz, Übelkeit, alles auf einmal. Sein Kopf schüttelte ein leises »Nein!« aus seinem Mund. »Nein!« Diesmal etwas lauter.

Melinda kam völlig verschlafen dazu. Da sah sie den Tatort und den Grund für das Getöse. Sie verschluckte den letzten Atemzug und merkte, dass sie keine Luft mehr bekam. Eine heiße Gänsehaut schoss ihren Rücken bis in die Haarwurzeln hinauf. Dann schüttelte sie sich und strich hysterisch mit den Händen über die Arme, als wollte sie die Situation wie tausende von Insekten von sich abstreifen.

Beide sahen den Horror. Larissa stand am Kopfende von Sinas Bett und schlug mit einem Hammer weit ausholend und dabei den Fensterrahmen streifend, immer wieder in die rote Pfütze, die einmal Sinas Kopf gewesen war. Das Bett, die Wände und Larissa waren vollgespritzt mit Blut. Es hatte den Anschein, als würde sie das, was sie dort tat, schon seit Stunden machen. Wieder sauste der Hammer hinab und klatschte in die Masse aus

Knochen, Gehirn, Zähnen und Blut. Larissa bemerkte ihr Publikum und sah sie finster durch ihre gelb gerahmten Augen an. Sie knurrte.

Apathisch ging Falko auf Larissa zu. Er durfte nicht noch einen Schlag zulassen. Mit einem Hieb boxte er Larissa aufs Kinn. Sie flog gegen einen der Metallcontainer unter der Schreibtischplatte. Pragmatisch holte Falko zwei Kabelbinder aus dem offenen Werkzeugkasten, der immer noch im Zimmer stand, seitdem Falko ihn zu Beginn der Woche dort vergessen und aus dem Larissa den Hammer entnommen hatte. Dann ging er zu Larissa, die noch benommen von dem Schlag war, riss ihr den Hammer aus der Hand und band Larissas Arme unterhalb der Tischplatte jeweils links und rechts an die Tischbeine.

Melinda hatte den Weg zu Sina bestritten, deren Hände vor dem Brustkorb verkrampft erstarrt waren, als würden sie eine unsichtbare Skulptur an sich pressen. Melinda weinte Sturzbäche von Tränen in das Blut, während sie den toten Mädchenkörper anhob, um ihn an sich zu drücken. Bis auf einen Hautlappen blieb alles andere, was von ihrem Kopf übrig geblieben war, auf dem Kopfkissen zurück.

»Verzeih mir, Mama«, schluchzte Larissa plötzlich wehmütig. »Das war ein Versehen, es tut mir so leid.« Sie verstellte plötzlich ihre Stimme psychotisch. »Hast du mich noch lieb? Macht mir doch einfach ein neues Schwesterchen. Jetzt gleich!«

Melinda flippte aus, sie ließ Sina fallen, hob den Hammer auf – der auf dem Boden vor die Tür geschlittert lag, als wolle er aus dem Raum fliehen – und raste wie eine Furie auf Larissa zu. Fest entschlossen, ihr den Schädel ebenso einzuschlagen, wie Larissa es mit ihrer Schwester getan hatte. Aber Falko ging dazwischen, sodass Melinda ihm in die Arme knallte. Der Hammer flog ihr aus der

Hand und schlug Larissa mit voller Wucht in den Bauch. Die lächelte darüber nur durch die schwarze Kotze in ihrem Mund.

»Komm, raus hier. Nichts wie raus!«

***

Melinda war auf der Galerie vor dem Zimmer der Zwillinge zusammengebrochen und Falko hatte sie dort mit einer Decke zu einer Raupe gemacht, denn er wusste nicht, wie er sie hier schnell hätte weg- und in Sicherheit bringen können. Aus dem Kinderzimmer kamen verstörende Laute. Zehn Minuten waren vergangen und Falko kam die Treppe wieder hoch.

»Ich konnte Müller nicht erreichen, also habe ich deinen Vater angerufen. Er wird gleich hier sein und sich um dich kümmern. Lass ihn bitte nicht ins Kinderzimmer.« Er deutete ihren starren toten Blick als Zustimmung. »Ich muss jetzt los. Ich erklär es dir später, aber wir können Larissa noch retten.« Dann drückte er ihr einen dicken Kuss auf die Stirn und verschwand.

Kapitel 12

Falko wusste nicht wie, aber er hatte die Strecke nach Barrenburg, trotz des sintflutartigen Regens und seiner geistigen Abwesenheit, irgendwie gemeistert. Die Zeit schien Sprünge zu machen.

Er stürzte die Treppen hinauf und platzte in das Gebäude, dann eilte er durch die Eingangshalle, passierte die Quarantäneschleuse und betrat die Quarantänestation. Der Horror, den er hier vorfand, bremste ihn schließlich aus.

Links und rechts standen die Priester, die erst vor ein paar Stunden gelandet waren, an den Betten der fixierten Besessenen und bedachten ihre Patienten mit religiösen Floskeln. Ab und an schleuderten sie Weihwasser nach ihnen.

Eine junge, an den Händen gefesselte Besessene hatte sich so stark nach vorn in Richtung ihres Priesters geworfen, dass ihre Schultern nach hinten weggebrochen waren. Jetzt drehte sie mit einer abnormalen Windung eine Hand aus ihrer Fessel. Einer der Mediziner sah das und stürmte sofort auf die *Puppe* zu. Diese hatte sich tief in den eigenen Mund gegriffen und war im Begriff, sich ihre eigene Zunge herauszureißen. Der junge Arzt packte ihren Arm und rang kurz mit ihrer Übermacht, bis die *Puppe* sich ihre Zunge bis zur Wurzel herausriss und nach dem Priester warf. Dabei fixierte sie die ganze Zeit den Exorzisten mit dem hohen Hut, der unbeirrt seine Verse abspulte.

Am nächsten Bett saß ein Priester, der offensichtlich aufgegeben hatte. Er weinte leise und flüsterte seinem Gott zu. Als er Falko sah, rief er: »Sie wirken nicht! Die Exorzismen. Sie wirken nicht! Wir sind verloren! Alles ist verloren!« Er sah auf seine alten zitternden Hände herab und sprach entsetzt: »Wir sind machtlos gegen diese Bluthunde Satans! Und das ist erst die Vorhut.«

Die männliche *Puppe* hinter ihm, deren Kopf in einer antiken Holzkiste gefangen war, die mit gusseisernen Kruzifixen beschlagen war, lachte ihn aus wie ein kleines Kind.

Eine weitere Besessene tobte gegenüber dieses Duos in ihrem Bett herum, vom Gelächter des Gegenübers animiert. Diese hatte sich die Mundwinkel wohl mit einem Messer eingeschnitten, ehe sie gefangen genommen worden war. Während ihres perversen Lachens riss sie den Mund übernatürlich weit auf, sodass die Mundwinkel bis zu den Ohren aufklafften.

Ein Bett weiter lag eine der *Puppen* mit von gelbschwarzen Ausscheidungen verschmiertem Gesicht wie gelähmt auf ihrem Bett. Der Priester mit nur einem Arm murmelte leise seine lateinischen Verse vor sich hin, während er bedacht und von dem Getöse im Raum unbeeindruckt zahnstochergroße silberne Kreuze in den nackten Körper der männlichen *Puppe* stach. Etwa vierzig dieser Kreuze bedeckten den teils von einer Brandverletzung stark nässenden Oberkörper. Die spirituelle Akupunktur schien zu wirken. Zumindest lähmte es den Patienten.

Falko ließ das Geschehen hinter sich und näherte sich Pater Penrose, der ebenfalls einen Exorzismus praktizierte. Er schien gerade abgeschlossen zu sein, denn Penrose entfernte die Maske mit dem Kreuz von dem Jungen, der nun zu schlafen schien.

»Pater?«

Penrose drehte sich erschöpft um.

»Sie müssen mit mir kommen!«

»Aber ich habe hier noch so viel zu tun, Kommissar Thurner.«

Falko drückte ihm seine Dienstwaffe in die Rippen.

»Es tut mir leid, aber es geht nicht anders. Ich erkläre Ihnen alles unterwegs.«

***

In der Wohnung angekommen, gingen sie die Treppe zur Galerie hinauf, wo Melinda immer noch so dalag, wie Falko sie zurückgelassen hatte. Melindas Vater war bereits eingetroffen. Er hatte ihr eine kleine Flasche Wasser in Reichweite gestellt und die Tür zu Larissas Zimmer geöffnet. Jetzt hörte Falko auch Stimmen.

»Soll ich dir einen blasen, Großvater?«

»Was redest du da Kind? Was ist denn bloß in dich gefahren?«

»Ach komm, Opi. Ich weiß doch, dass du mir beim Reiten immer auf den Arsch guckst.«

Der hagere alte Mann mit dem Dackelblick verstand all das hier nicht. Es machte ihn über alle Maßen traurig. Gefühle, die er seit der Nachkriegszeit nicht erfahren hatte, flammten nun wieder auf. Wahre Sorge, nicht um Rente und erhöhte Zuckerwerte. Eine Enkelin tot, die andere in einem undefinierbaren Zustand. Seine Unterlippe bebte.

»Guter Gott, was ist bloß mit diesem Kind los?«

»Eine spirituelle Infestation, ein dämonischer Parasit«, antwortete Penrose trocken, der plötzlich im Raum stand. Dann näherte er sich Larissa langsam mit der geöffneten Kreuzmaske, als wolle er ein verschrecktes Tier mit einem Netz fangen.

»Was willst du Tierficker von mir? Verpiss dich, du …!«

Dann presste er abrupt ihren Kopf in die Maske, die er eilig verschloss.

»Lassen Sie mich bitte allein. Ich brauche Zeit für das Verfahren.«

***

Falko brachte den Großvater runter auf die Couch. So konnte dieser seinen leeren Blick auf die große Panoramafront richten, die die Gefahren der Dunkelheit draußen hielt. Der Regen klimperte konsequent auf die schräge Glasfront auf Höhe der Galerie.

Am liebsten wäre Falko einfach ins Bett gefallen und hätte so lange geschlafen, bis sich all das als Traum herausstellte. Doch er wusste, dass, wenn er sich jetzt etwas Ruhe gönnen würde, er sich später nicht mehr würde aufraffen können. Er hatte das Gefühl, als schiebe sein Adrenalinpegel eine schwere Grippe vor sich her, die ihn für Tage außer Gefecht setzen würde, wenn sie nur erst mal ausgebrochen war. Also überlegte er, was als Nächstes zu tun war. Und er wusste es genau. Er musste Melinda stabilisieren, bevor sie vor Kummer für immer einschlafen würde. Aber wie sollte er das bewerkstelligen? Wie konnte er Melinda beruhigen, ohne sich selbst mit dem GAU zu beschäftigen, den er so effizient verdrängte?

Er schlich wieder die Treppe zur dunklen Galerie hinauf, die nur mit etwas Helligkeit aus dem Wohnbereich und vom Lichtspalt unter der Kinderzimmertür versorgt wurde. Dort sank er auf alle viere und krabbelte auf den Wurm zu, der einst diese starke würdevolle Person gewesen war, die er immer noch liebte. Er setzte sich in sicherem Abstand zu ihr im schmerzhaften Schneidersitz an die Wand. Melindas leere Augen sahen zu ihm, schienen ihn jedoch nicht wahrzunehmen.

Plötzlich knallte es im Kinderzimmer und es erklang ein langgezogener wehmütiger Schrei. Er stammte vermutlich von Larissa, obwohl man das an der Stimme nicht hatte festmachen können.

Melinda krabbelte zu Falko, der seinen Schneidersitz sofort für sie öffnete und sie mit dem Rücken zu sich in den Arm zog. Alle Gedanken an Trennung waren vergessen.

»Weck mich! Bitte weck mich auf oder mach, dass ich für immer schlafe. *›Sterben – schlafen – nichts weiter! Und zu wissen, dass ein Schlaf das Herzweh und die tausend Stöße endet, die unsers Fleisches Erbteil, 's ist ein Ziel, aufs innigste zu wünschen. Sterben – schlafen – schlafen!‹*« Benommen, fast schon monoton hatte sie den Shakespeare-Text, den sie in der Schule gelernt, aber nie wirklich hinterfragt hatte, aus Hamlet zitiert. Plötzlich wurde er mit Sinn erfüllt.

»*›Das unentdeckte Land, von des Bezirk kein Wandrer wiederkehrt, den Willen irrt‹*«, lallte sie, als hätte sie eine Aufgabe gelöst.

Falko ängstigte das. Er verstand die Worte nicht, aber sie führten definitiv in eine falsche Richtung. Er musste sie aus diesem Zustand der melancholischen Schwerelosigkeit herausholen. Dann sah er sein Tattoo und fokussierte die Linien, die noch frisch und erhaben waren. Und so begann er zu erzählen, was er noch nie laut ausgesprochen hatte: »Du wolltest wissen, wie ich meine Verlobte Jessica verloren habe. Ich erzähle es dir.«

Ein weiterer Schrei, der von Penroses Versen übertönt wurde, erklang aus dem Zimmer, aber Falko erzählte weiter, Melindas Aufmerksamkeit langsam erlangend:

»Sie war meine erste Liebe, du kennst das doch. Diese Liebe, die aus Feuer besteht und wie ein Sonnenwind durch dein Leben fegt und alles mit sich reißt. Alles ändert sich, Werte verschieben sich. Neue Werte, neue Geschmäcker. Als wären zwei Menschen am Anfang ihres Lebens an unterschiedlichen Orten zu einem Marathon gestartet und wären jahrelang auf dasselbe Ziel zugelaufen, ohne sich zu bemerken. Sie sind sich immer nähergekommen, bis sie im Ziel aufeinandergetroffen und miteinander verschmolzen sind. Wir wurden eins, wir teilten uns eine Lunge, ein Herz. Der Körper scheint in dieser ersten großen Liebe eine Droge freizusetzen, von der man im Leben nur einen Schuss bekommt. Und der Rest ist Nostalgie.«

Melinda lauschte Falkos Monolog, ohne den Inhalt wirklich aufzunehmen. Aber seine Stimme beruhigte sie.

»Das Leben hatte plötzlich einen Grund. Es war alles klar. Ich musste mich mit dieser Frau vereinigen, um ein neues Leben zu schaffen. Wir waren zu einer Formel geworden. Und eine solche verlangt ein Ergebnis. Eine Lösung. Sie wurde schwanger. Ich machte ihr einen Antrag, den sie freudig bejahte. Wir planten die Hochzeit und schmiedeten Pläne für die Zukunft. Wir wollten auswandern. Irgendwohin, wo man das Polarlicht sehen kann.«

Falko war wieder da angekommen, wo dieser Text seinen Ursprung hatte. Er sah die Dinge vor sich und spürte die Gefühle, als durchlebte er sie gerade erneut.

»Ich befand mich in einem Zustand der Glückseligkeit. Ich weiß noch, dass ich unentwegt hätte pfeifen können. Aber dann wachte ich eines Morgens auf«, Falkos Mundwinkel wurden schwer und sein Blick tauchte ab.

»Ich wachte auf …«, seine Stimme blieb weg. Sein Mund wurde trocken.

»Ich wacht… Ich drehte mich zu ihr um, wo mich so oft schon diese Augen beobachteten und vor Freude aufblitzten, wenn meine sie erspähten. Da war sie, aber irgendwie auch nicht. Ein Stromschlag durchfuhr meinen Körper. Da lag sie wie immer, die Augen geöffnet, aber … Aber ihr Leben war nicht mehr da. Sie war über Nacht ausgetauscht worden und man hatte mir eine billige

Kopie aus Wachs ins Bett gelegt. Ich schüttelte sie. Ich schrie sie an, sie solle mit dem Blödsinn aufhören, aber die Minuten brachten die Erkenntnis: Sie war in der Nacht gestorben. Meine Zukunft lag tot neben mir im Bett. Ich versuchte eine Mund-zu-Mund-Beatmung auf ihren kalten Lippen, aber ich bekam die Luft nicht mal in ihre kollabierte Lunge. Bei der Herzmassage sah ich das Blut in ihrem Schoß und mir wurde klar, dass *alles* vorbei war.«

Bei dem Satz fing Melinda zum ersten Mal richtig an zu weinen. Er redete weiter, er musste diese Beichte jetzt beenden. »Ich lag dann noch weitere siebenundzwanzig Stunden neben ihr, bis die Polizei die Tür aufbrach, weil wir beide nicht zur Arbeit erschienen waren. Siebenundzwanzig Stunden, an die ich mich nicht wirklich erinnere. Vermutlich war ich etliche Male wieder eingeschlafen und erneut in derselben Situation aufgewacht. Hatte mich mit Küssen verabschiedet, die in aussichtslose Wiederbelebungsversuche ausarteten. Ich wollte sie nicht hergeben, ich wollte sie in der kleinen intimen Schatztruhe unserer Zweisamkeit, dem Bett, behalten. Aber sie war tot. Die Einzige, die absolute Sicherheit, die Konstante in meinem Leben, war mir über Nacht genommen worden.«

Das war es. Keine Pointe, keine Anspielung auf diese Situation, die dieser sehr ähnlich war. Es war Feuer gegen Feuer.

Das Leben war grausam. Was man liebte, konnte man jederzeit verlieren. Aber so, wie sie hier auf dem Boden kauerten, fühlten sie auch, dass man es wieder neu entdecken konnte. Man konnte sich gegen die See von Plagen wehren. Sollte die Welt da draußen doch untergehen, sie waren wenigstens zu zweit in diesem kalten Kosmos, über dem der Schrecken der Unendlichkeit herrschte und drohte, alles Endliche zu zerreißen.

So, an Falkos Brust gedrückt, schlief sie ein. Ihm gelang dies nicht, denn das Getöse aus dem Kinderzimmer ließ ihm keine Ruhe.

***

Falko trug Melinda ins Schlafzimmer, er wollte sie aus dem Wirkungskreis des Exorzismus schaffen. Ihr Schlaf war tief und friedlich. Sie schien das Universum verlassen zu haben, in dem Kinder Dämonen anheimfielen.

Es war drei Uhr nachts und er hätte sich gern dazugelegt, aber der Gedanke an Schlaf war eine Falle. Er lockte mit dem Versprechen der Erlösung durchs Vergessen. Aber beinhaltete auch immer die Sicherheit des Rauswurfs. Er war ein Paradies auf Zeit, an dessen Ende wieder die Hölle wartete, aus der man geflohen war.

Also ging er in die Küche und machte sich einen Espresso doppio und nahm sich einen Proteinriegel. Dann setzte er sich an den Tresen, von wo aus er seinen Schwiegervater sehen konnte, der katatonisch auf der Couch verharrte und leicht vor- und zurückschaukelte.

»Brauchst du was?«, fragte er den armen Mann und zuckte durch einen dumpfen Knall im oberen Geschoss zusammen. Er bekam keine Antwort. Falko verschlang den Riegel und nippte an seinem Espresso. Er überlegte, ob er beten solle. Vielleicht war das hier eine Art Prüfung. Eine Prüfung Gottes. Er faltete schon die Hände zum Gebet, verwarf den Gedanken aber wieder, da es ihm in Anbetracht der Tatsachen als unverhältnismäßig erschien. Sollte er nach alldem, was ihm genommen worden war, jetzt anfangen, um die Reste zu betteln? »Nein!«, stellte er trotzig fest.

In dem Moment klingelte sein Telefon. Er zog es aus der Tasche und sah das Bild von Müller auf dem Display.

Schnell nahm er den Anruf entgegen, da er fürchtete, ein weiteres Klingeln könnte den Schwiegervater aus seinem Zustand reißen.

»Ja?«, flüsterte er.

»Trapmann hier. Schauen Sie aufs Display!«

Es war ein Videoanruf. Falko sah aufs Display und ein verpixeltes Bild von Müller in Fesseln, auf den ein Scharfschützengewehr zuschwebte. Der Anruf wurde beendet.

»*Fuck!*«, fluchte Falko. »Was denn noch?«

Dann erhielt er eine SMS: *Informieren Sie nicht Ihre Kollegen und kommen Sie sofort in die …*

Kapitel 13

Das Tor der Luxusvilla war geöffnet, als Falko bei besagter Adresse im Viertel der Reichen ankam. Er fuhr den kleinen Hügel hinauf und blieb in dem Kreisel vor den Stufen, die zu der Villa führten, hinter einem unbezahlbaren SUV stehen. Mit gezogener Waffe spurtete er durch den andauernden Regen zur Haupteingangstür hinauf. Sie war unverschlossen und so konnte er ins Innere huschen.

Geduckt betrat er die große Eingangshalle. Die dunklen Brauntöne der edlen Holztäfelungen flackerten im Licht des Feuers eines übergroßen Kamins in der englischen Bibliothek auf, die sich für die Eingangshalle öffnete. Die Schatten der Ornamente hüpften auf und ab. Das Kaminfeuer bot die einzige Lichtquelle. Falko begrüßte dies, da ihn die Dunkelheit und das Knistern in Sicherheit wogen.

Falko sprang in die Bibliothek und scannte über Kimme und Korn seiner Automatik den Raum, der zahlreiche Verstecke bot.

Als er der Örtlichkeit Sicherheit-in-erster-Instanz attestierte, erlaubte er sich das erste Durchatmen im Inneren der Villa. Obwohl sein Augenmerk auf anderes konfiguriert war, registrierte er die Sammlung von antiken Folterinstrumenten, die in der Bibliothek um die zentrierte Sofarunde drapiert worden waren. Falko schlich an den grausigen Exponaten vorbei auf ein deckenhohes Bücherregal zu, aus dem eines der Regalelemente herausstand und wie eine Tür geöffnet eine knorrige Kellertreppe freigab. Aus der Hölle, in die diese führte, flackerte ebenfalls das Licht einer Flamme. Falko benötigte eine Weile, um sich zum Abstieg zu überwinden. Übelkeit machte sich in seinem Magen breit. Als er leise die Treppe hinunterstieg, fragte er sich, ob ihn das Fegefeuer am unteren Ende erwartete. Gewundert hätte ihn dies nicht.

Es beruhigte ihn, festzustellen, dass Fackeln eine Beleuchtung generierten. Sie führten ihn in einen Weinkeller aus chaotisch angeordneten, aus Backstein gemauerten Gängen. Diese Katakomben schienen jüngst restauriert worden zu sein – alles wirkte sauber und die teuren Weinflaschen lagen abgestaubt in ihren frisch lackierten Regalen. Ihm fiel die wohltuende Temperierung auf, die seinen Körper von innen erfrischte und ihm etwas neue Energie zuspielte. Er ging weiter.

Plötzlich überkam ihn das Gefühl, dass er in eine Falle getappt war, gefolgt von einer kleinen Panikattacke, die den Gedanken mit sich führte, dass die *Regaltür* oben zuknallen könnte. Er wollte flüchten, alles zog ihn hinaus aus diesen Gemäuern und zurück an die Oberfläche. Sollte sich ein SEK-Team darum kümmern. Er musste jetzt mit all seiner Kraft bei Melinda sein und den Weltuntergang sich selbst überlassen.

Doch ein Abbruch widersprach seinem Naturell als Polizist. Er ging weiter, egal, was ihn dort erwartete.

Er betrat einen großen, von Bögen überspannten Raum, die allesamt einer massiven Säule im Zentrum entsprangen.

Hier wurden normalerweise Weine verköstigt, einzelne Flaschen standen auf Glassäulen, die von irgendwo zum Leuchten gebracht wurden. Diffus illuminierte Kamine enthielten eingepasste Tresen, auf denen sich jeweils einzelne Flaschen und wenige Weingläser befanden. Dies war bewusst auf dem naturbelassenen Sandboden des Gemäuers errichtet worden.

Zu jeder der vier Seiten der vierkantigen zentralen Säule befanden sich je vier schmale Ledersessel, die verlockend bequem waren und um einen flachen, viel zu kleinen Tisch standen.

Erst jetzt bemerkte er, dass auf der Sesselrunde rechts von ihm zwei Personen im Schatten der wenigen Lichtquellen saßen.

»Herr Thurner, ich bin sehr erfreut, Sie kennenzulernen.«

Falko näherte sich der Garnitur und visierte den Schatten an, den er für die Quelle der Worte hielt.

»Entschuldigen Sie meine Manieren, aber für die Gebote des Anstands fehlt uns leider die Zeit.«

Falko sah, dass es Müller war, den er anvisiert hatte. Dessen Gesicht war von Schatten verdeckt worden und es sprach die andere Person. Als er näherkam, erkannte er das Scharfschützengewehr.

»Trapmann? Sie werden gesucht, wissen Sie das?«, sagte Falko.

»Legen Sie bitte die Waffe ab und nehmen Sie Platz.«

Falko ahnte, dass es keinen Sinn ergab, in dieser heiklen Lage zu diskutieren. Er legte seine Automatik vorsichtig auf den Glastisch und setzte sich in einen der weichen Sessel. Dann wechselte er zum du.

»Hey, Trapmann? Was ist los mit dir?«, fragte Falko, die Augen vergeblich kneifend, um dessen Gesicht besser sehen zu können.

»Falsch!«, verneinte sein Gegenüber. »Ich bin nicht Trapmann! Das ist nur seine Hülle.«

Jetzt quälte sich Trapmann aus seinem schon geöffneten Anzughemd. Die Waffe wechselte für eine lückenlose Überwachung die Hand. Das Hemd gab den Oberkörper von Trapmann frei. Ein kompliziertes Geflecht von Stacheldraht war eng um seinen Torso gewickelt. Blut und Eiter traten aus dem vernarbten Gewebe aus.

»Euer Schmerz ist eine Delikatesse«, fachsimpelte er, während der Stacheldraht durch die Bewegung in die offenen Wunden ritzte.

»Ja, ich bin einer von ihnen«, sagte er, Falkos Vermutung ahnend.

Falko erlitt einen Wutanfall. Hier hatte er nun endlich eine Person vor sich, auf die er seinen Hass projizieren konnte. Er wollte aufspringen, vielleicht ein oder zwei Kugeln kassieren und seinem Antagonisten das beschissene Herz rausreißen.

Als hätte Trapmann es geahnt, sprang dieser selbst auf und drückte Falko tief in den Sessel, bevor der etwas tun konnte. Wie eine Muräne aus ihrer Höhle näherte sich Trapmanns Antlitz aus dem Schatten heraus Falkos Gesicht. Falko sah in die leicht gelben Augen und bemerkte die vernarbten, von Salbe glänzenden Lippen.

»Ich bin auf eurer Seite, Thurner. Und ich werde euch helfen, das alles wieder in Ordnung zu bringen.«

»In Ordnung bringen …«, würgte Falko durch den übermenschlich starken Griff von Trapmann. »Meine Familie ist zerstört. Du kannst nichts mehr in Ordnung bringen.«

»Hör ihm zu«, bat Müller roboterhaft, von irgendeiner höheren Erkenntnis gelähmt. »Es geht hier um weit mehr als unsere kümmerlichen Existenzen.«

Trapmann glitt zurück in den Schatten und setzte sich wieder in den Sessel. Langsam gewöhnten sich Falkos Augen an die Dunkelheit und er konnte Trapmann besser erkennen.

»Eure Exorzismen«, er schluckte einmal, um ein ungewolltes Sabbern zu verhindern, »sind infantile Zeitverschwendung.«

»Sie funktionieren! Das reicht mir!«

»Falsch!«

»Aber ich habe es doch selbst gesehen!«

»Eure lächerlichen Rituale bewirken nur, dass die Sinne der Besessenen voll in Anspruch genommen werden, was dazu führt, dass wir uns nicht mehr in euch halten können. Denn wir docken uns an eure Sinne und fallen so aus euch heraus, wir müssen uns neu orientieren, kommen aber nach ein paar Tagen zurück und verbeißen uns dann so, dass ihr uns nie wieder loswerdet.«

»Das ist doch Bullshit!«

»Ich bin der lebende Beweis. Penrose – er ist euch bekannt – hat mich vor Jahren einmal aus diesem Körper hier gepredigt. Aber wie ihr seht, habe ich ihn wieder übernommen.«

»Selbst, wenn das alles stimmen würde, was sollten wir dann noch machen können?«

»Ihr müsst uns alle vernichten, unsere Wirte töten! Denn dann sterben wir mit den Körpern, mit denen wir verschränkt sind.«

»Wieso könnt ihr sterben? Dämonen sterben nicht.« Irgendetwas war hier faul.

»Wer sagt denn, dass wir Dämonen sind?«

Plötzlich hörte Falko die Sirenen eines Polizeiwagens.

»Wir müssen hier sofort weg«, sagte Falko, der mehr erfahren wollte. »Ich habe das Revier informiert, bevor ich herkam.«

Kapitel 14

Der Bus mit den dreizehn Priestern war auf dem Weg, sie in ihr Hotel zu bringen. Diese hatten sich über das gesamte Gefährt verteilt. Einige schliefen, andere beteten, alle waren sie erschöpft von ihrem Pensum.

Der Fahrer hatte Mühe, etwas auf der verregneten Autobahn zu erkennen, denn die Scheibenwischer kamen kaum hinterher, die große Windschutzscheibe vom Regen zu befreien. Von Böen geschaukelt herrschte eine betäubende Ruhe im Fahrzeug, bis sie plötzlich von einem stummen Blaulicht durchschnitten wurde. Der Busfahrer erschrak, rangierte aber geistesgegenwärtig sein großes Fahrzeug auf den Seitenstreifen der Autobahn und schaffte es nur knapp, es noch vor dem Streifenwagen, der sie ausgebremst hatte, zum Halten zu bringen.

Eine Welle der Unruhe wogte durch den Bus.

»Alles gut«, rief der Fahrer über seine rechte Schulter hinweg in den Gang, selbst noch nicht wirklich davon überzeugt. »Nur eine Fahrzeugkontrolle.«

Eine Sekunde Stille, dann klopfte eine Faust laut an der vorderen Tür, ohne dass man die Person bei der Dunkelheit und dem Regen hätte erkennen können. Der Fahrer öffnete die Tür und zwei Beamte flüchteten vor dem Regen ins Innere.

»Wow, beschissenes Wetter, was?«

Dem Fahrer fielen sofort die großen Sturmgewehre auf, die die Polizisten mit sich führten. Es wunderte ihn nicht sonderlich, da sich dies durch den Ausnahmezustand erklären ließ, der derzeit in Hamburg herrschte. Der Fahrer hatte schon die Sondergenehmigung und seine Papiere in der Hand und hielt sie dem jüngeren der beiden Polizisten entgegen. Der ignorierte diese völlig und sagte: »Na, bei dem Wetter braucht man wirklich einen Schutzengel, oder?«

»Och, bei der Ladung müsste ich eigentlich gut abgesichert sein«, witzelte der Fahrer sichtlich nervös.

»Wie falsch man doch liegen kann«, meinte der andere Polizist.

In dem Moment bemerkte der Busfahrer, dass die Uniformen der Polizisten nicht die passenden Größen hatten und mehrere Löcher aufwiesen. Es ließ ihm plötzlich das Blut in den Adern gefrieren, als er erkannte, dass es in Blut gerahmte Schusslöcher waren.

***

Maik, Anhänger der ›Söhne des Faust‹, las im Gesicht des Fahrers, dass dieser sie enttarnt hatte, zog ein langes Messer heraus und stach es dem erstarrten Mann unter dem rechten Jochbein mehrmals ins Gesicht. Dann drückte er es immer weiter in seinen Schädel, bis er tot war. Es war Maiks erster Mord. So musste sich ein Amokläufer nach seinem ersten Schuss fühlen. Kein Zurück mehr, ab jetzt stand alles auf Automatik.

»Los!«, befahl Maik seinem Kompagnon. Sie hoben ihre Gewehre, luden durch und visierten die geschockten Gesichter der Passagiere an. Dann schmetterten Salven von Stahlmantelgeschossen durch die Sitzreihen. Nichts bremste sie ab, alles wurde durchschlagen. Kopflehnen und Köpfe platzten gleichermaßen, nur mit unterschiedlichen Füllungen.

Ein paar Priester, die weiter hinten saßen, hatten sich in Schnecken verwandelt und so die erste Magazinladung überlebt. Aber nur, um von dem Exekutionskommando aufgespürt und nun gezielt hinrichtet zu werden. Der Hass der Täter auf die Opfer war zu tief verankert, als dass Betteln und Beten etwas hätten helfen können. Der letzte Priester, der einarmige, starrte in den Tunnel, in dem gleich das Stück Metall startete, das wie eine Bankkarte seine Restlebenszeit abbuchen und so sein Lebenskonto für immer auflösen würde. »Möge der Heilige Vater sich deiner verlorenen Seele erbarmen.«

»Scheiß auf deinen Heiligen Vater!«, fluchte Maik, als er die verbliebenen dreizehn Schuss aus dem G3 erst in den Brustkorb und dann in den Kopf des Priesters prasseln ließ.

»Verfickte Schweinepriesterbande!«, spie er, als er seinen Kumpel aus dem Bus schob, einen Molotowcocktail anzündete und in den Mittelgang des Busses schleuderte. Die brennende Flüssigkeit darin breitete sich in den Sitzreihen aus wie das Wasser eines gebrochenen Staudamms in einem Dorf. Schreie erklangen. Es war wohl doch noch jemand am Leben.

»Ja, brennt! Ihr verfluchten Kreuzwichser, brennt!«

Kapitel 15

Eine halbe Stunde später saßen Trapmann, der sein Hemd wieder angezogen hatte, und Müller auf Falkos Couch. Draußen wurde es langsam hell. Melinda schlief noch und ihr Vater lag im Gästezimmer. Falko wollte gerade die Treppe nach oben gehen, um nach Larissa zu sehen, da kam Penrose aus dem Kinderzimmer. Er hatte die Ärmel hochgekrempelt und sah aus, als hätte er gerade ein Fohlen zur Welt gebracht. Seine Leistung unter Wert verkaufend sagte er: »Sie schläft jetzt.« Dann sah er Trapmann. Fragend blickte er zurück zu Falko.

»Kommen Sie herunter«, sagte Falko etwas erleichtert über die positive Nachricht von Penrose.

»Trapmann?«, fragte Penrose und sah dessen gelben Augen. »Aber ich habe Sie befreit. So wie ich gerade dieses arme Mädchen befreit habe.«

»Es geht ihr also gut?«, fragte Falko und senkte den Kopf, als Penrose dies leise bejahte.

Trapmann stand auf und insistierte: »Ihr müsst uns alle töten! Eure Exorzismen sind nicht die Spucke in dem Weihwasser wert, mit dem sie vollführt werden. Ich bin der Beweis! Penrose, sagen Sie es ihnen.«

Penrose setzte sich grübelnd auf die Couch.

»Die Parasiten kommen wieder und dann bleiben sie und feiern zu Ende. Ich würde euch ja gern Trapmann vorstellen, aber von seiner Seele ist nicht mehr übrig als von einem Kind, das man jahrzehntelang misshandelt hat. Er hat sich in die tiefste Ecke seines Verstandes zurückgezogen«, Trapmann klopfte auf seinen Kopf, »wo er immer weiter verkümmert. Er lebt in der einzig denkbaren Hölle, die in diesem Universum existiert.«

»Aber wir werden niemanden töten«, sagte Müller und Falko fügte mit gekünsteltem Lachen hinzu:

»Und vor allem nicht Larissa!«

»Sie kommen zurück. Und dann gibt es nichts mehr, was die armen Schweine retten kann!«

»Larissa?«, rief Falko, als er das blutverschmierte Mädchen sah, das die Treppe herunterkam. Sie weinte. Anscheinend hatte sie mitangehört, was gerade gesprochen worden war.

»Ich will nicht, dass er wiederkommt. Falko, bitte ...«

In diesem Augenblick fielen zwei Schüsse, die das Schloss aus der Wohnungstür sprengten und Maik und sein Helfer traten schießend in den Flur ein, der auf die Sofalandschaft zuführte.

Müller und Falko zogen ihre Waffen und starteten ein blindes Sperrfeuer, während sie sich mit dem Priester und Trapmann hinter dem Cordsofa in Deckung brachten. Die Panoramascheiben barsten und die Scherben prasselten auf sie nieder. Falko war klar, dass die Munition, die aus diesen Waffen stammte, sich von einem Sofa bestenfalls abbremsen ließ. Ein Pfiff, der ein Loch in Müllers Oberarm zauberte, bewies dies prompt. Müller war eine Ohnmacht nahe.

Jetzt luden die beiden Angreifer nach. In der eintretenden Stille sah Falko wie in Zeitlupe, dass Larissa, die immer noch an der Treppe stand, ihre Augen schloss und auf den Flur zuging.

»Nein!«, schrie Falko, kam aus der Deckung und feuerte sein Magazin in Richtung Eingang leer. Ihm war egal, ob er getroffen wurde oder nicht. Doch die beiden Schützen waren weg. Falko dachte, dass er sie vertrieben hatte. Da kamen sie wie in einem Paternoster hinter dem Küchentresen hoch, der sich rechts neben dem Flur befand. Larissa stand direkt vor ihnen, drehte sich noch einmal zu Falko um, blickte ihn wie ein waidwundes Reh an und wurde durchsiebt.

»Ihr Bastarde! Ihr Hunde!«, rief Falko, nichts als eine leere Waffe in den Händen. Penrose kam aus seiner Deckung und sah noch das stürzende Mädchen. Dann blickte er zu den beiden Attentätern.

»Das ist er! Das ist der Letzte. Den sollen wir killen!« Maike deutete auf Penrose.

Und schon trafen Penrose drei Kugeln in Hals und Kiefer.

»Aaahhh! Schluss damit!«, rief Müller, als auch er aus seiner Deckung kam und sein frisch eingeführtes Magazin durch die beiden G3-Schützen hindurch in die Küchenausstattung feuerte. Eine Sekunde blieben diese noch stehen, bevor ihre Knie, der schon toten Körper, nachgaben und sie zusammenbrachen. Das Prasseln des Regens durch die zerstörten Fenster auf das Mobiliar übernahm die Geräuschhoheit.

Falko krabbelte zu Larissa, aus deren zahlreichen Löchern das Blut strömte, als wäre man im Watt grabend auf Grundwasser gestoßen. Der Tod hatte diesen Körper schon in seinem Griff und würde ihn nicht wieder hergeben. Falko blieb nichts, als den Eintritt des Todes, sich auf die Oberlippe beißend zu begleiten und ein bisschen Vergebung in ihrem entlastenden Blick zu finden.

Müller versuchte, Penrose zu stabilisieren, bei dem das Blut aus den Eintrittswunden sprudelte. Der brachte allerdings nur noch einen Satz zustande: »Keinen Gott!«

Das war es. Stille.

»Hey, Bullensau!«

Falko krabbelte schluchzend hinter den Küchentresen, wo Maik Blut hustete.

»Diese Welt gehört jetzt uns.«

Falkos rote Augen schwammen. Er legte eine Hand in den Nacken des Mörders seiner Larissa und drückte Daumen und Zeigefinger tief in die Stellen links und rechts von Maiks Kehlkopf. Er hielt mit der anderen Hand im Nacken dagegen. Sofort schwoll das Gesicht von Maik rot an. Blutige Spucke troff aus dessen Mund. Falko stöhnte unter der Anstrengung, die immer noch nötig war, um das Leben aus diesem durchlöcherten Körper zu pressen. Aber nichts konnte ihn davon abhalten, es zu Ende zu bringen. Dann wurde Falko schwarz vor Augen. Sein Geist war wie Treibgut, das in leichtem Wellengang immer wieder in den Ozean einer angenehm warmen umarmenden Ohnmacht abtauchte, um dann wieder in der Hölle dieser Realität aufzutauchen. Er wurde getragen, Trapmann und Müller stützten ihn. Er sah Rumborack, wie er mit großen Augen und geduckt hinter dem Schuhschrank hervorlugte, als würde er sich verabschieden.

»Wir müssen erst mal hier weg. Los, los!«

Dann wurde es wieder schwarz.

Teil 7 – Vom Opfern vieler – zum Wohle aller

Kapitel 1

»Paparazzi sind Jäger, die ihre Beute mehrmals schießen können.«
S. Lokarno

Samstag

Willi Wilkens war einst ein euphorischer Knipser gewesen. Er hatte die goldene Zeit der Neunziger miterlebt. Doch heutzutage engagierten Stars ihre eigenen Fotografen, die dann Bilder von ihnen machten, die so wirkten, als seien sie zufällig entstanden. Und dann die Agenturen, die ihn mit ihren Knebelverträgen in die Insolvenz trieben. Die Luft war bei ihm raus, wie bei einer flammenden Liebe, die in der Routine der Ehe erloschen war.

Ich bin ein Spanner, ein bezahlter Spanner!, dachte er, als er im Pool des Nachbarhauses eine Frau sah, die ihre Bahnen im Swimmingpool zog. Seine Feststellung erhärtete sich gleichermaßen mit dem Schwellkörper in seiner Unterhose, als er sah, wie die schlanke Frau aus dem Pool stieg. Er zoomte, in der Hoffnung einen Blick auf die harten Nippel durch den Badeanzug erhaschen zu können, näher heran. Seine Finger waren fettig vom ständigen Konsum salziger Erdnüsse, getreu seinem Motto: Ein Tag ohne Nuss ist ein verlorener Tag. Als er merkte, dass die Frau völlig nackt war, erschrak er. Der vermeintliche Badeanzug war lediglich ein tätowiertes Schlangenhautmuster. Es war Freddys untergebene Bella, die ihre Anatomie durch Body-Modification immer weiter an die einer Schlange angepasst hatte. »Wow«, flüsterte er, »was ist denn das für 'ne Schnecke?«

Dann parkte plötzlich ein alter Volkswagen im Carport zwischen den beiden Villen und zwei Männer stiegen aus. Sie hielten Sturmgewehre in den Händen.

»Was geht denn hier ab?«, fragte Willi, immer wieder den vom Fett seiner Finger glänzenden Auslöser betätigend. Die Schlangenfrau zog sich einen Bademantel über und brachte die beiden Typen in die Villa.

Kapitel 2

Inzwischen war es Nachmittag geworden.

Falko schlief einen todähnlichen traumlosen Schlaf. Er lag zusammengekauert auf der verwitterten Hollywoodschaukel, die unter dem Vordach von Müllers Gartenhäuschen stand. Hierher hatten sie sich nach den fatalen Ereignissen am frühen Morgen zurückgezogen. Trapmann beobachtete den Garten, der nach dem ergiebigen Regen allerlei Geräusche erzeugte. Es plätscherte überall und die Vögel begannen, ihre in sich aufgestauten Texte loszuwerden. Müller kam über die niedrige Pforte gestiegen und den Weg zu den beiden entlanggelaufen. Er hievte zwei prallgefüllte Papiertüten mit Cheeseburgern auf den Tisch und stellte eine Palette Coffee-to-go-Becher dazu.

Müller zog mit schmerzverzerrter Miene seine Jacke aus und setzte sich auf einen Plastikstuhl. Er angelte sich einen der Burger und halbierte diesen mit einem Bissen, den er mit einem großen Schluck aus einem Kaffeebecher runterspülte. Trapmann sah, dass seine Wunde fachkundig versorgt worden war. Müller bemerkte den Blick und erklärte: »Ich war kurz bei einer Freundin, die sich mit so was auskennt. Ist halb so wild.« Daran erinnert, zog er einen Streifen Penicillin aus der Jacke, drückte eine der dicken Pillen heraus und spülte auch diese mit Kaffee runter. Dann vernichtete er laut schmatzend die zweite Hälfte seines Burgers.

Falko war unbemerkt aus seinem Dämmerzustand erwacht und hatte sich hingesetzt. Er war kreidebleich und starrte durch die kaum geöffneten Augen ins Nichts. Er wusste, würde er versuchen, sich mit dem Geschehenen auseinandersetzen, würde er sich bis hin zur

Handlungsunfähigkeit Vorwürfe machen. Also tat er das, was er in solchen Fällen immer tat: Er verdrängte es.

»Hast du was gehört? Wie geht es Melinda? Und habe ich den Drecksack erledigt der Lariss…«, Falko schluchzte.

»Ich habe mit Knobi geredet. Es wird sich gut um Melinda und ihren Vater gekümmert. Sie befinden sich in psychologischer Betreuung. Die beiden Wichser sind tot. Gehörten wohl zu dieser Todessekte. Die haben gestern Nacht den Bus mit den anderen Priestern überfallen, alle erschossen und den Bus abgefackelt. Da ging es richtig ab. Die suchen auch schon nach uns. Aber nur auf Sparflamme.«

Müller startete die Radio-App auf seinem Handy und alle drei lauschten dem Sprecher.

»… keiner der Priester hat überlebt. Die Geschehnisse in Hamburg sorgen weltweit für Verunsicherung. Der Papst gab höchstpersönlich eine schriftliche Stellungnahme ab, die lautet: ›Kinder Gottes, bringt eure Dinge in Ordnung! Bittet um Vergebung und gewährt diese. Teilt eure Liebe und nehmt sie in Empfang. Und verabschiedet euch von euren Nächsten, denn, ihr Kinder Gottes, ich glaube, das Ende ist nah. Reinigt euch von Schmutz und Sünde, legt die Beichte ab und salbet euch, um aufrecht vor euren guten Schöpfer zu treten.‹ Dies spiegelt nicht die Meinung des Senders wider«, erklärte die Stimme des Nachrichtensprechers im Anschluss und fragte weiter: »Die Kirche verkündet: Das Ende der Welt ist nah. Aber was sollen wir davon halten?«

Trapmann schaltete das Handy ab und kommentierte zynisch:

»Warum denken sie immer, dass die Welt untergehen wird? Der Welt wird nichts passieren. Der Hund schüttelt nur seine Läuse ab.«

Darauf fragte Müller, diese Aussage ignorierend: »Was jetzt? Was sollen wir jetzt machen? Sollen *wir* jetzt die Exorzismen durchführen? Ich krieg nicht mal ein verficktes Vaterunser hin.«

»Haben Sie es immer noch nicht verstanden? Dieser ganze abergläubische Schwachsinn ist ein Irrweg. Wir sind keine Dämonen. So etwas Lächerliches.«

Als Falko das Wort lächerlich hörte, wurde ihm kalt und er zog die Decke, die er über die Schultern gelegt hatte, vor der Brust zusammen. Natürlich war das lächerlich, nichts anderes war so lächerlich, aber die Verkettung der Geschehnisse der letzten Tage hatte ihnen doch überhaupt keine andere Wahl gelassen, als das Naheliegende zu akzeptieren.

Kapitel 3

Die Schrebergartenkolonie war wie ausgestorben. Wochenlang hatte hier die Volksfeststimmung angehalten, befeuert von den Temperaturen oberhalb der dreißig Grad. Das Unwetter hatte der Saison jedoch ein natürliches Ende beschert. Die Leute blieben zu Hause und widmeten sich ihren vernachlässigten Wohnungen.

Daher wurden alle drei aufmerksam, als plötzlich ein Mann auf dem Weg vor Müllers Schrebergarten auftauchte. Er wirkte heruntergekommen und trug ein altes Militär-Regencape, dessen Kapuze er tief ins Gesicht gezogen hatte. Müllers und Falkos Anspannung stieg enorm, als diese Person direkt vor der Pforte Halt machte und kurz verharrte. Dann drehte sie sich zu ihnen um und sie sahen die fast leuchtend gelben Augen unter dem Cape, die sie anstarrten. Einen Fuß auf den Zaun stellend, überwand dieser das Hindernis und eilte auf die kleine Runde zu. Er zog eine Pistole mit aufgeschraubtem Schalldämpfer, zielte auf Müller und bevor der seinerseits seine Waffe ziehen konnte, trat der Besessene ihm so stark gegen den Brustkorb, dass er mitsamt dem Stuhl rücklings umstürzte. Dann schwenkte er an Trapmann vorbei auf Falko zu, dem er den Schalldämpfer ins Gesicht schlug. Jetzt legte er auf Trapmann an, setzte die Waffe auf dessen linken Oberarm auf und pustete drei Kugeln durch Muskeln und Knochen. Trapmann grinste unbeeindruckt. Der Angreifer war der besessene Obdachlose. Ihm fehlten drei Zähne in der oberen Zahnreihe und sein Gesicht sah aus, als hätte ein Kleinkind mit einer Tätowier-Maschine versucht, es anzumalen. Enge Zickzacklinien verliefen kreuz und quer durch das Gesicht.

»Da bist du ja! Ich konnte dich schon seit Tagen wittern, du verfluchter Verräter.«

Der Angreifer lispelte durch die Zahnlücken. Er sah kurz nach den Kommissaren, die aber keine Anstalten machten, sich einzumischen.

»Du steckst fest in diesem Fleischanzug, hab ich recht? Wie der, den sie Katsumi nennen. Warst zu lange in diesem verfaulendem Haufen Scheiße, was?«

Jetzt presste er Trapmann den Lauf auf die Stirn.

»Wenn ich den Neuronen-Pudding aus dieser Knochenschale puste, würdest du dich mit diesem Zellhaufen zusammen auflösen. Das weißt du?«

Er presste die Mündung seiner Waffe noch stärker in die Haut der Stirn, nahm sie wieder weg und schlug Trapmann mit dem Pistolengriff ins Gesicht. Immer wieder. »Du solltest doch unsere Landung vorbereiten. Wolltest lieber allein feiern, was?«

Zu lange hatte der Angreifer sich nicht um die Kommissare gekümmert. Was Müller, der sich wieder aufgerappelt hatte, mit einem Tritt gegen den Unterarm des Eindringlings strafte. Dieser brach knirschend und die Waffe fiel in Trapmanns Schoß. Dann trat Müller dem Angreifer seitlich ins Knie, sodass dieses ebenfalls brach und der Angreifer zu Boden ging.

»Wunderschön, diese Schmerzen sind so wunderschön«, zelebrierte der Fremde. Falko hatte die Waffe an sich genommen und bedrohte den entarteten Obdachlosen.

»Unterwerft euch«, drohte die obdachlose *Puppe*, »oder tötet euch selbst. Gegen unsere Übermacht seid ihr absolut machtlos.«

Falko drückte ab. Eine Kugel in den Kopf und zwei ins Herz. Und er verspürte so etwas wie Genugtuung dabei.

Trapmann richtete seine gebrochene Nase mit einem unbehaglichen Knirschen, was die beiden Beamten wieder auf ihn aufmerksam machte. Müller schnappte sich ein Geschirrtuch, das auf einem Fensterbrett lag, und wickelte es um Trapmanns blutenden Arm. Kurz überlegte er, Trapmann auch abzuknallen, aber Falko setzte sich nachdenklich wieder hin. Denn Worte und Zusammenhänge probten Tänze mit wechselnden Partnern in seinem Gehirn:

… LANDUNG VORBEREITEN …

… SIND KEINE DÄMONEN …

… BLITZE IN DER STRATOSPHÄRE …

… SIE WIRKEN NICHT MEHR, DIE EXORZISMEN …

… MACHTLOS GEGEN DIE BLUTHUNDE SATANS …

LANDUNG? – LANDUNG!

Plötzlich machte es *Klick*! Eine Vermutung wurde plausibel, als hätte er ein Zahlenschloss nach tagelangen stupiden Experimenten geknackt. Er sprang auf und schnappte sich Trapmann. Er griff ihm tief in sein Jackett und verletzte sich leicht an dem Stacheldraht darunter, ignorierte den Schmerz, hievte Trapmann hoch und knallte ihn gegen die Laubenwand.

»Wer bist du? Und was willst du von uns?«, fragte Falko mit irrem Blick.

Trapmann nahm mit seinem verschonten Arm die verbogene getönte Brille ab, die er stets in der Öffentlichkeit trug und schob seinen Kopf, so weit es Falkos Griff zuließ, in Richtung von dessen Gesicht. Er fixierte Falko, als wäre er auf die Reaktion gespannt, und begann provokativ mit seiner Beichte: »Wir kommen von einem Planeten, der etwa tausend Lichtjahre von der Erde entfernt ist.«

Kapitel 4

Willi hatte den Notruf gewählt und die Tatsachen geschildert, die er beobachtet hatte. Nun stand er auf der Straße vor der Villa, in der sich Freddy aufhielt, und wartete, die Nikon mit einem kürzeren Objektiv bestückt und von der Jacke verdeckt, auf den Streifenwagen. Plötzlich kam ihm der Volkswagen die Auffahrt zwischen den Villen entgegengerast und jagte rückwärts auf die Straße, wo ein anderes Auto voll in die Eisen gehen musste, um diesen nicht zu rammen. Dann verschwand der VW.

»Mist!«, fluchte Willi.

Kapitel 5

»Außerirdische?«, spekulierte Falko.

»Quatsch!«, schimpfte Müller, der nicht gewillt war, sein Weltbild erneut über den Haufen zu werfen, und winkte ab.

Falko merkte, dass diese ganze Exorzismus-Geschichte ihn nie ganz überzeugt hatte. »Außerirdische?«, fragte er erneut. Das war eigentlich eine viel realistischere Annahme, als die Alternative, mit der er sich unter größter Mühe abgefunden hatte, aber immer noch mehr unnötige Existenzannahme beinhaltete als außerirdisches Leben. So blieb die Theorie wenigstens innerhalb dieses Universums. »Unsinn!«, provozierte Falko eine Erklärung.

»Ihr habt doch mit euren Radiosignalen nach uns gerufen, die ihr seit über hundert Jahren auf allen Frequenzen unbedacht ins All schleudert. Ihr seid selbst schuld. Wie die Hasen tanzt und hüpft ihr vor den kosmischen Löwen umher. Und ihr könnt froh sein, dass nur wir auf euch aufmerksam geworden sind.«

»Wer oder was seid ihr?«, fragte Müller. Seine Neugierde war geweckt.

Falko setzte den ramponierten Trapmann wieder auf dessen Plastikstuhl. Der legte die Brille auf den Tisch, nahm sein Taschentuch aus der Tasche und wischte sich bedacht das Blut ab, das an mehreren Stellen von seinem Gesicht tropfte. Dann besah er das Rot in dem Tuch.

»Unsere Lebensform basiert auf neuralem Plasma, das unseren Planeten wie Wolken umspannt, der etwa so groß ist wie der Jupiter. Wie kann ich euch das begreiflich machen? Wir sind quasi ein sieben Milliarden Jahre altes denkendes Gas. Den Hirnströmen der Menschen nicht unähnlich. Dieses Gas produziert winzige Cluster, die sich abspalten und in den Raum emittiert werden können.«

»Ich versteh kein Wort«, sagte Müller.

»Stellt euch uns einfach als lebendige Wolken vor.«

»Was wollt ihr von uns?«

»Was wir von euch wollen? Eure große Qualität sind die leicht auszulösenden Gefühle: Schmerz, Leid, Geilheit und so weiter. So etwas gibt es bei uns nicht. Wir sind eine Art riesiger Verstand, der sein Handeln nur nach rationalen Notwendigkeiten organisiert. Es gibt auf unserer Ebene der Existenz keinen Bedarf für derartige Gefühle. Wir existieren einer teils lähmenden Logik folgend. Es ist ein tristes Dasein.«

»Ihr seid verkackte Vulkanier?«, fragte Falko, immer noch erschrocken darüber, dass er sich anscheinend mit Aliens über Aliens unterhielt.

Hier im hintersten Kleingartengebiet der Stadt saßen sie unter einem löchrigen Vordach aus gewelltem Kunststoff und besprachen das momentan vermutlich wichtigste Thema dieses Seitenarms der Milchstraße. Das war so skurril.

»Wir sind nicht einmal richtige Individuen, bevor wir nicht in euren Körpern landen, die für uns nichts als Spaßmaschinen sind. Diese Erfahrung machen wir erst in euch. Ihr seid für uns ein Genussmittel, wie guter Wein. Eine Art Emotionsdroge. Unsere bevorzugte Rasse war gerade ausgestorben, also machten wir uns auf die Suche nach einer neuen. Und da stießen wir wieder auf diese blaue Kugel, durch die Radiosignale, die ihr ins All feuert. Nach langer Zeit war ich einer der Pioniere, die einmal mehr die Erde testeten. Vor mir waren schon andere hier. Denkt doch mal an die zufriedenen Gesichter von den Bildern der Folter während der Inquisition. Das waren oft Vorgänger von uns.«

Kapitel 6

Zwei Streifenwagen trafen ein. Sie bretterten von beiden Seiten vor der Villa auf den Fußweg. Willi schilderte seine Beobachtungen und fügte die Flucht des Volkswagens hinzu. Die Streifenbeamten gaben das per Funk weiter und eilten zum Eingangsbereich, wo sie nach mehreren erfolglosen Klingel-Versuchen die Tür eintraten und im Haus verschwanden. Willi machte ein paar Fotos, war jedoch vor Anspannung so aus der Puste, dass er die Kamera kaum hochhalten konnte. Dann zuckte er zusammen. Die blechernen Geräusche eines Feuergefechts schallten durch die offen stehende Eingangstür nach draußen. Dann plötzlich wieder Stille.

Kapitel 7

»Wir lassen uns durch den Boden dieser Realität hindurch«, Trapmann wischte fast streichelnd über die Allwetter-Blümchentischdecke, »in eine Art *unterdimensionales* Meer stürzen, von dessen Energieströmungen wir uns gezielt durch die gesamte Galaxis transportieren lassen können. Eure Körper bieten uns dann Wiedereintrittsmöglichkeiten, in die wir von hinten wie in Operationskittel hineinsteigen können.«

Falko grübelte und versuchte, den ungefilterten Haufen Informationen zu begreifen, mit dem er hier überschüttet wurde.

»Aber was ist mit den Exorzismen?«, fiel ihm ein.

»Eure Exorzismen lassen uns den Halt verlieren und wir stürzen zurück in den subdimensionalen Ozean, wo wir von den Turbulenzen herumgewirbelt wieder neu die Orientierung gewinnen müssen. Mir ist das auch passiert. Dank eurem Pater Penrose. Aber dann kommen wir zurück und vergraben uns tief in die Wände des Innersten der Menschen.«

»Aber wieso funktionieren die Exorzismen?«, fragte Falko.

»Zufall, nichts als Zufall. Es ist die Überforderung, ihr hättet uns auch im Kreis drehen und in die Fresse hauen können. Allerdings muss ich zugeben, dass wir wirklich so aussehen und uns so benehmen wie eure Archetypen von Besessenen, wenn wir in den Menschen landen. Ich kann es gut verstehen, dass ihr uns für Dämonen gehalten habt. Die gelben Augen und das dunkle Erbrochene sind aber nur Nebenerscheinungen der körperlichen Abstoßungsmechanismen. Die Organe der Menschen nehmen uns als Fremdkörper wahr, die sie versuchen abzustoßen, und beginnen zu eitern. Dann zerbeißen wir als erstes die Lippen, um schnell Schmerzen zu erfahren und dann brechen wir uns die Zähne ab, um diese Schmerzen zu steigern und zu verlängern. Und dann … dann kommt meist die Erregung. Diese lässt uns dann völlig wild werden und völlig die Kontrolle verlieren.« Trapmann wirkte, als ob er die Erinnerung an diesen ersten Eintritt genießen würde.

»Wichser! Ihr blöden Wichser! Wieso glaubt ihr, das Recht zu haben, unsere Empfindungen zu melken? Hättet ihr solche Erfahrungen nicht künstlich erzeugen können?«

»Nein. In unserer Heimat gibt es keinerlei Technik und somit auch nichts, womit wir etwas so Kompliziertes wie menschliche Gefühle hätten nachbilden können. Eure Gehirne sind außerdem die komplexesten Maschinen im Universum. Eine Seltenheit. Ja, eine echte Delikatesse.« Trapmann schien schon wieder zu schwelgen.

»Kannst du dieses verschissene Grinsen aus dem Gesicht nehmen? Sonst mach ich das!«, befahl Müller. Was Trapmann sofort devot und schuldbewusst umsetzte.

»Vielleicht hat Gott ja auch diese Exorzismen funktionieren lassen, um dieses Unrecht zu regulieren«, spekulierte Falko.

»So traurig es auch ist, ich kann versichern, dass es in diesem Universum keinen wirkenden Gott gibt. Wir erforschen das All schon seit Milliarden von Jahren und haben keine Hinweise auf ein transzendentes Wesen gefunden. Und Engel und Dämonen können wir mit absoluter Sicherheit ausschließen. Moral, Gut und Böse, Ethik oder eure Gebote, das alles sind Märchen, die die Menschen sich gegenseitig zur Beruhigung erzählen. Ohne einen Gott funktionieren diese Werte wie Programme unter einem falschen Betriebssystem. Und mir ist klar, dass ihr das moralische Bezugssystem der Religion braucht, um die menschliche Existenz zu rechtfertigen. Aber glaubt mir, so etwas wie ein Gott existiert nicht, zumindest nicht in diesem Universum. Es gibt nur Energie. Und unser Weltall ist ein kleiner zufälliger Wirbel darin. Ein Unfall, unbedeutend. Wir sind alle nur unbedeutende Formen. Wie diese eine Wolke, die wie ein Einhorn aussieht, aber kein Einhorn ist. Absolut seelenlos.«

»Genug!«, sagte Falko. »Wir müssen das erst mal verdauen. Vielleicht willst du uns ja auch nur verarschen. Vielleicht ist das hier alles nur ein großer perverser, dreckiger Witz.«

Falkos Erschöpfung kehrte zurück und ein Hunger meldete sich, der über Tage heruntergefahren nun sein Recht forderte.

»Ich brauche jetzt etwas Vernünftiges zu essen«, forderte Falko mit Blick auf die zermanschten Burger.

Kapitel 8

Das SEK war in einem Kleinbus eingetroffen. Der Paparazzo hatte erneut die 112 gewählt und den aktuellen Stand der Dinge durchgegeben, während er sich hinter einer Hecke in der Auffahrt gegenüber versteckte.

Die fünf Männer vom SEK fackelten nicht lange, da ihnen klar war, dass sich hier Kollegen in Not befanden. Sie sprangen aus dem Van und stürmten mit Sturmgewehren bewaffnet in die Villa.

Kapitel 9

Nach einer Stunde saßen die drei in einer Autobahnraststätte außerhalb von Hamburg. Es war nicht viel los, das Gerede von Weltuntergang und *Amok-Virus* ließ selbst die zeitgestressten Lkw-Fahrer einen weiten Bogen um die verfluchte Stadt machen. So wurde Hamburg in der Presse, die von der Arbeiterschicht konsumiert wurde, immer wieder genannt.

Trotzdem waren die Auslagen der Selbstbedienungskantine in paradiesischer Qualität prall gefüllt. Die drei saßen an einem großen Fenster und Falko schnitt sein XXL-Schnitzel, das auf beiden Seiten über den Tellerrand ragte, nach einem Muster, welches sich ihm selbst nicht erschloss, in Stücke und schlang diese herunter. Müller gönnte sich zur Feier des Tages eine Dose Jack Daniels Cola und eine zweite wartete bereits darauf, nachzurücken.

Trapmann hatte eine Jacke übergezogen, damit man seinen verletzten Arm nicht sehen konnte, doch sein geschundenes Gesicht ließ sich selbst mit der getönten, zurechtgebogenen Brille nicht ganz verbergen. Er versuchte trotz seiner Blessuren ein Stück Torte aus unzähligen Schichten zu genießen. Er roch daran und beäugte es kritisch, als ob er so etwas zum ersten Mal essen würde. Dann sah er, wie eine Mutter durch die Seitentür stürmte und ihrem Kind wieder auf die Beine half, das hingefallen war. Er fragte sich laut: »Wie konnten die Menschen den Wettkampf der Evolution gewinnen? Ihre Babys brauchen jahrelange Obhut, bis sie einigermaßen allein klarkommen. Ohne Eltern würden sie in der Natur keinen Tag überleben. Trotzdem haben es genug bis in ein Alter geschafft, in dem sie Wissen speichern konnten, um eine Zivilisation zu errichten. Und ihr habt alle anderen Lebewesen auf diesem Planeten in den Schatten gestellt und euch unterworfen.« Er wandte sich wieder dem Stück Torte zu. »Irgendetwas ist da falsch gelaufen. Wahrscheinlich war eure, auf den ersten Blick wie eine Stärke wirkende Fähigkeit, zu überleben, nur eine Schwäche der restlichen Nahrungskette. Eine tödliche Nachlässigkeit.«

»Und deshalb denkt ihr, dass ihr das Recht habt, uns einfach wie Emotionsvampire auszusaugen?«, fragte Müller empört.

»Was glaubt ihr eigentlich, wer ihr seid? Ihr habt euch die Natur doch ebenso gefügig gemacht. Mit euren industriellen Schlachthöfen oder dem Raubbau an natürlichen Ressourcen. Ihr habt Lebewesen zu Produkten degradiert. Und jetzt seid ihr eben die Produkte, ja, jetzt seid ihr die Konsumgüter. Jahrhundertelang habt ihr eure Natur rücksichtslos wie ein All-you-can-eat-Buffet abgeerntet. Eure Empörung ist da nicht so ganz angebracht.«

Falko interessierten die Rechtfertigungen dieses Invasoren nicht. Er wollte mehr wissen und fragte in eine andere Richtung: »Wie viele gibt es von euch? Und seit wann seid ihr hier?«

»Immer wieder im Laufe eurer Jahrhunderte haben sich einzelne Cluster von uns bei der Erforschung des Alls in menschliche Körper verirrt. Von denen habe ich aber erst aus eurer Literatur erfahren, denn keiner von denen ist je zurückgekehrt, da sie von den Schmerzen trunken meist zu Tode gefoltert oder als Hexen verbrannt wurden. Und sterben eure Körper, bleiben wir darin gefangen, bis wir uns mit euch zusammen auflösen. Wir sterben also mit euch. Es sei denn, wir verlassen den Körper, bevor er tot ist. Jesus war vielleicht auch einer von uns«, spekulierte er forsch.

»Und wieso bist du hierhergekommen? Und vor allem, wieso hilfst du uns?«, fragte Falko.

»Ich bin der Erste, der als Reaktion auf die Radiosignale hierher entsandt wurde, um euch zu kosten. Als ich in diesem Körper landete, der gerade beim Sex war«, Trapmann tippte mit den Zeigefingern gegeneinander, »klatschte mir die ganze Bandbreite eurer Gefühle wie ein Eimer eiskaltes Wasser ins Gesicht. Ich wollte mehr davon: Ficken, Fressen, Töten. Alles zugleich. Es war so schön, die Seele von Trapmann zu quälen und die Ausschüttungen der Stress- und Glückshormone zu ernten. Doch schnell war Pater Penrose vor Ort, um mich mit seinem Zauberkasten so zu verwirren, dass es mich aus Trapmann herausschleuderte. Aber ich musste wieder zurück, ich brauchte mehr davon, und als ich ein paar Tage später wieder in Trapmann steckte, begann ich zu lernen, mich anzupassen und versuchte, nicht aufzufallen. Die Sucht nach Schmerzen konnte ich mit Tabletten befriedigen, die mir Magenkoliken verschafften oder mit diesem Stacheldraht um meinen Oberkörper. Aber immer noch quälte ich Trapmann, indem ich vergewaltigte und tötete. Ich genoss die Emotionen, die er dabei empfand, die ich eins zu eins miterlebte.«

»Das ist so krank«, flüsterte Müller.

»Aber dann begegnete ich einer Frau und erfuhr ein neues Gefühl. Eine Emotion, die mich wärmte und Dingen Sinn gab, die gar keinen hatten. Ich verliebte mich und hier lernte ich nun, eure wahren Schätze zu erkennen. Ich merkte, dass es noch andere Emotionen gab als die oberflächlichen. Da gab es noch mehr. Gefühle, für die man sich Mühe geben musste. Und je mehr ich mich bemühte, desto mehr erfuhr ich davon. Zuneigung, Mitleid, Ehrgefühl und die höchsten Gefühle: Liebe und Hass. All das lernte ich von meiner Frau.« Eine Träne lief ihm die Wange herunter, als er wieder daran dachte, wie er seine Familie in den Tod geschickt hatte, damit sie dem entkamen, was er kommen sah. Trauer durchfuhr ihn. »Aber was mich am meisten ergriffen hatte, war Trauer. Melancholie. Ein Gefühl, das unsere Situation in diesem trostlosen All ohne Formulierungen beschrieb. Eine Erfahrung, bei der man eins wird mit der kosmischen traurigen Wahrheit.«

Falko unterbrach den philosophischen Einbruch. »Was ist denn mit Trapmann? Ist er tot?«

»Trapmann, die arme Sau, ist so gut wie tot. Sonst hätte ich ihn wieder freigegeben. Aber seine Seele ist vertrocknet. Ich habe sie bis zur Implosion gemolken. Er vegetiert in einem kleinen Loch in einer der hintersten Ecken dieses Gehirns«, er tippte auf seine Stirn, »vor sich hin. Es tut mir jetzt leid, was ich ihm angetan habe. Aber ich kann es nicht mehr rückgängig machen. Ich kann nur helfen, euch vor dem gleichen Schicksal zu bewahren. Womit wir beim Mitgefühl wären.«

»Wieso willst du uns bei einem Kampf gegen ihre eigene Spezies helfen? Und wieso sollten wir dir vertrauen und dich nicht einfach hier und jetzt töten?«

»Glauben, Vertrauen. Das sind Eigenschaften, die ich von den Menschen gelernt habe. Die es wert sind, wegen ihrer Einzigartigkeit geschützt zu werden. Seht es einfach so, als wäre ich ein Jäger, der durch die traurigen Augen der Beute bekehrt und zum Tierschützer wurde. Ich bin ein kosmischer Tierschützer, der versuchen will, eure Art vor der Vernichtung zu bewahren. Denn sollte meine Rasse auf die eure aufmerksam werden, wird kein einziger Mensch davonkommen. Glaubt mir, wenn ihr nicht sofort handelt, wird eure Zivilisation untergehen. Für Meinesgleichen ist die Erde nur eine Plantage für Leid, Schmerz und Geilheit. Ihr werdet zu Nutztieren. Wenn ihr nicht diese zweite Delegation von Pionieren vollends eliminiert, bevor sie eure Körper wieder verlassen können, um die anderen zu holen, seid ihr und euresgleichen am Arsch. Was dann kommt, wird eure Erwartungen an die Hölle noch übertreffen. Denn die anderen warten nur darauf, sich in eure Körper zu zwängen und eure Seelen zu vergewaltigen. Ihr müsst sie alle töten! Alle! Schnell und schmerzfr… Na ja, schnell! Wenn sie nicht zurückkehren, gehen wir davon aus, dass es zu gefährlich ist, der zweiten Delegation zu folgen und sie werden sich vermutlich etwas Neues suchen.«

»Also«, sagte Müller, »wir haben die Wahl. Entweder wir warten, bis deine Brüder hier auftauchen und aus der Erde ein Freilaufgehege für Serotoninproduzenten machen. Oder wir jagen Barrenburg mit 'nem Haufen armer, unschuldiger Schweine in die Luft. Und dann Jagd auf eventuelle Nachzügler machen?«

»Komm doch mal mit, Müller! Du entschuldigst uns?«

Falko und Müller hatten sich versichert, dass sie allein auf der Toilette waren. Falko wusch sich mit kaltem Wasser das Gesicht und blickte in sein bleiches nasses Antlitz im Spiegel. Ein Dreitagebart spross.

»Glauben wir ihm oder nicht? Das ist doch die große Frage. Ist das eine teuflische Finte, um uns reinzulegen oder sitzt da draußen wirklich ein – wie sagte er? – kosmischer Artenschützer?«

»Du hast recht, Falko. Wir müssen uns entscheiden. Und dann gibt es kein Zurück mehr. Also, mir ist die wissenschaftliche Variante wesentlich lieber. Die gibt mir irgendwie das Gefühl, noch handlungsfähig zu bleiben. Es beruhigt mich doch etwas, wenn wir es hier nicht mit Dämonen zu tun haben und es noch eine Chance gibt, die Apokalypse abzuwenden. Ich traue ihm zwar nicht über den Weg, aber ich glaube Trapmanns Story«, sagte Müller.

»Alles klar, mir geht es ähnlich. Ich habe eh nichts mehr zu verlieren«, erwiderte Falko, in dessen Verstand die Traumata wieder an die Oberfläche drängten. »Womit willst du das Gebäude sprengen?«

»Komm mal mit«, sagte Müller euphorisch. Dann holten sie Trapmann von seinem Tortenstück weg und verließen die Raststätte.

Kapitel 10

Mittlerweile war es dunkel geworden und vor der Villa hatte sich die übliche chaotische Mischung von Einsatzwagen eingefunden und bildete in gebotener Distanz einen Halbkreis vor der Villa. Keisler war auch eingetroffen und prüfte, seit er die Lieferwagen der Presse erspäht hatte, unentwegt den Sitz seines Krawattenknotens. Willi wurde von einem Streifenbeamten vor Keisler abgestellt.

»Wer sind Sie?«, fragte Keisler, merklich von Willis Person angewidert.

»Ich habe die Meldung gemacht.«

»Was ist hier los?«

»Ich habe seltsame Bewegungen im Garten beobachtet …«

Keisler hörte genauer hin und vernahm hinter all dem Trubel, dass immer noch leise Schreie aus dem gespenstisch dunklen Flur der Villa schallten.

»Ruhe!«, rief er. Das qualvolle Jammern eines Mannes war zu hören.

»Hör auf! Hör bitte auf!«, heulte er. Yilmaz, der auch gerade eingetroffen war, stand neben Keisler. Er erkannte die Stimme.

»Das ist doch David Maier vom SEK! Scheiße, Mann, den kenn ich. Wir müssen was tun, Chef! Wir können den doch da nicht so verrecken lassen!«

»Will da jemand freiwillig rein?«

Da war das Ehrgefühl der Truppe geweckt. Wenn ein Kollege in Gefahr war, wurde alles andere über Bord geworfen. Das war ihr Kodex. Vier Beamte meldeten sich freiwillig und stürmten mit ihren Maschinenpistolen in den dunklen Eingangsbereich, wie sie es in unzähligen Übungen trainiert hatten.

Im Flur stach den Beamten Verwesungsgeruch in die Nase. Sie gingen weiter. Eine dämonische Lache erklang aus dem stockdüsteren Wohnzimmer. Die vier Strahlen der Taschenlampen der Beamten schossen sofort in den großen Raum.

»Was für eine kranke Orgie haben diese Irren hier gefeiert?«, wollte Yilmaz wissen.

»Noch mehr Tote. So viele Tote …«, lachte ein scheinbar völlig Wahnsinniger im blutbesudelten, einst weißen Gewand, der die beiden schon matschig gewordenen Köpfe der Attentäter vom Marathonlauf im Arm wog, als wären sie seine Babys. Zu seinen Füßen lagen etwa zehn weitere Sektenmitglieder. Sie waren alle tot und schwammen in dem See aus Blut, der aus ihren offenen Pulsadern immer noch Zulauf bekam.

Yilmaz merkte, dass von dem Irren und den paar immer fahler werdenden Selbstmördern, die sich noch im Todeskampf befanden, keine akute Gefahr ausging. Er leuchtete in den langen Flur hinein, der vom Wohnzimmer abging, aus dem das immer schwächer werdende Heulen kam. Die Adrenalinausschüttung der vier war auf das Maximum hochgefahren. Yilmaz leuchtete nach unten und sah, dass hier drei völlig zerfetzte SEKler lagen. Dann blickte Brand nach rechts an die Wand und bemerkte die unzähligen Einschusslöcher, die wohl für die Toten vor ihnen verantwortlich gewesen waren. Er addierte, realisierte, packte Yilmaz am Gürtel und riss ihn mit sich zurück ins Wohnzimmer. Im selben Moment ging das Geballer auch schon los und zerfetzte die Seitenwand.

»Scheiße!«, schrie Yilmaz, dem Tod knapp entkommen. Dann Stille und Geräusche von nachgeladener Munition. Ein Stück der Leichtbauwand stürzte ein. Yilmaz drehte durch, irgendeine Grenze war bei ihm überschritten worden. Als hätte sich im Laufe der Tage eine Blase mit Adrenalin im Gehirn immer weiter gefüllt, war sie jetzt geplatzt und ergoss sich. Sein Verstand wurde mit Mut geflutet.

»Leuchtet alle auf den Spiegel. Jetzt!«, brüllte er, als er sich wieder auf die Beine kämpfte und in den Flur sprang, wo ein Spiegel so angebracht war, dass sie sehen konnten, was vor sich ging. Seine drei Kollegen folgten seiner Anweisung und so blendete das Licht durch den Spiegel nicht nur die zwei Schützen, die sich hinter dem Bett in dem Schlafzimmer versteckten, es gab Yilmaz, der nun durch das Loch in der Wand zielte, auch genau deren Position an. Yilmaz drückte ab. Er hatte das Gefühl von jemandem, der mit Erleichterung die volle Blase nach Stunden endlich entleerte.

Die Kugeln durchschlugen die ungeschützten Hände der beiden, mit denen sie sich vor dem Licht abzuschirmen versuchten, und zertrümmerten die Schädel. Sie brachen tot zusammen.

Sofort kletterten Yilmaz' Kollegen durch die poröse Wand in das Schlafzimmer dahinter und entwaffneten die blutüberströmten Leichen.

Dann – Yilmaz hatte sich inzwischen auch aufgerappelt – vernahmen sie wieder das Jammern ihres Kollegen vom SEK. Die Lichtkegel fanden ihn zusammengekauert in einer Lücke zwischen Wand und Kleiderschrank. Vor ihm kniete ein Junge mit deformierter Stirn und stocherte mit irgendetwas in seinem Bauch herum.

»Hey, Junge! Komm weg da!«, forderte Brand ihn auf, als er auf ihn zuging. Lukas, der völlig blutverschmierte Junge, drehte sich um und rannte mit einem Teppichmesser in der Hand schreiend auf Brand zu. Er zog dem Polizisten das Messer kurz unterhalb der Knie durch Haut und Sehnen. Brand stürzte.

»Verfluchte Scheiße!«, schrie er und der Junge lief weg.

»Lauf und hol ihn dir! Knall ihn ab, wenn nötig. Wir kümmern uns um die beiden hier«, sagte einer der anderen beiden Beamten. Yilmaz wollte nicht mehr. Er hatte seinen Job erledigt, sein Adrenalinschub war aufgebraucht. Aber irgendwie musste er – etwas in seinem Inneren drängte ihn – die Sache zu Ende zu bringen. Also folgte er dem Jungen.

Yilmaz ging die Gänge weiter, bis zu einer leicht geöffneten doppelten Schiebetür. Was würde ihn hier drinnen erwarten? Würde er gleich einen Jungen erschießen? Er hätte einfach warten können, bis die Verstärkung von draußen reinkam, aber er war schon zu weit gegangen. Also trat er in die Dunkelheit hinter der Tür und sah sofort im Licht seiner Taschenlampe das menschliche Pentagramm, zusammengenagelt aus Teenager-Mädchen. Allesamt war ihnen die Gesichtshaut entfernt worden, es sah aus, als hätte ein Nager sie abgefressen. Teilweise waren noch Gesichtspartien aus Haut auf den blutigen Schädelknochen erhalten geblieben, in denen sich leuchtend weiße Augäpfel, die sich bei zweien noch bewegten, befanden. Sie schienen dieses Martyrium überlebt zu haben und wanden sich stumm in den Schmerzen ihrer Agonie.

Das Gefühl, den steilen Abhang einer Achterbahn runterzuschießen, brachte Yilmaz ins Wanken. Der Lichtstrahl seiner Leuchte wanderte hoch, da stand der deformierte Junge mit den gelben Augen. Ihm fiel jetzt erst auf, dass Blut und Fleischreste an seinem grinsenden Mund klebten. In dem Moment stürmte ein zweiter Satz SEK-Beamter das Gebäude und begann mit dem Sicherungsprozedere.

»Ich hab es jetzt«, flüsterte Yilmaz gleichmütig, in der Gewissheit, das Rätsel seines Lebens gelöst zu haben.

Einer der vermummten Beamten trat von hinten an ihn heran.

»Alles klar bei dir, Kollege?«

»Ich hab es. Hörst du? Ich hab es. Wir sind alle tot!« Er schoss ein kleines Loch in die übergroße Stirn des Jungen und begann weinend zu lachen.

»Nein!«, rief der Beamte hinter ihm, packte ihn an der Schulter und riss ihn herum.

Yilmaz sah ihn herablassend mit Tränen in den Augen und den Kopf schüttelnd an und sprach in der Oktave des Wahnsinns: »Wir sind alle tot und das hier …«, jetzt richtete er die Pistole auf seine Schläfe, »… das hier ist die Hölle.«

Kawuuummm!

Kapitel 11

Müller ging mit den anderen zusammen zur Ladefläche seines Pick-ups, kletterte mit Falko hinauf, öffnete die glänzende Alu-Kiste, die den Kofferraum ersetzte, und ließ Falko einen Blick hineinwerfen.

»Das sind Sprengladungen! Wo hast du die her?«, fragte Falko fassungslos.

»Die habe ich den beiden Attentätern in deiner Wohnung abgenommen.«

Falko sah zu Trapmann.

»Aber was ist mit dir? Wer sagt uns, dass du nicht plötzlich verschwindest und die ganze Großfamilie anrückt?«

»Ich will diesen Körper nicht mehr verlassen. Ich möchte Individuum bleiben, wenn du erlaubst. Außerdem stecke ich auch fest in ihm. Ich bin mit seinen Neuronen verwachsen.«

Falko überlegte, warum Trapmann ihnen helfen sollte, Seinesgleichen zu vernichten. Vielleicht war das alles auch nur der grausame Scherz eines verrückten Dämons. Aber sie hatten keine Wahl, sie mussten ihm vertrauen, denn ansonsten wäre sowieso alles egal.

Müller und Falko hatten sich für die wissenschaftliche Variante entschieden, mit all den Risiken, die sie aufwarf.

»Ok, dann lasst es uns tun!«, sagte Müller.

Kapitel 12

Müller parkte seinen knatternden Pick-up auf einem Feldweg in der Nähe von Barrenburg. Im Radio lief auf einem Achtzigersender *The Kiss* von The Cure, der einen passenden Soundtrack für die verzweifelte Stimmung der beiden Kommissare lieferte.

Trapmann hatte auf dem Weg mehrmals das Bewusstsein verloren, war jetzt aber wach.

»Viel Erfolg«, wünschte er ihnen mit der Erschöpfung durch den Blutverlust der Schusswunde in seinem Arm ringend. »Ihr seid schon eine außergewöhnliche Lebensform. Aus euch könnte etwas werden, wenn ihr euren gefährlichsten Gegner nach uns besiegen können. Ihr selbst. Ihr seid es wert, geschützt zu …« Dann driftete er wieder in die Bewusstlosigkeit ab.

»Wir müssen uns später um ihn kümmern«, sagte Müller und sie beiden wurde sich der Zweideutigkeit seines Satzes gewahr.

***

Müller und Falko schlichen in der Dunkelheit in einiger Entfernung um das Hauptgebäude des Barrenburg-Komplexes. Ein waldähnlicher Grünstreifen bot ihnen dabei Deckung.

Falko hatte sich einen Plan ausgedacht, den er jetzt offerierte: »Wir wimmeln die beiden Wachposten vorm Eingang ab, indem wir ihnen sagen, sie sollen einer Gefahrenmeldung im Dorf um die Ecke nachgehen. Wir würden solange übernehmen. Dann gehen wir rein und lösen den Feueralarm aus, damit die Pfleger und die Typen vom Seuchenschutz verschwinden. Dann können wir deine Sprengladungen installieren.«

Das nickte Müller ab und sie liefen unauffällig über den beleuchteten Vorplatz auf den Haupteingang zu. Schnell bemerkten sie, dass die beiden Wachen vor der Tür erschossen in den Ecken lagen.

»Fuck!«, fluchte Müller und zückte seine Dienstwaffe. Falko tat es ihm gleich. Die Waffen im Anschlag schlichen sie an den Leichen vorbei in die Vorhalle, in der sie zwei ähnlich demolierte Körper fanden. Etwas weiter hatte jemand die drei toten Nachtschwestern auf einen Haufen geworfen. An der Quarantäneschleuse lagen noch zwei Tote.

»Scheiße, was ist denn hier passiert?«, fragte Falko entsetzt.

»Egal, wir bleiben beim Plan!«, befahl Müller, als er eine Sprengladung platzierte.

So viele Tote, dachte Falko. Und gleich würden sie noch mehr Unschuldigen das Leben nehmen. Er dachte an die Vorlesung von Melinda in der Uni und fragte sich, ob er sich auf einer moralisch korrekten Mission befand. Er wollte hier nicht töten, er wollte die armen Seelen aus den Gefängnissen ihrer eigenen Körper befreien.

»Wir machen das, damit es endlich vorbei ist. Dieses ganze Verderben. Wir ziehen den Schlussstrich«, sprach er leise.

Sie gingen in die Abteilung mit den Besessenen. Die völlig desolaten Kreaturen in den Betten links und rechts schienen sich in einer Art Standby-Modus zu befinden. Sie schnurrten, schnarchten, knurrten und keuchten. Müller beruhigte das und er begann, den Rucksack mit den Sprengladungen auszupacken und die handlichen Pakete auf beiden Seiten unter den Betten zu deponieren. Dann ging plötzlich die Nachtbeleuchtung aus.

»Was ist jetzt los?«, fragte Müller flüsternd. Angst vor den Monstern, die sich in der Dunkelheit um ihn herum befanden, durchpflügte ihn. Er kramte schnell ein paar Knicklichter heraus, brach sie und verteilte sie um sich herum auf dem Boden. Dann zog er eine Stirnlampe auf, die er einschaltete und mit der er Falko im Lichtkegel sondierte. Schnell bemerkte er, dass der sich in nicht sachdienlichen Gedanken verlor.

»Was ist denn mit denen, die wir exorziert haben? Die kleine van Spreuwen, die Frau aus der Wohnung und wer weiß, wen die hier noch befreit haben?« Falko sah zur hohen Decke hinauf. »Die liegen in der Abteilung über uns. Und gehen alle mit drauf.« Er biss auf seine Unterlippe. »Ich kann das nicht«, sagte Falko, in dessen Gehirn sich Körper und Gesicht von Larissa und Ninja van Spreuwen vermischten.

»Zehn Minuten und wir haben es geschafft. Wir waren uns doch einig. Die da oben sind verloren. Wir bewahren sie nur vor dem Unvermeidlichen.«

Dann schepperte plötzlich etwas in der Etage über ihnen.

»Was ist denn jetzt schon wieder los?«, fragte Müller, während er weiter die Totmannschaltung abrollte und in der Mitte des Flures zusammenführte.

»Ich hol die van Spreuwen. Es geht nicht anders, wenigstens sie muss ich retten. Ich werde ihr auch höchst persönlich eine Kugel verpassen, falls ihr Besatzer zurückkehrt. Ich bin sofort zurück.«

Müller schüttelte den Kopf, aber nahm es hin.

Falko aktivierte das Licht an seinem Smartphone und verschwand durch eine Tür ins Treppenhaus. Müller fand sich nun allein unter dem Lichtkegel seiner Stirnlampe wieder, in einem Raum voll mit knurrenden Monstern. Er schüttelte seine Gänsehaut ab und arbeitete weiter. Falko hatte ein Ziel und das musste er jetzt erreichen.

Kapitel 13

Falko war der Treppe in den ersten Stock gefolgt und betrat die obere Etage. Ein großer Empfangsraum mit Tresen eröffnete sich ihm. In der Dunkelheit sah er eine tote Person in dem Stuhl hinter dem Tresen hängen. Da knarrte es hinter einer Tür, die schmaler war als die anderen auf der Station. Er bewegte sich langsam auf sie zu, dann riss er sie auf, kurz und schmerzlos, wie ein Pflaster, das man entfernte, leuchtete hinein und legte gleichzeitig seine Waffe an.

»Doktor Jepkemoi? Was machen Sie denn hier?«, fragte er verdutzt. Die Frau in der Besenkammer vor ihm war im Begriff, ihn mit einer Ladung Schaum aus einem kleinen Feuerlöscher abzuwehren, erkannte ihn aber noch rechtzeitig.

»Oh … mein … Gott! Zum Glück sind Sie es. Ich habe unten Schüsse gehört und mich hier mit Frau Sorgenfrei eingeschlossen. Wir haben jetzt seit einer Stunde nichts mehr gehört und ich wollte gerade nachsehen, was los ist.« Jepkemoi war kurz vorm Hyperventilieren.

In dem Moment fasste ihr Maria Sorgenfrei, die Frau aus der Wohnung, deren Exorzismus von ihrem eigenen Sohn gefilmt worden war, über den Kopf hinweg in den Mund und nutzte Jepkemois obere Zahnreihe als Griff, um ihr so mit voller Wucht den Kopf in den Nacken zu reißen, dass ihr Genick brach. Falko stieß einen langen klagenden Schrei aus.

»Ahh! Nein, nein, nein! Nein!«

Er visierte die ohne Zweifel wieder zur *Puppe* gewordene Maria, die nun hinter der absackenden Ärztin erschien, grob an und feuerte drei Schüsse in die Wand hinter dieser, bis er sich auf sein Ziel, ihren Kopf, eingeschossen hatte und weitere drei Kugeln darin platzierte.

»Was ist das für ein Albtraum?«, rief er den Himmel an. Dann versicherte er sich des fehlenden Pulses an Jepkemois grausam verdrehten Hals und verschwand schluchzend aus dem Raum. Er betrat das nächste Zimmer mit der Absicht, alle, die hier noch am Leben waren, vor ihrer Bestimmung zu bewahren und zielte schussbereit auf das leere Bett in der Mitte. »*Fuck!*«, fluchte er.

»Herr Thurner?«, fragte eine Mädchenstimme von unter dem Bett, die er sofort anvisierte. Er wollte schießen, Leid beenden, Wut ablassen, Frieden finden, aber sein Finger gehorchte nicht. Irgendetwas stimmte nicht. Ein Knacken in seinen Ohren setzte ein, als hätte er Holzwürmer in seinem Kopf. Ihm wurde schwindelig, schlecht und heiß.

»Larissa?«, fragte er und sah sie unter dem Bett hervorkrabbeln.

»Nein, ich bin es Herr Thurner, Ninja van Spreuwen«, beteuerte sie.

»Ja, sicher. Natürlich«, stotterte Falko, den Wahnsinn herunterschluckend, der schlingpflanzengleich versuchte, in sein Gehirn zu kriechen. Ein bitterer Geschmack dünstete aus seiner Zunge. Er schaute nicht noch mal zu Ninja. Er hatte Angst, erneut Larissa zu sehen.

»Komm, Mädchen. Komm, ich bring dich hier raus.«

Kapitel 14

Müller war dabei, mit einem winzigen Schraubendreher die Kabel der acht Sprengladungen mit einer einzigen Totmannschaltung zu verbinden. Er merkte nicht, dass sich Bella, die Schlangenfrau, in den Saal geschlichen hatte, um mit einem aufgeklappten Rasiermesser die Fixierungen der *Puppen* zu durchtrennen. Ihre Geschmeidigkeit ließ sie dabei gänzlich unbemerkt bleiben. Und so tauchte sie unter ihnen hindurch von Bett zu Bett und befreite deren Passagiere, die ebenfalls nichts davon mitbekamen.

Kapitel 15

Falko versuchte, sein letztes bisschen Verstand mit aller Kraft zu halten, aber diese Anstrengung schien den Prozess nur noch zu beschleunigen.

Ninja war Falkos Geisteszustand völlig egal, würde er sie nur hier rausbringen. Sie wollte wieder in ihr Kinderzimmer in Amsterdam. Selbst der verhasste Cannabis-Geruch war mit Wehmut behaftet. Sie klammerte sich an Falkos Hand, denn nur er konnte sie aus dieser Hölle führen.

Der kleine Konvoi kam am unteren Ende der Treppe an, doch erwischte Falko in seinem Wahn die falsche Tür. Und so fand er hier nicht Müller, sondern Freddy vor.

Freddy saß splitternackt vor einer toten Frau. Vermutlich eine Krankenschwester, ebenfalls nackt. Er hatte ihr offensichtlich die gesamte Haut vom Bauch heruntergeschält und zur Seite aufgeklappt wie eine Ledermappe. Jetzt hockte er auf diesem Hautlappen wie auf einem Gebetsteppich vor den offenen Eingeweiden, in die er Teelichter gestellt hatte. Im Begriff, dieses Produkt seines Wahnsinns anzubeten, wurde er nun gestört. Als er Falko sah, griff der blutbeschmierte Freddy nach seiner ebenso verklebten Pistole, die neben ihm lag.

Leider hatte Falko seine Waffe in sein Halfter zurückgesteckt, da er die Hand brauchte, um Ninja zu führen und die andere zum Leuchten mit seinem Handy. Die Waffe zu ziehen, hätte zu lange gedauert, also rannte Falko los und sprang auf seinen Gegner, dem die Waffe dabei aus der Hand flog.

Falko konnte nicht mehr, sein Überlebenstrieb war ein leckes Schlauchboot, mit dem er gerade unterging. Freddy baute sich vor Falko, der am Boden lag, auf und begann auf ihn einzutreten. Dumpf dröhnten die Treffer in dem Sarg, der Falkos Körper war.

»Du erbärmliche Fleischverschwendung.« Ein Tritt in die Nieren. »Hast du es noch nicht kapiert? Deine falschen Götter haben ausgedient.« Ein Tritt gegen den Oberarm. »Unterwirf dich, oder geh unter!«

Jetzt nahm sich Freddy den Kopf von Falko vor.

Der drehte sich zur Seite und so sauste Freddys Hacken auf seine Schläfe herab. Sein Kopf schlug infolge des Tritts auf den Boden. Er stand kurz vor einem Schädelbruch. In ihm dröhnte es wie in einem THX-Werbespot. Freddy holte zum finalen Kick aus, dieser sollte Falkos Kopf zerquetschen.

Doch in dem Moment zog Ninja Freddy zurück, der sein Gleichgewicht kurz verlor, es aber während einer halben Drehung zurückerlangte. Wütend baute sich Freddy vor Ninja auf, die sich langsam und ängstlich zurückbewegte.

»Fotze!«, brüllte er, als er ihr mit der Faust gnadenlos ins Gesicht schlug. Durch die Wucht wurde sie zurückkatapultiert und krachte gegen die Wand.

Freddy und Ninja sahen die Pistole auf dem Boden liegen und arbeiteten sich, Ninja krabbelnd und Freddy gehend, auf diese zu. Ninja erreichte sie zuerst, griff sie und wollte sie erst einmal in Sicherheit bringen. Also krümmte sie sich wie ein Igel um die Waffe herum.

»Gib sie mir!«, befahl Freddy nüchtern und trat einmal mit Schwung gegen Ninjas Rücken. Als Warnung für das, was folgen würde, sollte sie die Waffe nicht freigeben.

Kapitel 16

»Fertig«, lobte Müller sich selbst, als er das letzte Kabel verbunden hatte. Doch bemerkte er nicht, dass Bella sich hinterrücks auf ihn zugeschlichen hatte und in dem Moment, als er aufgestanden war, ihr Messer über seinen Rücken zog. Er spürte kaum etwas, so scharf war die Klinge. Bis der dritte Schnitt seine Wirbelsäule tangierte.

»*Fuck!*«, rief er, drehte sich um und sah dieses diabolische Wesen auf ihn einstechen. Ein weiterer Schnitt traf seine Elle. »Schluss damit!« Der stämmige Mann packte Bella grob am Kopf, eine Hand am Kiefer, eine im Genick, und hob die siebzig Kilo daran in die Luft. Seine Rückenverletzung pochte vor Schmerzen. Ihre verbliebenen vier angespitzten Zähne kamen zum Vorschein. Dann trug er sie zwischen zwei Betten hindurch, während sie versuchte, seinen Bauch aufzuschlitzen, was die Taschen seiner Jacke abfingen, und knallte ihren Kopf gegen die Steinwand. Den ersten Aufschlag überlebte sie, aber es folgten weitere, sodass er am Ende nur noch einen Beutel aus Knochenfragmenten fallen ließ.

Kapitel 17

»Wie du willst ...« Freddy würde nicht noch einmal nach der Waffe fragen und holte zu einem Tritt aus, der ihm vermutlich die nackten Zehen und ihr das Rückgrat gebrochen hätte.

Da hielt Falko sein Bein im Zenit der Ausholphase fest. Wieder hatte er Larissa in Ninja gesehen und dachte, wenigstens sie retten zu müssen. Er riss das Bein in seine Richtung, sodass Freddy nach vorn auf den Boden klatschte. Der wand sich in Falkos Griff und trat diesen zurück, sodass er in eine Vitrine knallte, die dabei zu Bruch ging. Wieder aufgestanden sprang Freddy mit Anlauf auf Falko und schlug auf ihn ein. Scherben bohrten sich in Falkos Rücken. Ihm fiel auf, dass der blutbesudelte Typ auf ihm nackt war und sich in den Scherben sicher noch unwohler fühlen würde als er selbst und so wendete Falko einen Judogriff an, um Freddy aus der oberen in die untere Position zu bugsieren. Sofort krümmte sich Freddy vor Schmerzen, verursacht durch die Scherben, die sich in seine Haut bohrten, und Falko bemerkte den Handschuh, der neben Freddys Kopf lag.

Es war der Todeshandschuh, mit dem der Pater während der Zeit der großen Pest den Gnadentod gebracht hatte. Eine Hand von Freddy hatte sich an Falko hochgearbeitet und würgte ungelenk seinen Hals, während der Gewürgte mit seiner Rechten in den Handschuh glitt und diesen auf Freddys Gesicht presste. Mund und Nase waren sofort dicht verschlossen. Falko schlug mit der freien Hand die seines Angreifers von seinem Hals weg und nahm dann den ganzen Arm unter seinem eigenen in Verschluss. Freddys zweiter Arm fuchtelte ziellos in der Luft herum.

Freddy dämmerte, dass er sterben würde, wenn er sich nicht befreite, und so legte er noch mal all seine Energie in einen letzten Versuch hochzukommen, wobei er beinahe einen Sit-up schaffte und Falko in die Luft hob. Falko holte Luft, als wollte er ein letztes Mal untertauchen und stemmte nun seinen ganzen Oberkörper auf den Handschuh und damit auf das Gesicht von Freddy, der erneut zu Boden ging.

Panisch quietschte Freddy in den Todeshandschuh, aber er wurde immer leiser. Noch einmal erwischte Freddys freie Hand das Gesicht von Falko, der das aber ignorierte. Er wusste, dass sein Griff final war. Selbst als Freddys Daumen noch einmal versuchte, ihm das Auge einzudrücken, ließ Falko nicht von ihm ab. *Scheiß auf das Auge*, dachte er sich. Es gab ihm Genugtuung zu wissen, dass dieses Schwein unter ihm, das vermutlich die Killer von Larissa geschickt hatte, jetzt seine letzten Atemzüge in das harte Leder tun würde, in das Hunderte von Pestkranken ihre ebenfalls gesabbert hatten.

»Stirb, du satanischer Bastard!«, untermalte Falko seine letzte Druckerhöhung. Freddy folgte der Aufforderung und seine Hand fiel aus Falkos Gesicht. Der zog unter Zuhilfenahme der anderen Hand seine rechte aus dem Handschuh und ließ diesen wie ein Totentuch auf Freddys Gesicht liegen. Dann stand er auf den Scherben schlitternd auf und torkelte zurück. Ninja hatte sich auch wieder aufgerappelt, empfing Falko und stützte ihn.

»Kommen Sie, wir verschwinden«, forderte Ninja Falko erleichtert auf, der sich seine pochende Schläfe hielt.

Kapitel 18

Als die beiden durch die Treppenhaustür in den lazarettartigen Saal kamen, war Müller gerade dabei, zur Totmannschaltung zu schlurfen, um die Zeitschaltuhr daran zu justieren.

»Ich habe Friedrich Schröder erledigt.«

»Wen?«, fragte Müller desillusioniert.

»Den Anführer!« Falko erblickte die demolierte Bella. »Oh, du hattest anscheinend auch Besuch. Ich bring Frau van Spreuwen hier raus. Kommst du hier klar?«

»Ja, glaub schon. Geht nur voraus, ich bin fast fertig.«

Sie schlichen an Müller vorbei und in dem Moment, als sie die Quarantäneschleuse erreicht hatten, schaltete sich die Notbeleuchtung ein – ein technischer Defekt hatte wohl zu der Verzögerung geführt.

Alle paar Meter erleuchteten voneinander abgewandte Strahler den Saal. Falko und Ninja drehten sich zu Müller um. Der fand sich inmitten einer langsam auf ihn zukommenden Meute von Aliens besessenen Monstern wieder.

»Nein!«, schrie Falko außer sich.

Müller schnappte sich die Totmannschaltung, mit der er alle Sprengladungen zugleich zünden konnte. Dann sah er zu Falko.

»Es muss hier enden, Kumpel. Dieser ganze verfickte Schlamassel muss hier und jetzt enden!« Er drückte die Totmannschaltung und machte sie dadurch scharf, »Verschwinde! Kümmer dich um das Mädchen!«

Ninja fasste das anders auf als Falko. Falko nickte bejahend und ließ sich dabei von Ninja durch die Schleuse ziehen.

In dem Moment, als der Blickkontakt abriss, eilte Falko mit Ninja zum Hauptausgang. Als sie diesen durchquert hatten, überfielen *Puppen* Falkos Kollegen wie eine

Welle Süchtiger, deren Stoff in Müllers Körper versteckt war. Er hielt den Bissen, Kniffen und dem Kratzen so lange stand, wie es irgendwie möglich war, um Falko genug Zeit zu verschaffen, in Sicherheit zu gelangen. Er presste die Zähne zusammen, bis er nicht mehr konnte und spie einen letzten Schrei, gesättigt mit Wut, Schmerz, Verzweiflung und überwundenem Überlebenswillen aus, der durch das Gebäude schallte wie eine Sirene vor einer Sprengung.

Eine feuerlose Explosion pustete die gesamte Etage aus dem Gebäude und ließ nach einer dramatischen Pause die Etage darüber in den freigewordenen Platz darunter krachen.

Mit pfeifenden Ohren stolperten Falko und Ninja auf Trapmann zu, der ihnen entgegenkam.

»Du has es geschafft, Thurner. Wow!«

Falko konnte nichts erwidern, da er innerlich von Verlustgefühlen übermannt wurde.

Bumm!

Ninja hatte die Waffe von Freddy, die sie immer noch in der Hand hielt, angehoben und Trapmann einen Kopfschuss verpasst.

Aus Falkos Sicht sah es beinahe so aus, als hätte er selbst geschossen. Er warf sie von sich ab und sah, dass sie sich wieder unter fremder Kontrolle befand. *Na gut,* dachte er. *Dann sind ja alle erledigt.* Nur sie musste er jetzt noch ausschalten. Er griff nach seiner Waffe und stellte fest, dass sie nicht mehr in seinem Halfter war. *Oh, fuck! Alles umsonst!*

Ninja legte mit der Pistole in ihrer Hand auf Falkos Gesicht an, fletschte die Zahnstummel und sagte: »Ich habe euren Plan kapiert. Tut mir leid, aber ich hol jetzt den Rest von uns. Wir werden uns in eure Körper zwängen, bis eure Seelen platzen.«

Peng!

Der Schock verlangsamte die Zeit und Falko konnte die Kugel noch kurz in seinem Schädel spüren, bevor seine Lichter ausgingen.

Alles umsonst!

Epilog

Neun Wochen später

Das Erste, was Falko wahrnahm, war der Geruch von Kunststoff und Desinfektionsmittel, ein Schlauch schien in seiner Nase zu stecken. Dann schlug er die Augen auf. Er bemerkte sofort, dass etwas nicht stimmte, denn er hatte beide Augen geöffnet, aber er sah nur mit einem davon. Das Verstörende daran war die Tatsache, dass er mit dem rechten Auge überhaupt nichts wahrnahm. Sein Auge war weg oder die Verbindung zum Hirn war unterbrochen.

Er quälte den Blick des verbliebenen Auges einmal durch das Krankenzimmer nach links und sah Melinda im schummrigen Licht einer müde werdenden orangen Sonne, die die vertikal herunterhängenden Lamellenvorhänge leuchten ließ. Sie saß auf einem Stuhl neben ihm und hielt Larissas Katzen-Kuscheltier in den Händen.

Völlige Kraftlosigkeit fesselte ihn in das weiche Krankenhausbett. Sein funktionierendes Auge wurde wieder in die Ausgangsposition auf den Fernseher an der Wand gegenüber gezwungen und so nahm er die Bilder zu dem Ton wahr, den er schon eine ganze Weile gehört hatte.

›Emergency Broadcast‹ blinkte im Bild.

Ein Nachrichtensprecher stotterte sich durch seinen Text, der mit wackeligen Bildern unterlegt war: »Rückblick: Nach dem Barrenburg-Massaker hatte es acht Wochen keinen Fall des *Amok-Virus* mehr gegeben, aber seit einigen Tagen häufen sich Meldungen aus aller Welt über neue Fälle, die in Wellen ganze Gruppen befallen, welche sich dann über die verschont gebliebenen hermachen. Die Experten sprechen von Millionen, wenn nicht von Milliarden neuer Fälle. Und es gibt kein Gegenmittel. Die

Kirche fühlt sich bestätigt, aber immer mehr Wissenschaftler sprechen von einer Invasion durch eine extraterrestrische Lebensform. Die Zahl der Amokläufe, Foltermorde, Massenvergewaltigungen und Selbsttötungen steigt ins Unermessliche. Immer mehr Regierungen greifen auf ein Produkt aus dem einst geheimen USA-Projekt ›*Last Aid*‹ zurück. Hierbei verteilen US-Kasernen weltweit einen geheimen Vorrat an Selbsttötungsrationen, der anscheinend für genau solch einen Fall gelagert wurde.«

Das Bild eines roten Behälters, einer Dose Cola ähnlich, auf der groß auf allen möglichen Sprachen in Gelb ›Achtung! Selbsttötungsration!‹ stand, erschien. Seitlich war eine durchsichtige kleine Ampulle an einem gelben Kurstoffring mit einer Sollbruchstelle angebracht.

»Wenn Sie eine solche erhalten haben und sie nutzen wollen, müssen Sie die Ampulle durch den Verschluss auf der Oberseite der Dose drücken, sie entleert sich dann von selbst im Inneren. Für sich sind beide Flüssigkeiten harmlos. Danach müssen Sie die Dose schütteln und öffnen, dann geben Sie es erst den Alten, den Kranken und den Kindern, bevor Sie es selbst einnehmen. Ein Schluck genügt und man schläft nach wenigen Sekunden schmerzfrei ein. Aber einmal geschluckt gibt es kein Zurück mehr. – Wir schalten nun wieder live zum Big Apple, wo sich circa acht Millionen Menschen zusammengefunden haben, um gemeinsam dem Unausweichlichen zu entgehen.«

In dem Moment wurden Videoaufnahmen vom nächtlichen Times Square gezeigt, wo sich eine unzählbare Masse an Menschen wie Hochwasser von den Hauptstraßen in die Nebenstraßen ergoss. Sie hielten die roten Dosen in die Höhe und in dem Moment, in dem der *Time Square Ball* die dreiundvierzig Meter lange Stange herunterfuhr, schlürften sie alle ihr Getränk, als wäre es der Neujahrschampagner. Während der Fahrt fielen sich die Menschen in die Arme. Familien, Liebende, Fremde … und als der leuchtende Ball nur noch zehn Sekunden von den sechzig vor sich hatte, zählten die Menschen wie an Silvester den Countdown, währenddessen brachen schon die ersten tot zusammen.

Als der Ball unten angekommen war, gingen die Menschen massenweise in die Knie, bis nach weiteren sechzig Sekunden schließlich alle tot am Boden lagen. Ein acht Millionen Menschen schweres Massengrab zog sich nun durch die von jetzt an für immer schlafende Stadt.

Der Sprecher, der diese Geschehnisse unkommentiert ließ, erwachte wieder aus seiner Schockstarre, da neue Bilder eingeblendet wurden, und las roboterhaft weiter vom Teleprompter ab.

»Nach der bewegenden Rede der Bundeskanzlerin, in der sie alle deutschen Bürger dazu aufgerufen hat, sich nicht in die Hände des Feindes – wer auch immer das sein sollte – fallen zu lassen, hat auch diese sich gestern im engsten Kreis der Familie das Leben genommen. Der amerikanische Präsident rief gestern zum kollektiven Selbstmord auf. Da die Erde sonst – so wörtlich – ›zum Planeten der Dämonen degenerieren würde‹. Und er hoffe, dass sich aus der Natur eine neue Rasse hervortun wird, welche mit dieser Bedrohung aus dem All, oder woher auch immer, fertigwerden wird.«

Was war hier los? Träumte er?

Falko schreckte hoch. In seinem Kopf hämmerten Schmerzen. Hatte er einen Kopfschuss überlebt? Er blickte wieder nach links.

Jetzt sah er, dass Melinda tot war. Ihr fiel in diesem Augenblick die rote Dose aus der Hand. Ihr Gesicht sah aus wie gelbes Wachs, die Pupillen waren schwarz. Der Mund stand offen, die Mundwinkel zurückgezogen.

»Nein!«, krächzte er und zog an der Magensonde, die aus seiner Nase ragte.

»Nicht anfassen!«, sagte eine Stimme zu seiner Rechten. »Wenn Sie sie rausziehen, riskieren Sie eine Infektion.« Die weibliche Stimme sprach in Trance einen Text, der in einer früheren Welt mal eine Bedeutung gehabt hatte.

»Was?«, fragte Falko und blickte fragend in Richtung der Stimme auf der rechten Seite des Bettes. Da saß eine Krankenschwester und blickte auf die Dose in ihrer Hand, als wäre sie ein Verbrechen, das sie gerade begangen hatte.

»Das Fernsehprogramm ist schon vier Tage alt. Das läuft einfach immer wieder«, spulte sie völlig emotionslos ab. Dann sah sie hoch an die Decke.

»Hören Sie das?«

Falko horchte, ohne seinen Blick von ihr zu nehmen. Nun hörte er das dumpfe Geschrei und Geheule, das aus den anderen Zimmern und von der Straße kam. Dann zog er sich unter starken Schmerzen die Magensonde aus dem Körper, schaffte es irgendwie aufzustehen und stolperte an das Fenster neben seinem Bett. Er schob die Lamellen auseinander und dann spiegelte sich das Grauen in seinem Gesicht wider, welches er auf der Straße erblickte. Ninja van Spreuwen war zurückgekehrt und hatte die Erde in eine Plantage für Leid und Schmerz verwandelt. Sodom und Gomorra.

Er blickte wieder zu der Krankenschwester und ihm wurde seltsam schwindelig. Nun sah sie auch ihn an und meinte: »Beruhigen Sie sich, ich habe für uns gesorgt.«

Verlagsprogramm

01 Candygirl: *Michael Merhi*
02 Lilith Töchter, Adams Söhne: *Georg Adamah*
03 Höllengeschichten: *Wolfgang Brunner*
04 Roadkill: *Alex Miller, Joe De Beer*
05 Bad Toys: *Anthologie*
06 Gone Mad: *A.C. Hurts*
07 Mindfucker: *Joe De Beer*
08 All Beauty Must Die: *A.C. Hurts*
09 Runaways: *Alexander Kühl*
10 Love Of My Life: *A.C. Hurts*
11 Klipp Klapp … und du bist tot!: *Mari März*
12 Carnivore: *A.C. Hurts*
13 Lyrica: *Jane Breslin*
14 Der Feigling: *Andreas März*
15 Kinderspiele: *Wolfgang Brunner*
16 Victima: *Sam Bennet*
17 Blutbrüder: *Simone Trojahn*
18 Fuck You All: *Inhonorus*
19 Cannibal Holidays: *Ralph D. Chains*
20 Kellerspiele: *Simone Trojahn*
21 Der Leichenficker: *Ethan Kink*
22 Lyrica – Exodus: *Jane Breslin*
23 Gone Mad 2: *A.C. Hurts*
24 Der Leichenkünstler: *Moe Teratos*
25 Wutrauschen: *Simone Trojahn*
26 Dort unten stirbst du: *Moe Teratos*
27 Fida: *Stefanie Maucher*
28 Die Sodom Lotterie: *Ralph D. Chains*
29 Streets Of Love: *Ralph D. Chains*
30 Er ist Böse!: *Moe Teratos*
31 Franka: *Moe Teratos*

32 Melvins Blutcamp: *Dagny S. Dombois*
33 Frosttod: *Moe Teratos*
34 Franklin: *Stefanie Maucher*
35 Ratz 1 – Mordhaus: *Moe Teratos*
36 Hexentribunal: *Gerwalt Richardson*
37 Ratz 2 – Mordsucht: *Moe Teratos*
38 Voyeur: *Kati Winter*
39 Ratz 3 – Das Mordgesindel: *Moe Teratos*
40 Die Sünde in mir: *A.C. Hurts*
41 Ficktion: *Ralph D. Chains*
42 Das Kinderspiel: *Simone Trojahn*
43 Todesangst im Labyrinth: *A.C. Hurts*
44 Crossend: *Marvin Buchecker*
45 Mörderherz: *Simone Trojahn*
46 Die Prinzessin: *Simone Trojahn*
47 Doppelpack: *Moe Teratos*
48 Billy – Die Blutlinie: *Gerwalt Richardson*
49 Ratz – 4 Mordversprechen: *Moe Teratos*
50 Selina´s Way: *Simone Trojahn*
51 Infam: *André Wegmann*
52 Ratz – 5 Blutige Ketten: *Moe Teratos*
53 Sinnfinsternis: *Reyk Jorden*
54 Carnivore – Sweet Summer: *A.C. Hurts*
55 Der Schlächter: *Jacqueline Pawlowski*
56 Grandma: *Inhonorus*
57 Billy 2 – Les chants from hell: *Gerwalt Richardson*
58 Endstation Hölle: *Jean Rises*
59 Runaways 2: *Alexander Kühl*
60 Totentanz: *Moe Teratos*
61 Leichenexperimente: *Moe Teratos*
62 Folterpalast: *Gerwalt Richardson*
63 Scary Monsters: *Wolfgang Brunner*
64 Schwarze Mombo: *Baukowski*
65 14 Shades of Unicorns: *Anthologie*

66 Ratz – 6 Blutiger Augenblick: *Moe Teratos*
67 Rabenbruder: *Ralph D. Chains*
68 Rednecks: *Faye Hell, M.H. Steinmetz*
69 Bad Family: *Simone Trojahn*
70 Homali Sagina: *Marie Wigand*
71 Todsonne: *Simone Trojahn*
72 Albino Devil: *André Wegmann*
73 Sommertränen: *Simone Trojahn*
74 Simon Lokarno: Über uns die Hölle

REDRUM CUTS

01	Bizarr: *Baukowski*
02	50 Pieces for Grey: *A.M. Arimont*
03	Koma: *Kati Winter*
04	Rum und Ähre: *Baukowski*
05	Hexensaft: *Simone Trojahn*
06	Still Morbid: *Inhonorus*
07	Fuck You All - Novelle: *Inhonorus*
08	Das Flüstern des Teufels: *A.M. Arimont*
09	Kutná Hora: *André Wegmann*
10	Die Rotte: *U.L. Brich*
11	Blutwahn: *André Wegmann*
12	Helter Skelter Redux: *A.M. Arimont*
13	Badass Fiction: *Anthologie*
14	Bloody Pain: *Elli Wintersun*
15	In Flammen: *Stefanie Maucher*
16	Denn zum Fressen sind sie da: *A.C. Hurts*

SIMONE
TROJAHN
BAD FAMILY
THRILLER
REDRUM

Moe Teratos
ER IST
BÖSE!
THRILLER
REDRUM

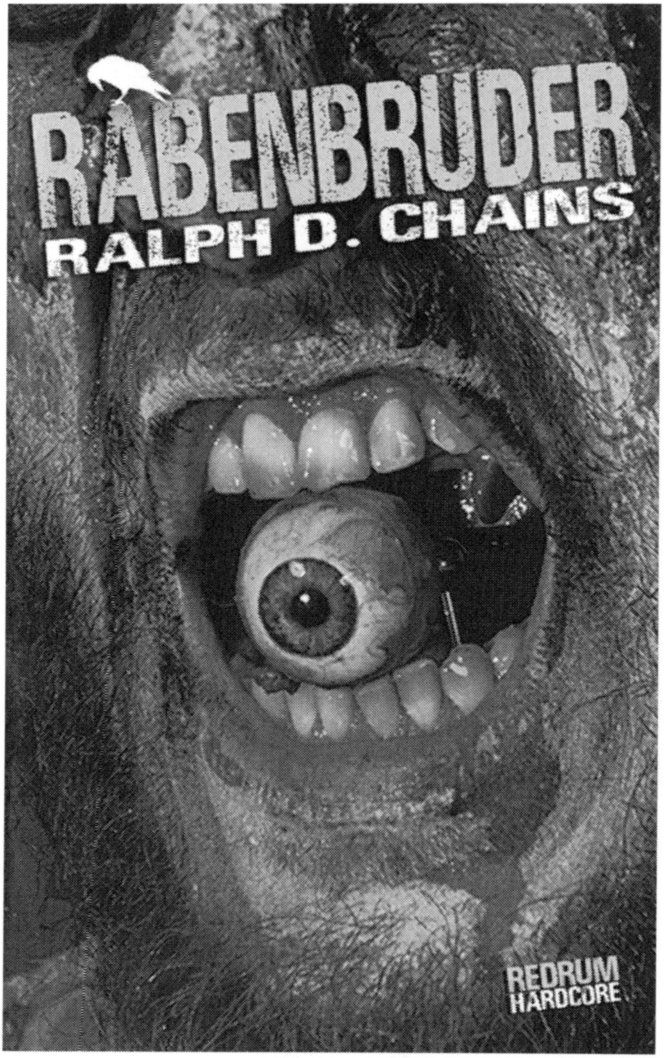
RABENBRUDER
RALPH D. CHAINS
REDRUM
HARDCORE

SCARY
MONSTERS
WOLFGANG BRUNNER
REDRUM
HORROR

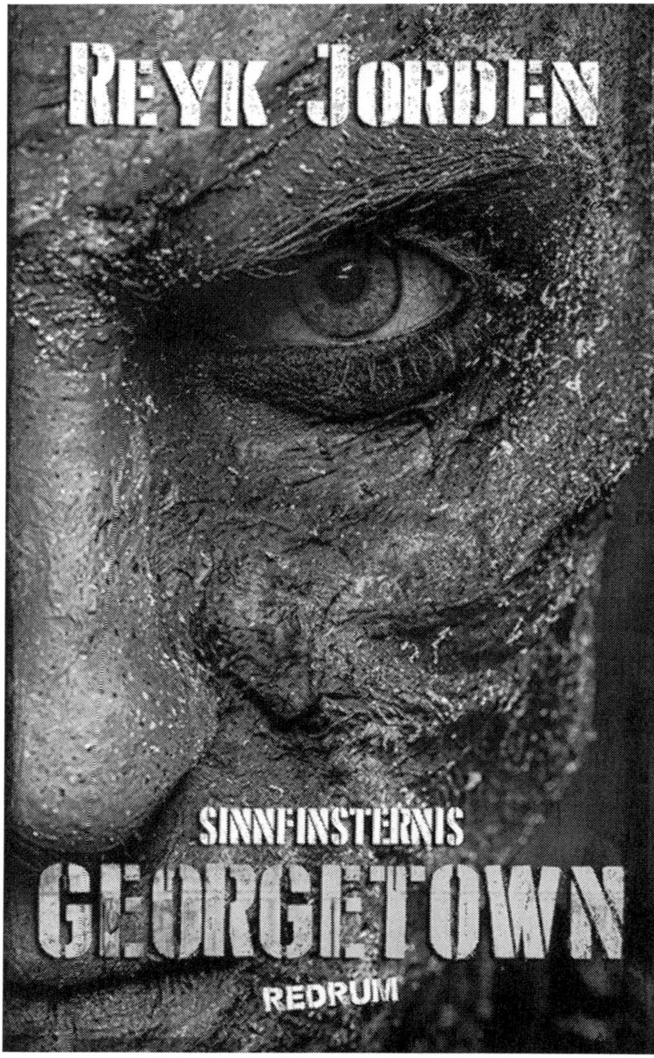

REYK JORDEN
SINNFINSTERNIS
GEORGETOWN
REDRUM

REDRUM loves you!

REDRUM liebt dich!

Printed in Poland
by Amazon Fulfillment
Poland Sp. z o.o., Wrocław

50304857R00211